武士はなぜ歌を詠むか

鎌倉将軍から戦国大名まで

小川剛生

角川選書
572

目次

はじめに

「鳥がなく」という枕詞《まくらことば》は、古代の吾妻びとの言が解し難かったゆえ、「あづま」に冠せられるようになった語といわれる。王朝和歌にも東国訛《なま》りを詠んだものがある。

あづまにてやしなはれたる人の子はしただみてこそ物はいひけれ

（拾遺集・物名・四一三　よみ人しらず）

東国の風土は畿内や西国とはかなり異なる。相模・武蔵・安房・上総・下総・常陸・上野・下野の八ヶ国を擁する広大な平野は、いくつもの大河が奔流するに任された。河口近くともなれば荒涼とした湿地帯が続き、その光景は「蘆荻《あしおぎ》のみ高く生ひて、馬に乗りて弓持たる末見えぬまで、高く生ひ茂りて」と描かれた。運ばれた土砂が長い年月に堆積してできた台地には見渡すかぎりの荒野が広がり、その印象は「武蔵野は月の入るべき峯もなし」と詠まれた。

都びとの想像や感傷をよそに、吾妻びとは台地を刻む小さな渓谷に拠《よ》り、荒野を開墾していった。常陸国風土記の、鋤鍬《すきくわ》を持った民の前に現れた「夜刀《やと》の神」は谷に棲《す》む蛇であり、各地に遺《のこ》る「クボ《（窪）》」「サハ《（沢）》」「ハケ《（崖）》」「ヤツ《（谷）》」の地名は、かれらが最初に住み着いた場所を示している。開墾された土地への帰属意識は極めて強く、東国には独立の気風が深く根をおろした。また広大な荒野は放牧に適し、人びとは馬を駆って縦横に移動した。

こうして力をつけた領主たちの間では、暴力に訴えた縄張り争いは日常のこと、また朝廷であれ国司であれ、よそ者が少しでも自分たちの支配を妨げようとすれば、抵抗してやまなかった。十世紀を迎える頃にはしばしば無政府状態に陥った。東西の境界とみなされた碓氷《うすい》坂・足柄坂には関所が新設され、東国は文字通り「関の東」となったが、これは辺境蛮異の地と宣言されたも同然であった。収奪を事とした受領たちさえ「亡弊の国」と呼んで関心を持たなかった。

数度の戦争を経て、東国の人びとは伊豆に流された「貴種」を主人と仰ぎ、鎌倉の地にみずからの政権を築いた。この貴種、つまり源頼朝《よりとも》は、麾下《きか》に参じた者たちを家臣（御家人）として組織しつつ、朝廷との政治的折衝を繰り返し、その政権を国政上に位置づけることに腐心した。こうして「公家」「寺家」に対置され得る政治社会集団、つまり「武家」が初めて形成される。武装した東国の在地領主をそのまま後世の「武士」の祖とみなす、あるいは同列に扱う見方は、近年大きく揺らいでいる。

それから七十年、新たに京都から迎えられた親王将軍は、

逢坂や関の戸あけて鳥のなくあづまよりこそ春はきにけれ　（瓊玉集《けいぎょく》・春上・二）

という立春の題の和歌を詠む。「鳥のなくあづま」の句、東＝春という五行説に基づくにしても、ここにはみずからを鄙《ひな》と卑下する風は感じられない。京都の朝廷に対する、鎌倉の幕府の優位すら感じとれる。この将軍宗尊《むねたか》親王は政務を親裁することは無かったが、抽象的・観念的な支配者のアウラを身体に帯びることを期待された。かれが和歌を詠めば、それは決して独り

よがりのつぶやきに終らない。和歌がかれの人生を充実させ、また不幸にもした。その膝下には歌人のグループが形成され、数多くの和歌が生まれ、一部は現在にも遺された。

この時代の東国は政治的安定を謳歌していたわけではない。狭い鎌倉には謀略や暗闘が渦巻き、在地支配をめぐる抗争も絶えなかった。不満は将軍権力の代行者である北条氏へと向かい、鎌倉幕府を崩壊させる。その後も、鎌倉には政庁が置かれたが、もはや東国全域を統《す》べる力を欠いていた。そして十五世紀半ば、東国は全国にさきがけて戦国乱世に突入する。

こうして再び荒野に戻ったかに見える東国であるが、文学の営みは決して絶えることは無かった。鎌倉には将軍も執権もいなかったが、関東の野に新たに興る実力者は、多かれ少なかれみな鎌倉将軍の時代をよりどころとし、和歌を中心とした文学を愛好してやまなかった。山吹の里を訪ねた太田道灌《どうかん》の伝説はこの頃の東国を舞台とする。伝統の持つ力は、乱世であるだけに、かえって強靭《きょうじん》にさえ見える。

本書は、武家政権の発祥地である関東地方、およびその周辺地域を中心として、武家社会における文学伝統を辿《たど》ったものである。四つの章で、武家歌人おのおのの活動に即し、その時代の政治史上・和歌史上の問題を記述している。そこで、武家政権の支配統治に、和歌が寄与してきた具体相を明らかにしてみようと思う。

体裁こそ、鎌倉期・南北朝期・室町期・戦国期に亘《わた》っており、中世の四百年を見通す形となったが、大局的な視野には及ばず、細かな事実の積み上げに過ぎない。しかし当時の創作の場や手続きを信頼し得る史料によって正確に復原することに力を注いだので、「このような時代・風土・境遇にあるからこそ（あってもなお）武家は和歌を詠み続けた」という事情を明らかにしているならば幸いである。作品そのものは長い伝統に忠実であって一見新味に乏しいようであるが、それでも幾多の滋味豊かな佳什《かじゅう》を見出だすことができよう。その根ざした土壌は意外に広く深く、学問・思想・信仰など当時の文化・社会における問題をも照射し得るものである。そのことも具体例をいくつか出して触れている。

本書の執筆にあたり、先学の学恩を蒙《こうむ》るところの少なくなかったのは勿論《もちろん》であるが、わけても、井上宗雄先生・末柄豊氏に種々御示教を賜ったことを深く感謝申し上げる。

平成二十年六月

小川剛生

（附記）参考とした著書・論文は最後に一括して掲げたが、直接の引用は本文中にも注した。出典は歌集名の「和歌」を省くなど適宜略称に従った。歌集の本文・番号は『新編国歌大観』による（ただし、室町期私家集の本文・番号は『私家集大成』に、万葉集の番号は旧国歌大観による）。漢籍・日記などの漢文体は原則として書き下したが、消息・奥書の類は原文のまま示した。表記は特に断らず読みやすい形に改めたが、注が必要な場合は（　）に入れて示し、誤字宛字などにも正しい文字を〔　〕に傍注した。文字の欠落は□で示した。最後になったが、図版掲載を御許可いただいた所蔵者・関係者各位に篤く御礼を申し上げる。

選書版によせて

本書を刊行して八年が経過した。

史学の領域では、この間の室町・戦国期研究の成果は瞠目すべきもので、いよいよ隆盛に向かっている。ことに東国については、信頼すべき史料集の刊行を基礎として、大名・国人に関する個別研究が積み重ねられ、時代相の理解は着実に深化している。朝廷・幕府と地域権力との交渉、大名領国間の流通、あるいは城郭・都市・村落の研究なども格段に進んだ。

地域の大名・国人の実態が明らかになるにつれて、彼らの文化的な素養への関心はいよいよ高まる。だいたい、彼らが紀行文に登場したり、和歌や連歌を遺しているというならば、どんなものか知りたくなるし、もし活字になっているならば読んでみたくなることも当然だと思う。

恐らくこれまでそのような要望に応える類書が乏しかったせいか、本書が予想外に多くの方々の手に取っていただいたのは、ありがたいことであった。また関東各地の博物館・文学館の依頼で、地域の方に向け「武将と和歌」といったテーマで講演する機会も頂戴した。何だか本書で取り上げた宗祇や冷泉為和のようであったが、できるだけ新しい研究成果を提供するよう心がけた。現地で縁の深い武家歌人について話してみると、新たな発見があり、続編をまとめてみようと思うことも度々であった。

そんな思いに駆られていたところ、株式会社ＫＡＤＯＫＡＷＡの厚意によって、本書を再び世に送り出すことができた。この機会にいっそ書き改めることも考えたが、これはこれで完結しているような感もあるので、巻末の参考文献を増補し、明らかな誤りを除いた以外は、本文体裁とも原書のままとした。

最後に種々御配慮をいただいた編集部の麻田江里子さんに感謝申し上げます。

平成二十八年六月

小川剛生

序　章　源氏将軍と和歌

西行と頼朝

文治二年（一一八六）八月十五日、源頼朝は鶴岡八幡宮に参詣し、ひとりの老僧の姿を認める。よく知られた邂逅《かいこう》の場面は、鎌倉幕府の歴史書吾妻鏡《あずまかがみ》の伝えるところである。

（頼朝）二品鶴岡宮に御参詣《さんけい》、しかるに老僧一人鳥居辺に徘徊《はいかい》す、怪しみて（梶原）景季《かげすえ》をもって名字を問はしめ給ふのところ、佐藤兵衛尉憲清法師なり、今は西行と号すと云々。よりて奉幣以後心静かに謁見を遂げ、和歌の事を談ずべきの由、仰せ遣はさる。西行承りぬるの由を申さしめ、宮寺《ぐうじ》を廻り、法施《ほっせ》を奉る。二品かの人を召さんがために、早速に還御す。すなはち営中に招引し御芳談に及ぶ。この間、歌道並びに弓馬の事に就いて、条々尋ね仰せらるゝ事あり。西行申して云ふ、弓馬の事は在俗の当初《そのかみ》、憖《なまじ》ひに家風を伝ふと雖《いえど》も、保延三年八月遁世の時、秀郷《ひでさと》朝臣以来、九代嫡家相承の兵法焼失す、罪業の因たるに依《よ》るなり。その事かつてもって心底に残留せず皆忘却しをはんぬ。詠歌は、花月に対して動感の折節、僅《わず》かに卅一字を作るばかりなり。全く奥旨を知らず。しかれば是彼報《こた》へ申さんとするところ無しと云々。しかれども恩問等閑ならざるの間、弓馬の事に於いては具《つぶ》さにもってこれを申す。すなはち（藤原）俊兼《としかね》をして、その詞を記し置かしめ給ふ、縡《こと》終夜を専らにせらると云々。

頼朝は四十歳、前年平家を滅ぼし、天下を併呑《へいどん》する勢いを誇っていた。対する西行は六十九歳、文中にあるように遁世《とんせい》を遂げて既に五十年、一介の老僧の語がふさわしい。しかし頼朝は異様なほどに鄭重《ていちょう》であった。自邸に招いて歓待し、熱心に「歌道」と「弓馬の事」を西行に尋ねた。しきりにその任でないと固辞する西行であったが、頼朝の熱意に負けて詳しく語り始め、頼朝は右筆をして記録せしめた。

武藝と歌道

頼朝の質《ただ》した「歌道」の、具体的な内容は何であろうか。西行はこれについては遂に口を開かず、ただ「詠歌は、花月に対して動感の折節、僅かに卅一字を作るばかり」と答えたのみであるが、頼朝が知りたかったのは、おそらくこういう文学的テクニックではありえない。

これを頼朝の発したもう一つの質問、「弓馬の事」から考えたい。これは後で出る「秀郷朝臣以来、九代嫡家相承の兵法」と同じものである。藤原秀郷と言えば平将門《まさかど》を討った下野国の猛将、騎射の藝に神通した伝説により後世仰がれる。その末裔《まつえい》を称する者は、奥州藤原氏をはじめ、小山・結城・後藤など頼朝麾下《きか》にもすこぶる多い。

秀郷の嫡流で紀伊国田仲荘（和歌山県紀の川市）に居住し、都では院や摂関家に仕えて左衛《さえ》門尉《もんのじょう》に任じたのが西行の出た佐藤氏である。西行も出家以前は鳥羽院の北面《ほくめん》の武士であった。主君の警衛のほか、院の主催する祭礼での流鏑馬《やぶさめ》行事に奉仕することもその重要な職務であった。流鏑馬・笠懸《かさがけ》は実戦に用いられる騎射の技の一つであるが、神事における作法として様式化された。その知識はこの藝を奉仕する家が伝え、他人に教授できるとするのが当時の思考であった。

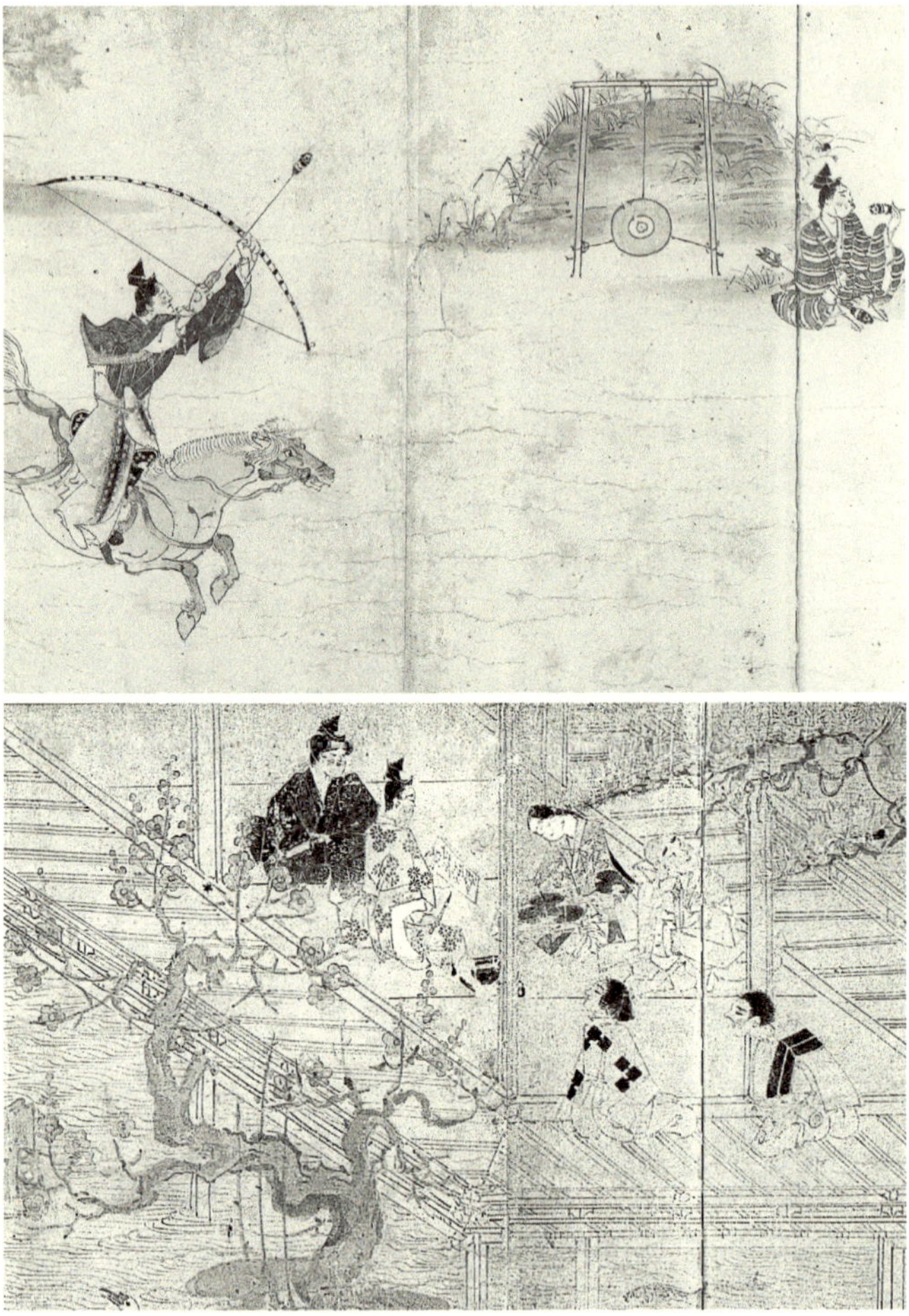

0-1　鎌倉後期頃の武士の館における笠懸と歌会（東京国立博物館蔵　男衾《おぶすま》三《さぶ》郎《ろう》絵《え》詞《ことば》）。文弱な兄と粗暴な弟とを対照的に描くが、騎射・和歌は武家の教養としてともに重視された。

近年、日本史学では「武士」像の見直しが進んでいる。「武士」とは単に殺人や戦闘の術を専らにした武装集団の謂《いい》ではなく、騎射の藝に代表される「武藝」を伝える者である、という。そして「武藝」は宮廷文化に属する藝能の一つであり、西国に滅んだ平家の武者こそ実は「武士」の名にふさわしい。頼朝はこの頃しきりに京都の文物を取り入れているが、それは粗暴な東国の領主たちを教育し「武士」へと引き上げる必要に迫られていたためである。日頃崇敬する鶴岡八幡宮の放生会《ほうじょうえ》を政権の枢要な儀礼として整備しようとしていたのもその一環である（祭礼当日に西行に邂逅したのは、果たして偶然であろうか）。実際、西行の伝えた騎射の作法は頼朝によって正説とされ、半世紀後の放生会でも参照されている（吾妻鏡嘉禎《かてい》三年七月十九日条）。かつ、頼朝が秀郷流の秘伝を知ることは、秀郷を祖と仰ぐ北関東の領主を帰服させる効果をも伴った筈《はず》である。

以上のような頼朝の武藝に対する姿勢は、歌道の場合も同様であったと考えられる。実際、西行のみならず、源頼政や平忠盛のように、北面の武士には、歌人として名をなした者が少なくない。院御所ではおのずと和歌を詠む機会があり、「武士」には歌道も必要な教養であった。

歌人であるということ

和歌を創作し鑑賞するという文学行為は、個人のうちで完結しない。歌人は、文学観はもちろんであるが、政治的信条や立場を同じくするグループに所属し詠歌した（これが歌壇の最小単位である）。そして題を得る、構想を練る、添削を受ける、料紙に記す、作品を読み上げる、といった一連の行為は、すべて一定の作法故実、そのグループで通用するルールにのっとったものであった。

しかも作品が公開・発表される場の営み、つまり歌会・歌合《うたあわせ》は、程度の差はあるにしても、共同体の構成員である自覚の下になされる、厳格な儀礼である。文字として遺った和歌はおおかた題詠歌であることになる。そのために中世和歌と言えば、誰もが似たような表現でひたすら同じテーマを詠むだけの退屈な文学、というのが決まり文句であるが、和歌とは、古今・後撰・拾遺の三代集によって選び取られた素材と詠法を基盤とし、その枠内で見出だした少量の美を、やはり王朝時代の雅語によって表現するものだから、すぐにそれとわかる個性などむしろあってはならないのである。敢えて言えば、決まった筋書きのもとに演じられる神事や藝能に近い。本書の記述は和歌の表現そのものよりも歌人や歌壇に焦点を当ててはいるが、そのことは銘記しておきたい。

もちろんポエムとして見れば、巧拙はおのずと知られたであろう。また個人的な経験に触発された歌、いわゆる褻《け》の歌が排除されたわけではなかった。しかし、歌壇と無縁な場所で秀歌をものしたところで、少なくとも社会的評価には結びつかなかった。古典和歌の世界では歌壇と全く縁を持たない、もぐりの歌人は存在しない、といってもよい。西行は野僧であるが、晩年にも都の歌壇との交渉をしきりに持っていた。

とりわけ、この時代は、歌会の作法が急速に整備された時期であった。袋草紙《ふくろぞうし》・八雲御抄《やくもみしょう》といった歌論書は、表現技法についての教えと同じくらい、歌会故実の記述に紙数を割いている。

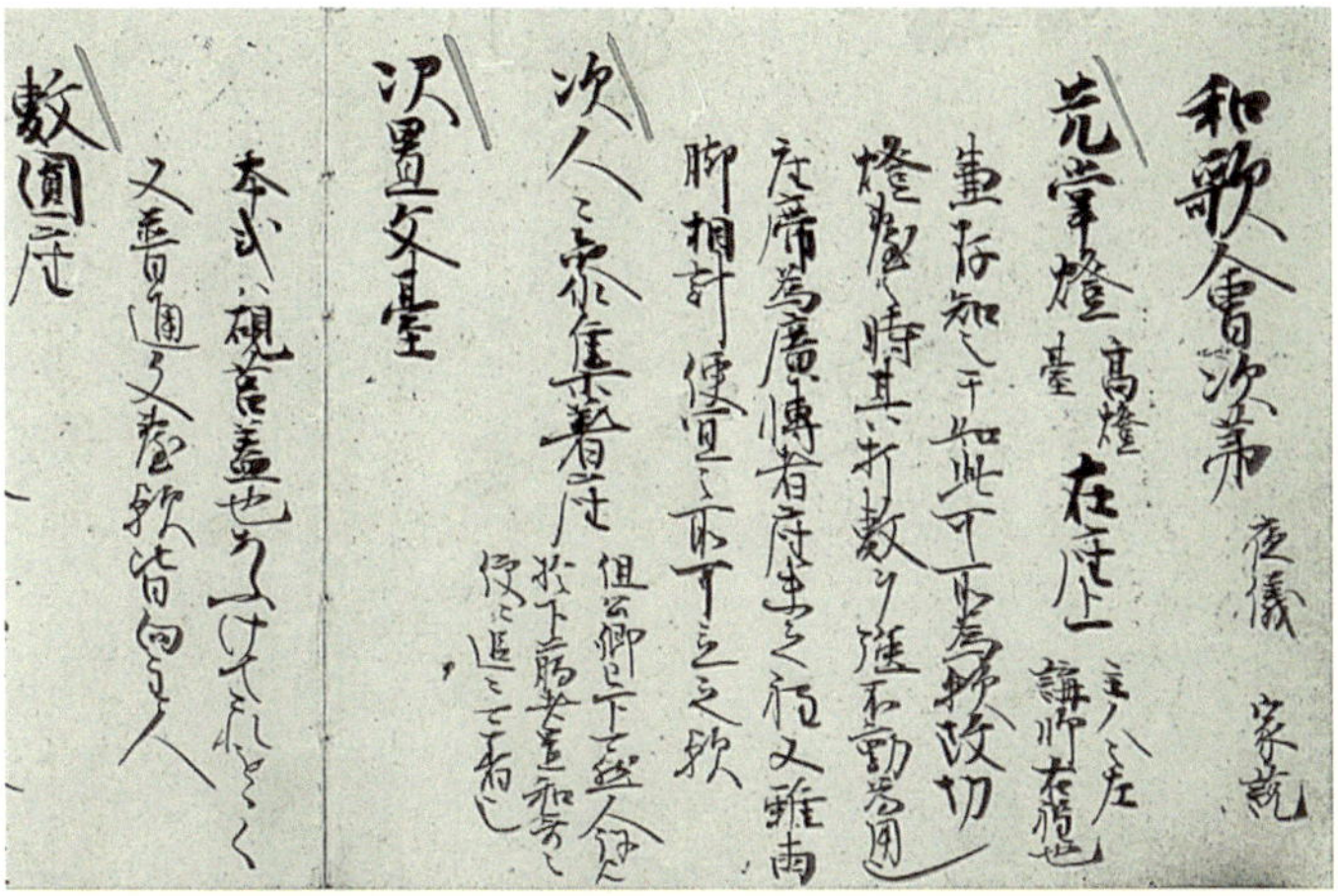

0-2　**和歌会次第（冷泉家時雨亭文庫蔵）**。定家が定めた歌会プログラムは子孫によって繰り返し書写され、門弟に伝授された。これは曾孫の冷泉為秀（？〜1372）の筆にかかる。

朝廷で儀式を遂行する時のように、次第（プログラム）を作成し、懐中にしのばせることも行われた。藤原定家には「和歌会次第」という歌会作法を記した著作があって、現在でこそ知名度は低いが、後世には歌会開催の準拠とされ、定家著作のうち、最も流布したものの一つである。

こうした手続きを践んで和歌を詠むことは、洗練された、文化的な振る舞いを身につけることでもあった。歌人であることが、社会的なステイタスとなった所以《ゆえん》である。そしてこれが専門家の指導なくしては体得も再現もできないこと、実は「弓馬の事」と全く同じである。頼朝が西行に尋ねたかった「歌道」の内容とはまず、このようなものであった。

主従関係と和歌

頼朝自身はすぐれた歌才の持ち主であった。側近と詠み交わした和歌が吾妻鏡に記録されている。いずれも場の緊張を和らげたり、相手の機知を試したりした即興の詠である。家臣との人間的紐帯《ちゆうたい》を強めるために、あるいは京都の要人との交渉にも、頼朝は和歌の力をよく利用したようである。

建久六年（一一九五）三月、頼朝は、東大寺落慶供養に参列するために上洛し、三ヶ月ほど在京した。この間京都の要人とも面会する機会を持ち、ことに天台座主の慈円《じえん》と交歓を重ねた。慈円の家集拾玉集《しゆうぎよくしゆう》には、頼朝との贈答歌が載せられ、その数は七十七首に上る。しかし慈円は宗教界第一の大立者、たんなる風雅の交わりではあり得ない。頼朝は流動的な都の政情を聞き出したかったであろうし、また慈円の側は延暦寺荘園の保護のために頼朝の協力を取りつける必要があった。際限ない挨拶《あいさつ》、追従、あてこすり、腹の探り合い……。しきりに「京にすまはれんこそ世のためもよからめ」とささやく慈円が、常陸と陸奥の境に置かれたという勿来《なこそ》の関に寄せて、

あづまぢのかたに勿来の（来るな、の意を掛ける）関の名は君を都にすめとなりけり　（拾玉集・五・五四四七）

と詠みかければ、頼朝は、

みやこには君にあふ坂ちかければ勿来の関は遠きとを知れ　（同・同・五四四八）

といなす。「歌のよきよし」を誉めれば、

五月雨のたえまがちなる雲のあひを空ぼめをする人にぞありける　（同・同・五四四九）

ととぼける。これにはみずから即詠多詠の才人をもって任じた慈円も舌を巻く。

その後、源氏将軍から摂家将軍、ついで親王将軍へと、将軍が実権を喪失していくにつれて、このような生々しい人間関係に基づいた和歌活動は次第に影をひそめていくが、全く途絶えることはなかった。

将軍権力は、異なった性格の支配権を発揮する、という有名な学説がある（佐藤進一『日本中世史論集』）。法律・行政など制度の裏付けを持った統治権的支配権と、人間関係に基づく主従制的支配権である。コインの表裏のように単純に分けられるわけではないし、一方が衰頽《すいたい》すれば一方が強化される、という関係でもないが、武家政治の本質を言い当てたものとして、中世史研究にきわめて大きな影響を与えたことは周知の通りである。

ところで、この二つの支配権が働きかける世界は、それぞれ、和歌で言う「晴」と「褻」に当たっている。和歌好みの権力者が歌人社会に君臨するとき、歌会で作法にのっとって披講される「晴」の和歌は、主催者の治世を祝言するものであるから、その支配に寄与する影響は観念的とはいえ広く深い。一方、一種のコミュニケーションである「褻」の和歌は、主従関係に直接作用しこれを強化する働きを持つが影響は一時的限定的であろう。そして、中世和歌においてより重要であるのは、恐らく現実の権力の場合と同様に、前者が持つ効力である。中世の勅撰和歌集などは政教的性格を強めており、その成立は時の政権の統治権的支配の実績の一つに数えてよい。

鎌倉歌壇の源流

もっとも、頼朝が政務を執っていた時期の鎌倉で、正式な歌会が催されたことは確認できない。唯一、元暦元年（一一八四）四月四日、鎌倉に滞在していた公家の一条能保《よしやす》や平時家《ときいえ》とともに自邸の花を愛《め》でて「管絃詠歌の儀」があったという吾妻鏡の記事が目につくくらいである（能保や時家のように和歌が詠まれる手続きを知っていた人びとがその場にいたことによるのであろう）。

頼朝の跡を継いだ頼家《よりいえ》は蹴鞠《けまり》を好んだが、和歌事蹟は一切伝えられていない。三代将軍実朝の代になり、建永元年（一二〇六）二月四日、叔父北条義時《よしとき》の山荘へ雪見に出向き、「和歌御会」があった。北条泰時《やすとき》・東重胤《とうしげたね》・内藤知親《ともちか》がその場に祗候《しこう》したという。このとき実朝は十五歳。一応成人とみなされる年齢である。これは晴の会ではなかったが、さらに四年を経た承元四年（一二一〇）九月十三日と十一月二十一日の両度、将軍邸において源親広《ちかひろ》・知親・重胤・和田朝盛《とももり》等が参仕して会が開かれた。これが鎌倉幕府における和歌会の初見である。御家人の間にも和歌に堪能な者が現れて実朝に近侍したことが知られる。

その頃には新古今集の撰者《せんじゃ》に抜擢《ばってき》された飛鳥井雅経《あすかいまさつね》が、忙しく京都鎌倉の間を往復していたし、源氏物語の研究で知られる源光行《みつゆき》も幕府御家人となって鎌倉に定住していた。また鴨長明も翌年に下向して実朝に面会する、といった具合に、京都との人的な交流も頼朝の時代に比較してずっと盛んになっていた。歌壇の成立する条件が整いつつあった。

さて、実朝の和歌好みはおよそ武士に非《あら》ざる文弱であるとされる。ただし、和歌を好んだために人心が離反した、というのは作り話である。下野の御家人長沼宗政《むねまさ》が「当代は歌鞠をもつて業となし、武藝廃る、に似たり、女性をもつて宗となし、勇士これ無きが如し」と実朝を批判した事件がよく引かれるが（吾妻鏡建保元年九月二十六日条）、武藝と歌鞠とは等しく重視されこそすれ、相反するものではなかった。この放言、捕縛を命じられた謀叛《むほん》人を斬首したことを実朝から咎《とが》められたのに反撥《はんぱつ》してのことで、吾妻鏡の前後の条を読むと、その直前に実朝が前述の「歌道に携はるの輩」を引き連れて、優雅な野歩きをしており、そのことが殺気立った宗政の憤懣《ふんまん》を誘ったと分る。ただし、当時の御家人は複数のグループ（番）に編制されて交替で将軍に祗候したのであるが、武藝のほか、歌・鞠・管絃・書道といった技藝をもった人物が選抜された。宗政の怒りにもかかわらず、和歌が詠めなくてはもはや御所勤めは叶《かな》わなかった。

勅撰和歌集の権威

歌人の最大の名誉は、自詠が勅撰和歌集に収められることであった。和歌がこれほどまでに高い権威を持ったのは、勅撰集によって担保されていたからと言ってもよい。

ところが、平安時代の勅撰集の編纂《へんさん》は、公家の日記や史書で話題となることは案外少なく、いかなる経緯で成立したのかよく分からない集が多い。ある個人が撰《えら》んだ歌集（私撰集）が進覧され、それから勅撰という御墨付きを貰うことも多かったのであろう。

治天《ちてん》の君《きみ》（院政をとる上皇・法皇、稀《まれ》に親政時の天皇）の命令によって、時の歌壇の指導者が撰者に指名され、歌を公募して撰集にあたる、という手続きが践《ふ》まれるのは、十三代集と呼び慣わされる鎌倉時代以降の勅撰集においてである。

その劃期《かつき》は文治四年（一一八八）、後白河院の院宣をうけて成立した千載集《せんざい》である。勅撰集とは文章経国思想の影響下、為政者の頌歌《しようか》、平和な治世のあかしとして編まれるものであるが、このような政教的性格が色濃くなるのも中世である。撰者藤原俊成が謀叛人である平忠度《ただのり》の詠を入集させるか悩んだのは、政治と文学の相克をあらわすエピソードであるが、こうした配慮こそ、撰者の力量の見せ所であった。撰者のもとにはさまざまなコネを利用して入集希望が殺到するが、撰者はみずからの歌観に忠実ならんとしつつも、治天の君から請け負った仕事であることを忘れず編纂を進めることになる。優れた撰者の鑑識眼にかかれば、たとえ平凡な和歌でも、本来詠まれた状況とは違った役割を帯び、排列の妙によって新たな生命を与えられることもしばしばであった。

頼朝が西行と出会ったころ、ちょうどこの新しい勅撰集が編纂途上にあった。西行はこの勅撰集に屈折した形ではあるが強い関心を持っていたらしく、頼朝との間でも話題に上ったかも知れない。

千載集には、頼朝の遠祖義家《よしいえ》の詠が収められている。

陸奥国にまかりける時、勿来《なこそ》の関にて花のちりければよめる

源義家朝臣

吹く風をなこその関とおもへども道もせにちる山桜かな　（千載集・春下・一〇三）

この詠は十一世紀、義家が後三年の役で奥州に赴いたときの作とされるが、実際の義家は歌

人ではなく、辺境に向かう心細さを詠うこの歌も伝承歌に過ぎない。一方、頼朝が朝廷の命を無視する形で奥州藤原氏を滅ぼすのは、千載集完成の翌年であった。軍事的緊張が高まる中で、義家の和歌は頼朝と重ねて読まれたであろう。松野陽一氏は「義家の歌を取り込むかたちで俊成は、頼朝が勝ったときへの配慮を行っていたのではないか」とされる（『千載集　勅撰和歌集はどう編まれたか』）。

勅撰集には政治に対する配慮が必要であった。時代が降り、国政に占める武家政権の割合が重くなるほど、入集する武家歌人の数は増加する。これは公家の武家に対する阿諛《あゆ》もあるが、事実上国政を担っている以上は、勅撰集に採られて当然である、という論理が撰者の側に働いていたと見るべきであろう。鎌倉時代の勅撰集は、入集数の上でも、北条氏を五摂家とほぼ同等に遇しているとの興味深い指摘もあり、武家歌人を包み込んだ勅撰集は、当時の政治秩序の鳥瞰図《ちょうかんず》と見ることもできる（前田雅之「日本意識の表象」）。

歌壇研究の意義

和歌はあくまでそれ自体独立した文学作品として鑑賞すべきという立場がある。作品を読むことを放棄せず、表現の秘密を探る手段を尽くすべきであることは言うまでもない。しかし、和歌の詠み出された場や状況を、歴史学の方法によって正確に復原していくのも作品の読解に欠かせない手続きであり、これはどれほど厳密を期そうとも際限ない。

権力者の意向や社会の構造が直接文学に影響するから、ともいえるが、もともと政界と歌壇とは同心円を描き重なり合っている。時の権力の性格が可視的な形をとって現れるのが歌壇であり、そこでは和歌のさまざまな約束事が、権力の形相を規定することがある。

歌人たちの社会、歌壇に着目することは、単に文学研究のみならず、広く中世社会の権力構造を分析するのにも有効な手だてである。それまで公家社会のうちにしか歌壇は確認されなかったが、中世には武家社会にも形成され、かつ京都にしか存在しなかったものが、鎌倉に、さらには地方各地にも生じてくる。これら複数の小歌壇同士の交流や対立も、その背景となった権力間のバランスと連動している場合がある。

とはいえ鎌倉の地が歌壇と呼びうるサークルを擁し、見るに足る成果を生み出すまでには、数十年の時間が必要であった。実朝でさえ、一種の突然変異というべきものであった。

ある社会での歌壇活動の質は、その政治的・文化的な習熟度に左右される。具体的には上に立つ首長の熱意、また歌人層の厚さ、何より優れた指導者の存在が不可欠であった。これらの条件が関東で整ったのは、三代で終わった源氏将軍、さらに二代の摂家将軍を経た、六代目の将軍宗尊親王の治世であった。

前置きがだいぶ長くなったので、この将軍を主人公として、第一章を始めることにしたい。

第一章　歌人将軍の統治の夢

――宗尊親王と鎌倉歌壇

宗尊親王は、和歌を愛した武家政治家として特筆すべき存在であるが、実朝に比較すればはるかに知名度は低い。その名がわずかに記憶されているとすれば、初めての皇族出身の征夷《せいい》大将軍で、北条氏の監視のもとで実権なく、遂に廃立追放された悲運の人物、というものであろう。

たしかに短命ではあったが、このようなイメージが強調される余り、逆にこの時代の政治・文化の把握を偏ったものにした感がなきにしもあらずである。宗尊は同時代にあっては最も才能ある歌人の一人であり、作歌意欲はきわめて旺盛であり、厖大《ぼうだい》な作品は和歌史上にも注目され、さまざまに検討されるべき問題を孕《はら》んでいる。和歌好みの主君の下に多士済々の歌人が集結し、以前は散発的な活動が見られるのみであった鎌倉歌壇は一気に活性化した。文化史的には九代の将軍のうちで最も豊かな稔《みの》りをもたらした、と言ってよい。そのことは、従来は傀儡《かいらい》とのみ評価されてきた、親王将軍の政治的な役割を再考することにつながるであろう。

以前に年譜をまとめたが（中川博夫・小川「宗尊親王年譜」）、依然として詳しい伝記研究が乏しい現状にも鑑み、改めて宗尊親王の生涯と作品とを辿り、そして宗尊のもとで最も輝いた鎌倉歌壇の活動について記すことにする。

第一節　多幸の親王将軍

後嵯峨朝ルネッサンス

宗尊の父、後嵯峨天皇は数奇な運命の持ち主であった。生後まもなく生母と死別、また二歳の時に承久の乱が起き、土佐に遷《うつ》った父土御門院とも二度と相見《あいまみ》えることは無かった。祖母の承明門院《しょうめいもんいん》にひきとられたかれは、二十歳を過ぎても親王宣下はおろか元服さえ果たせず、文字通り無名の宮に過ぎなかった。ところが仁治三年（一二四二）正月九日、四条天皇が皇嗣を残さず急死する。皇位のことは関東の計らいで決定するという、承久の乱以後の慣習にのっとって、朝廷は幕府の指示を仰いだ。廷臣間では佐渡に存命中の順徳院皇子の即位を予想する者が多かったが、執権北条泰時は神慮と称して故土御門院の皇子を指名した。

こうして後嵯峨院の時代が始まる。践祚《せんそ》の経緯から朝幕関係はすこぶる円滑であり、院は万事関東の意向を尊重した。不遇時代の反動か、その治世は、亀山殿や蓮華王院の造営、蹴鞠《けまり》・管絃《かんげん》・法会などの遊宴雅会、熊野・高野をはじめ寺社霊場への頻繁な御幸など、つねに大がかりな諸行事に彩られ、院政華やかなりし頃を彷彿《ほうふつ》とさせるものがあった。とりわけ祖父後鳥羽院の風を慕うようであった。承久の乱後久しく沈滞していた公家社会が、この時代にようやく活気づいたことはたしかである。一方、形骸化した陣定ではなく、仙洞《せんとう》での評定を定期的に催

1-1　後嵯峨院（1220～1272）。宗尊親王の父。天子摂関御影（宮内庁三の丸尚蔵館蔵）より。

して意志決定の場とするなど、中世朝廷のあらたなかたちを作った功績も大きい。その治世は親政・院政の期間をあわせ三十年に及び、この間国内には大きな波瀾《はらん》もなかったことから、理想の時代として仰がれることになる。

鍾愛の第一皇子

践祚してまもない後嵯峨の寵愛《ちょうあい》を受けたのが、兵衛内侍と呼ばれた平棟子《むねこ》である。棟子は仁治三年十一月二十二日に皇子を産む。これが宗尊である。

一方、後嵯峨は同じ年西園寺実氏《さねうじ》の女姞子《よしこ》を中宮に立て、翌寛元元年六月十日には久仁親王を得た。実氏は公経《きんつね》の男、のちに太政大臣となり、鎌倉幕府の信任も厚く、その勢威は摂関家にも勝るほどであった。棟子は弁官を経て立身する文官平家の出であり、家柄はさして高くなく、かつ後見となるべき父も祖父も夭《よう》折《せつ》していた。久仁親王が当然のごとく立太子され、寛元四年（一二四六）正月、四歳で即位する（後深草天皇）。

しかし、上皇となった後嵯峨にとって宗尊は依然掌中の珠であった。寛元二年正月二十八日には三歳で親王宣下を受けている。棟子はならびなき美人といわれ、また宗尊も容儀が美しく、母子への称賛の辞が当時の公家日記に散見される。後嵯峨はいよいよこの第一皇子を不憫《ふびん》に思ったであろう。着袴《ちゃっこ》・外出・御書始《ごしょはじめ》といった儀礼は中宮所生の親王と同格に行われ、宗尊が皇太子に立てられるという巷説《こうせつ》がたびたび流れている。人びとは当然のように源氏物語の桐壺帝と光源氏を想起し、それが一層同情や憶測を掻《か》き立てたのであろう（ただし、桐壺更衣に当る棟子は後嵯峨や宗尊よりもずっと長命で延慶元年（一三〇八）に没した。九十歳に近かったと思われる）。

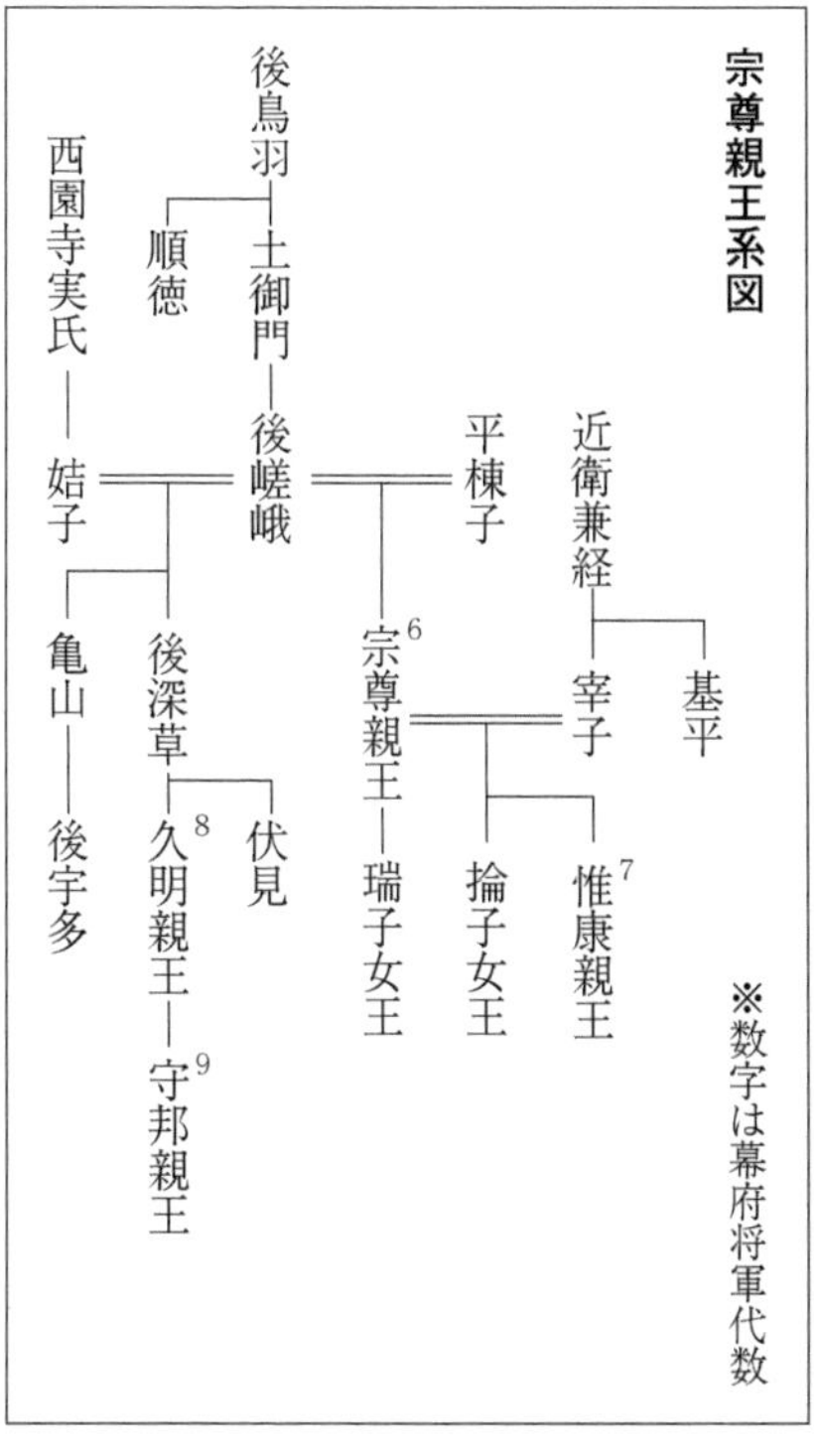

もっとも、後嵯峨の愛情は優れて現実的であった。式乾門院《しきけんもんいん》利子内親王という未婚の女院が、後に「室町院領」と呼ばれた荘園群を伝領していることに目をつけ、宝治元年（一二四七）正月二十八日、宗尊をその猶子とさせた。二年後、女院は譲状《ゆずりじょう》をしたため、宗尊

を将来の相続人に指名した。当時は親王だからといって、朝廷から俸禄や領地が支給されるわけではない。廷臣や女房を祇候させるためにも、家領や分国が不可欠であった。経済的な基盤を得たことで初めて「宗尊親王家」を立てることも可能になったといえる。

鎌倉に迎えられる

建長四年（一二五二）二月二十日、鎌倉幕府の使者は、将軍藤原頼嗣《よりつぐ》を廃し、新たに後嵯峨院の皇子を下されることを奏上した。宗尊その人を指名してはいないが、この年正月八日に仙洞で元服を済ませ、三品に叙されていたので、院との間で黙契があったことを窺《うかが》わせる。

時の執権は北条時頼《ときより》、連署は重時《しげとき》である。名執権として知られる時頼が親王将軍を強く求めた背景は、武家政権の構造にある。北条氏の実力は擢《ぬき》んでたもので、これと比肩し得る御家人はもはや存在しなかったが、武家政権内部での位置づけはあくまで将軍の家臣の一人であって、その限りでは他氏の御家人と同格である。だいたい「執権」とは、摂関や大臣など高位の公家の家政機関の長を意味する普通名詞であり、頼朝が公卿《くぎょう》になって政所《まんどころ》を設置したことに由来している。したがって北条氏がいかに力を振ったとしても、その力の源泉は将軍にある。将軍が全くの傀儡で政治的には何の実権も有していなかったとしても、武家政権は決して将軍をなくすことはできない。とすれば、将軍はできるだけ尊貴、天皇に直接つながる「貴種」であるのが理想である。

源氏将軍も「貴種」であったが、それでも頼朝は挙兵のはじめ以仁王《もちひとおう》が東国に生存していると詐《いつわ》っていたし、北条政子も実朝生前から後鳥羽院の皇子を迎立することを画策していた。政子の申し入れを、後鳥羽院は「イカニ将来ニコノ日本国二ツニ分クル事ヲバシヲカンゾ」（愚管抄巻六）と峻拒《しゅんきょ》したため、次善の策として摂関家出身の将軍が二代にわたり続いたが、幕府の最終目標はあくまで最高の「貴種」の推戴《すいたい》にあった。それが幕府政治の充実と、東西協調を旨とした後嵯峨院の登場によって実現したわけである。

関東祗候廷臣

一ヶ月後の三月十九日、宗尊一行は美々しく装って京都を発ち、四月一日、鎌倉に到着、時頼の邸に入った。南北朝期成立の歴史物語増鏡《ますかがみ》はこのように記す。

御迎へに東の武士どもあまたのぼる。六波羅よりも名ある者十人、御送に下る。上達部・殿上人・女房など、あまた参る。「院中の奉公にひとしかるべし。かしこにさぶらふとも、限りあらん官かうぶりなどはさはりあるまじ」とぞ仰られける。何事も、たゞ人がらによると見えたり。きはことによそほしげなり。（内野の雪）

鎌倉での待遇は鄭重を極め、将軍邸は文字通り御所となり、仙洞に準じて家政機関が整備された。

この時、御所の君臣秩序を形成するのに必要であったのが、親王に仕える殿上人——関東祇《し》候《こう》廷臣である。かれらは幕府から所領、つまり関東御領を給付されるかわりに、将軍の身辺に仕えて、儀式で給仕役を務めたり、奏上や仰詞を取り次いだり、外出に供奉したりする義務を負った。

関東祗候廷臣は摂家将軍の時代にも見られたが、宗尊の代一挙に増大する。和歌・蹴鞠を家藝とする者が多く、飛鳥井教定《のりさだ》・雅有《まさあり》父子、難波宗教《むねのり》、紙屋川《かみやがわ》顕氏《あきうじ》、一条能清《よしきよ》らがおり、次世代には冷泉為相《れいぜいためすけ》も活躍した。こうした廷臣たちの働きにより、和歌・蹴鞠は、将軍御所を荘厳する文化としていっそう深く根をおろしたのである。それゆえ関東祗候廷臣は現実政治には表向き関与せず、将軍のあいつぐ廃立にかかわらず幕府滅亡まで仕えた家が多く、さらに室町幕府にも仕えている。

しかも、さきの増鏡によれば、後嵯峨院は宗尊に従って下向する人々に「院中の奉公にひとしかるべし。かしこにさぶらふとも、限りあらん官かうぶりなどはさはりあるまじ」と約束したという。将軍への奉仕をもって官位を昇進させることを公認したのである。宗尊もまた朝廷への吹挙を厭《いと》わずその労に酬《むく》いている。

後に、都から下ってきた後深草上皇の女房二条は、将軍の鶴岡参詣に供奉する関東祗候廷臣を見て、「赤橋といふ所より将軍車より降りさせおはします折、公卿・殿上人、少々御共したる有様ぞ、あまりにいやしげにも、ものわびしげにも侍りし」(とはずがたり巻四)と、いかにも軽蔑《けいべつ》した風に書いている。しかし、地方暮らしの悲哀はあったとしても、官位昇進や経済面で大いに恩恵に与《あずか》ったのはたしかである。中央歌壇では微弱な存在であった冷泉家や飛鳥井家が乱世を乗り切って血筋を伝えたのも、もとはといえば鎌倉期の先祖の苦労の賜《たまもの》なのである。

将軍の成人と自立

康元元年（一二五六）十一月二十三日、時頼は病のために執権を重時の子長時《ながとき》に譲り出家した。依然政務の実権は掌握しており、長時は時頼の嫡子時宗《ときむね》が成長するまでの「眼代《がんだい》」（代理人のこと）に過ぎない。北条一門のうち、義時・泰時に始まり時頼・時宗にいたる惣領家、またその当主を「得宗《とくそう》」と呼ぶ（義時の法名といわれるが名称の由来ははっきりしない）。北条氏は時房《ときふさ》の子孫の大仏《おさらぎ》流・佐介《さすけ》流、朝時《ともとき》の名越《なごや》流、重時の極楽寺《ごくらくじ》流、政村の常盤《ときわ》流、実時の金沢《かねさわ》流と、多くの庶子が分家を立て、おのおの鎌倉市内に邸《やしき》を構えて繁栄したが、得宗の権威は他と隔絶して大きく、この家に権力が集中した結果、執権の職を経験さえしていれば、得宗が幕府政治を動かせるまでになった。極楽寺流の長時の執権就任は、後の得宗専制政治への階梯《かいてい》である（なお、以下北条氏の人物は、適宜これらの家名を冠して表記する）。

一方で、同じ年の正月五日、宗尊は恒例の御行始として時頼邸に赴いたが、その供奉人を初めて自撰した。供奉人は大小御家人の子弟を列挙した交名《きょうみょう》（リスト）に、将軍が合点を付けて決定されるが、それまでは時頼の沙汰《さた》であった。こうした行事では、参加の御家人めいめいに、権力との距離が公示されることになる。宗尊は十五歳となっており、そうした政治的判断をなしうる年齢とみなされたからであろう。全くの傀儡といわれる親王将軍であるが、成長するにつれて、御家人との接触の機会は増え、近臣が形成され、人間的な結びつきを強めていったのである。

やがて宗尊は御息所《みやすどころ》を迎えることとなり、文応元年（一二六〇）二月五日、前摂政近衛兼経《かねつね》の女宰子《さいし》が鎌倉に下向した。宰子はまず時頼の猶子となり、三月二十一日婚儀が行われた。これより先、正月二十日には、歌道・管絃・右筆・弓馬・郢曲《えいきょく》以下一藝に堪える輩《やから》をもって結番し、昼番衆六番を置いている。祗候人も増えた将軍御所はいよいよ華やいだが、十二月には「当世歌仙」と称された歌人真観が都から迎えられた。野心家であったといわれる真観を指導者として、鎌倉の和歌行事は急増する。吾妻鏡が「右大弁禅門（真観）始めて出仕す。和歌興行盛りなり」と記す通り、宗尊親王家歌壇の始発をここに置いてよかろう。

第二節　鎌倉歌壇の最盛期

三つの宗尊家歌合

弘長元年（一二六一）には正月二十六日に御所和歌会始、二月二十八日に百首続歌《つぎうた》が催された。続歌とは中世最もよく行われた当座歌会の方式で、百首・五十首・三十首といった定数歌の題を記した料紙を用意し、各人が賦《くば》られた題をその場で詠むもので（鬮《くじ》で取れば「探題《たんだい》」となる）、その後料紙を継いで一巻とすることからこの名がある。

三月二十五日には近習から歌人を撰《えら》んで結番し、各当番日には五首を奉るように定めた。吾妻鏡にはその衆として冷泉侍従隆茂《たかもち》・持明院少将基盛《もともり》・越前前司（北条）時広《ときひろ》・遠江次郎（北条）時通《ときみち》・壱岐前司（後藤）基政《もとまさ》・掃部助（安倍）範元《のりもと》・鎌田次郎左衛門尉行俊《ゆきとし》の名が挙がっている。かれらが和歌所の衆であろう。このうち範元は鎌倉幕府の陰陽師であり、歌才をもって宗尊に信任されたが、後年の回想に、

　和歌所の衆を置かれて、毎月六首の歌をおの〳〵当番としてたて□□一身に於いては、当番・作者あひかねて、毎月卅首の詠を進入す。かの一月の分をもて、御手づから九品をたてさせおはします事候し（下略）、

と語っている（寂恵法師文《じゃくえ》）。毎月詠まれた和歌は一人三十首というからかなりの数であろうが、その中から秀歌を撰んで「九品」のランクを付けたらしい。さらに五月五日も御所で会があった。

そして七月七日百五十番歌合が行われる。春・夏・秋・冬・恋各二首、三十人の歌人が参加した大きな歌合である。ただし出詠者が会して披講や難陳が行われたわけではなく、やはり日常の将軍家の会で詠まれた和歌をよりすぐって、歌合に番《つが》えたものである。このような机上の歌合は中世によく見られる。結番された歌合は、真観を通じて京都に送られ、前内大臣九条基家《もといえ》に判詞執筆を依頼している。大臣を判者に迎えるあたりに、真観の策士ぶりが際立つ。基家は田舎人の歌合の判をさせられて、内心面白くなかったらしい。判詞はごく簡略で、跋文《ばつぶん》では「殊なる事無き番」（低レヴェルの取り組み）には判詞を省略した、と弁解している（実際、無判が四十一番にのぼる）。

近年、さらに二種の宗尊家歌合が現存していることが判明した。国立歴史民俗博物館蔵定家隆両卿百番歌合（室町後期写、田中穣《ゆたか》氏旧蔵典籍古文書のうち）に合綴《がってつ》されているもので、一つは「弘長哥合」と題する三十番の歌合で、十二名が花・郭公《ほととぎす》・月・雪・恋の五首を詠む。もう一つは端に「哥合弘長二年三月十七日」とある二十五番の歌合で、十名が出詠し、題は月前花・霞中花・山路花・閑居花・河上花の花五首である。後者の参加者は前者に全て見えており、同時期の開催と推定される。ともに勝負付はあるが判詞は記されていない。

この時期、歌会・歌合・定数歌といった歌壇活動の記録は枚挙に遑《いとま》がないが、本文が伝存す

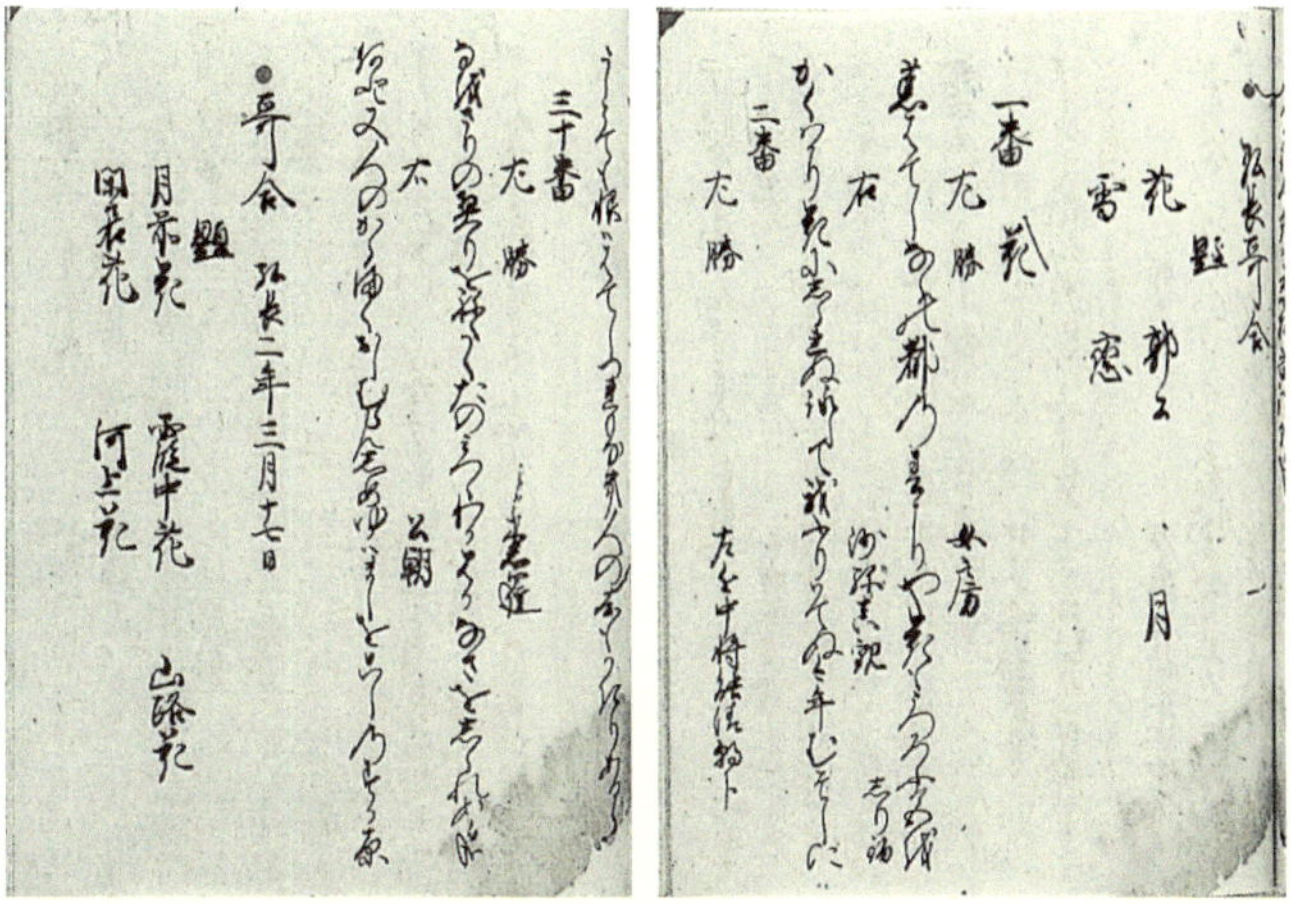

1-2　新出の宗尊親王家歌合（国立歴史民俗博物館蔵　定家家隆両卿百番歌合）。ともに弘長２年（1262）３月の開催と見られる。

るものはごく少なく、三種の歌合は宗尊家歌壇の繁栄を偲《しの》ぶよすがとなっている。

宗尊家歌壇の構成

百五十番・三十番・二十五番、宗尊家の三つの歌合参加者を一覧した。出身別に分類し、歌合での称に従い、（　）内には家名・通称を注した。太字はうち二つ以上に出ている者である。これをもって宗尊に最も近しい、歌壇の中心メンバーと認定してよいであろう。

Ⅰ　公家　**女房**（宗尊親王）・従二位顕氏（紙屋川）・**左近中将能清朝臣**（一条）・右近少将隆茂朝臣（冷泉）・左近少将雅有《まさあり》朝臣（飛鳥井）・讃岐守師平《もろひら》朝臣（姉小路）・**沙弥真観**

Ⅱ　僧侶《そうりょ》　僧正隆弁《りゅうべん》・**権律師公朝《こうちょう》**・権律

師巌雅《げんが》・**阿闍梨円勇**《えんゆう》

Ⅲ　武家　前遠江守時直《ときなお》（北条）・**前越前守時広**（北条）・前伊賀守時家《ときいえ》（小田）・前和泉守行方《ゆきかた》（二階堂）・前壱岐守基政（後藤）・前河内守親行《ちかゆき》（源）・**左近将監時遠**《ときとお》（北条）・左近将監義政《よしまさ》（塩田）・左馬助清時《きよとき》（北条）・中務権少輔重教《しげのり》（大友）・**左衛門権少尉源時**《とき》**清**《きよ》（佐々木）・左衛門権少尉藤原時盛《ときもり》（安達《あだち》）・**左衛門権少尉惟宗忠景**《ただかげ》・**左衛門権少尉藤原行俊**（鎌田）・散位時親《ときちか》（佐介）・左衛門権少尉藤原基隆《もとたか》（後藤）・藤原顕盛《あきもり》（安達）・平時忠《ときただ》（大仏、のち宣時《のぶとき》）・沙弥行円《ぎょうえん》（松葉助宗《すけむね》）・沙弥行日《ぎょうじつ》（二階堂行久《ゆきひさ》）・**沙弥素暹**《そせん》（東胤行《たねゆき》）

Ⅳ　家女房　小督《こごう》（後藤基政女）

Ⅰはいわゆる関東祇候廷臣である。なお歌合での表記が当時の慣習に倣っているとすれば、「朝臣」がつくのは四位、名のみは五位、姓と名の者は六位と考えることができる。

Ⅱは鎌倉仏教界で活躍した僧侶である。隆弁は宗尊の護持僧で、虚弱であった宗尊を何度も加持祈禱《きとう》で救っている。カリスマ性のある人だったらしい。徒然草にも登場する。公朝は公家の出であるが、名越朝時の猶子となった。隆弁の後輩に当たる。二人とも和歌を熱愛した。なお全員が寺門（園城寺）の僧であるのも、山門を抑制し寺門を後援した鎌倉幕府の宗教政策と軌を一にしよう。

Ⅲの構成が種々分析の対象となろう。まず北条一門では、得宗の一族が見えない一方、極楽寺流から義政が、さらに時房の子孫からは六名も加わっているのが注目される。他氏の御家人は御所に日常祗候していたと思われる人である。後藤基政・同基隆・源親行・東胤行は京都にもその名が聞こえた歌人である。東氏が将軍の文雅の友となることは、実朝の代からの伝統であった（その末裔に常縁《つねより》が出る）。行方は御所奉行、忠景・行俊は最後まで宗尊の身辺を離れなかった近習である。安達時盛は義景の子、有名な泰盛は兄に当る。文永四年に評定衆の列に入ったが、建治二年に高野山に赴いて遁世《とんせい》している。一方、得宗から最も信頼された泰盛も和歌は遺《のこ》さなかった。ともかく、この歌合には得宗に近い人が少ない。その他の御家人には松葉助宗がいるが、実朝の頃から活動が認められ、既に相当な高齢であったと見られる。また宇都宮景綱《かげつな》・笠《かさ》間《ま》時朝《ときとも》ら宇都宮氏の歌人も参加していない。「宇都宮歌壇」と称されたほどに、この一門はしきりに歌会を開いていたが、同じ鎌倉にあっても、そのサークルは必ずしも宗尊家のサークルとは重なり合わなかったことが分る。小田時家は宇都宮一門であるが、真観との個人的な親しさから参加したものらしい。

北条氏と和歌

北条氏からは歌人が多く出ており、勅撰歌人となった者だけで五十八名を数えるという（西畑実「武家歌人の系譜」）。ただ、ここでも大仏流以下時房の一族が多く、得宗・極楽寺流・金沢流には少ない。その対照は際立っている。

一応、このように考えることができる——執権が将軍の家政機関の長である以上、将軍家歌壇が活潑《かつぱつ》に活動していれば、敢えてこれと競合する形で和歌行事を催す必要を認めなかったの

北条氏系図

○印は百五十番歌合出詠者。数字は執権の就任順序。

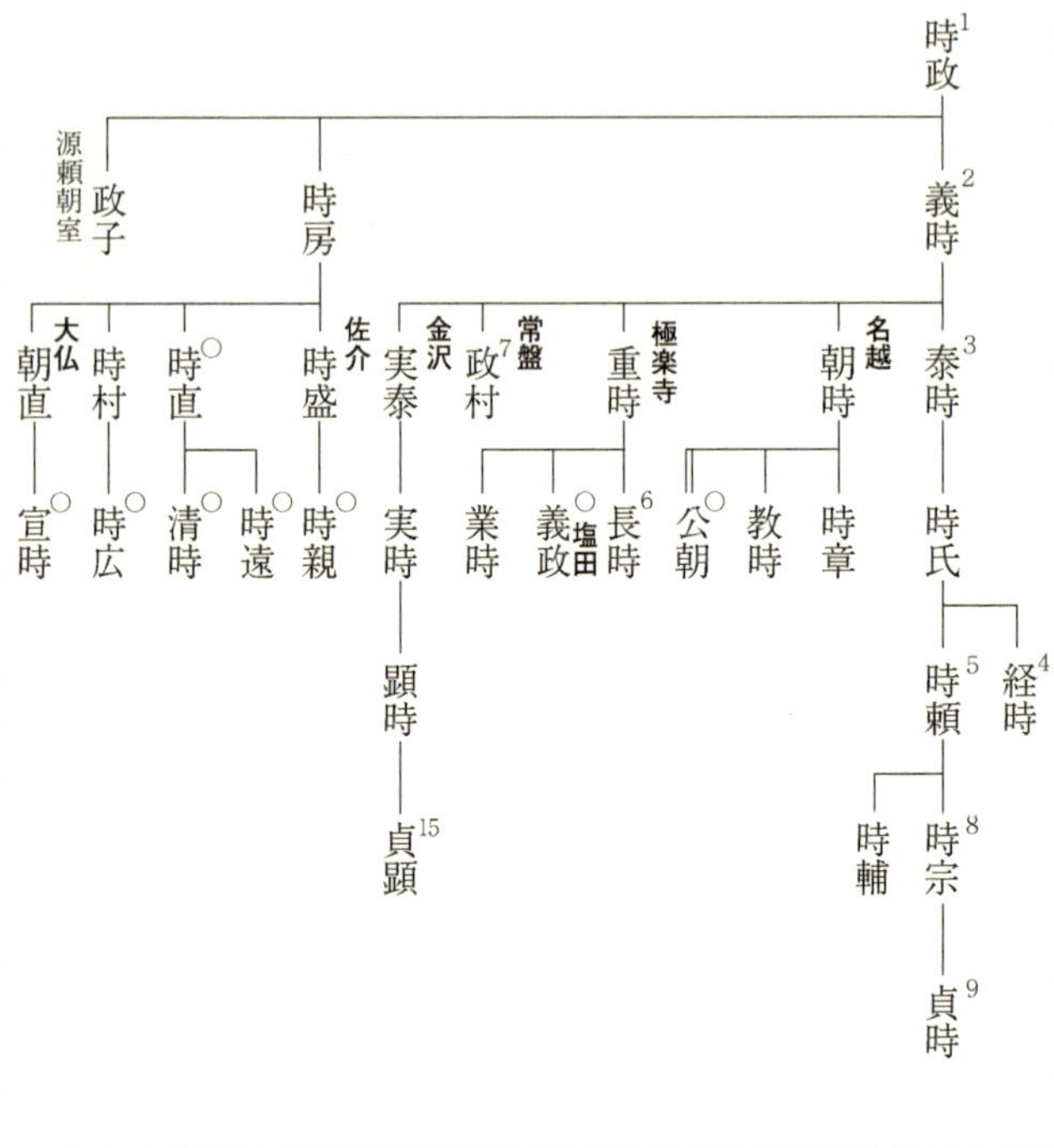

であろう。実朝の時の義時、宗尊の代の時頼・時宗の詠が遺らないこと、一方、和歌をさして好まなかった摂家将軍の執権泰時、あるいは惟康《これやす》親王・久明《ひさあきら》親王の執権貞時《さだとき》が、和歌を嗜んだ理由が説明できる。この点について北条一門は漢学を重視したため、和歌を軟派な文学とみなして斥《しりぞ》けた、という説もあるが、必ずしもそうみなされていなかったことについては後述したい。

　もちろん、成長した将軍の周囲に、御家人たちのグループが形成されることは、微妙な雰囲気を醸し出したに違いない。宗尊家歌壇とは敢えて距離を置く者もいる。後に執権となる政村は実時の伯父に当たる長老で、自邸で会を催すほど熱心であったが、歌合には出ていない。政村は若い頃に兄泰時に対する陰謀の盟主に担がれ、長く幕政の表舞台から遠ざけられた過去がある（執権になったのは長時急死を受けた非常措置である）。一方、時房の一族は得宗とは最も血縁遠く、この頃は連署になることもなく、政治的野心は必ずしも強くなかった。得宗もこの一門には警戒を緩めたであろう（味噌を肴《さかな》に盃《さかずき》を傾けた時頼の相手をしたのは若き日の大仏宣時であったという――徒然草）。極楽寺重時の子義政が加わっているのは異例となるが、非政治的な人物であったらしく、のちに連署在職中の建治三年、突然遁世を遂げ、家領を没収される事件を起こしている。

六帖題歌会の流行

宗尊家の歌壇がこれだけの人数を擁し、日々活動を展開するにいたれば、しぜんそこから生産される作品は厖大な量となったであろう。百五十番歌合の直後、宗尊は後藤基政に「関東近古の詠撰進すべきの由」を命じている（吾妻鏡弘長元年七月二十二日条）。この撰集が完成したかどうかは記録に見えないが、何らかの関係があるとされるのが東撰和歌六帖《とうせんわかろくじょう》である。十世紀後半に成立した古今和歌六帖にならい、五百二十余りの題を立てて和歌を分類して収めた、いわゆる類題集《るいだいしゅう》である。

東撰和歌六帖には詞書がなく、撰集としては無愛想に見える。しかし、固定したメンバーが、定められた題のもと、作品を日夜量産していたのだから、題別の集積整理こそ必須であったに違いない。それは新たな詠作の手引きとなるし、また類想の歌を避けることもできる（実際はしばしば表現発想の似た歌が見られるが）。もちろん東国で詠まれた作品で私撰集を編むのは、これを一つの独立した文学圏とする意識の現れでもあるが、より現実的な目的があった。

実際に鎌倉歌壇では「六帖題」を詠む会がよく行われたようで、寂恵法師文には、次のような記述がある。

弘長・文永のはじめ、九月六日、六帖の題あまねく関東の好士に下されて十三夜の御会に詠進すべきよし仰せらるゝ時、わづかに八ヶ日の間、六帖一部の題五百廿余首をたてまつる事、寂恵がほかに公朝法印・円勇一両人にすぎず。

宗尊が鎌倉の主であった弘長〜文永頃、九月十三夜歌会に際し、「あまねく関東の好士」から六帖題の和歌を召したという。この会は文永二年のことで、まとまった作品としては散逸したが、宗尊や公朝の詠が夫木和歌抄《ふぼくわかしよう》に多数採られている。五〇〇もの題を短期間で詠むことは一種の作歌訓練であったが、通常和歌に詠まれない題をも含んでいるため、かえって好奇心を掻き立てられたようである。二人の和歌には着想・用語ともやや奇抜なものが目立つ。

世をはかる人もあらばとものゝふのつばぬかしたるたちもかしこし

（夫木抄・巻三十二・一五〇九七　宗尊「太刀」）

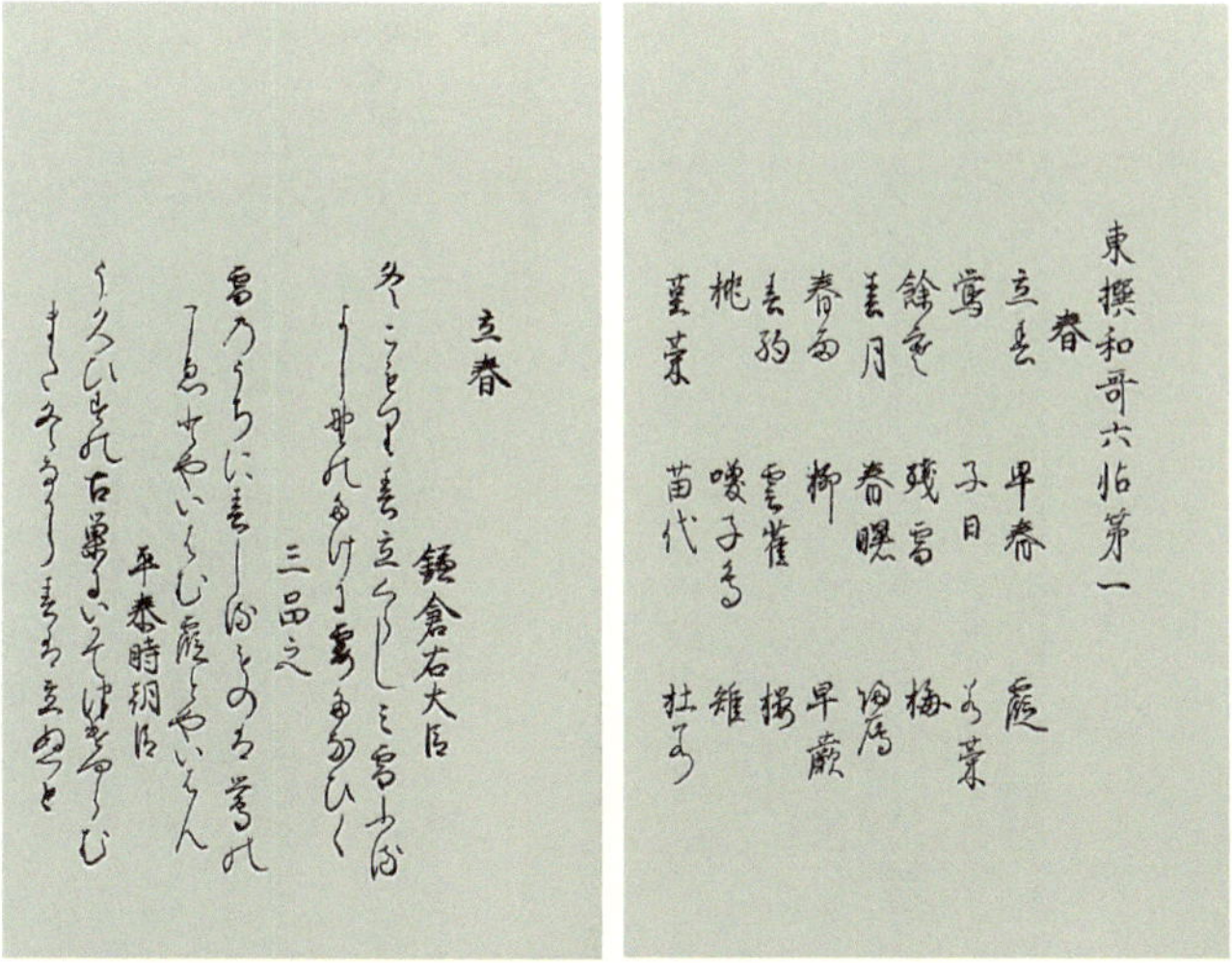

1-3　**東撰和歌六帖（島原松平文庫蔵）**。和歌を題別に集め排列した類題集。巻頭を源実朝・宗尊親王・北条泰時の和歌が飾る。

なにかいとふ霜夜きつねのかは衣け
むづかしとてぬぎもすてぬに
（同・巻三十三・一五五三二　公朝
「かは衣」）

この「六帖題歌会」は、直接には寛元二年（一二四四）に京都歌壇の有力歌人である藤原家良《いえよし》・同為家《ためいえ》・同知家《ともいえ》・同信《のぶ》実《ざね》・真観《しんかん》の五名が詠んだ新撰六帖題和歌（新撰六帖）を範としたらしい。宗尊・公朝の詠に「春雨」「昼」「夜」など、古今和歌六帖にはなく、新撰六帖題和歌で設けられた題が若干見出だせるからである。新撰六帖題和歌は中世の六帖題和歌の流行のきっかけを作ったとされるが、早くも鎌倉歌壇が追随したことになる。

京都歌壇の情勢

ここで時間を少しさかのぼり、京都の

歌壇の様子につき述べる。鎌倉歌壇は孤立していたわけではなく、京都歌壇における人間関係もまた反映されたからである。

後嵯峨院践祚後の京都歌壇では、藤原定家の男為家が「当世和哥棟梁」としてその権威を認められていた（民経記《みんけいき》寛元四年〔一二四六〕十一月六日条）。そのため後嵯峨院から勅撰集撰進の命を下され、三年ほどで撰集の業を終え、建長三年（一二五一）十二月に奏覧した。これが続《しょく》後撰集《ごせんしゅう》である。御子左家《みこひだり》はこうして歌道師範家として確立したが、いまだ歌壇の独占支配にはいたらず、後深草天皇の外祖父西園寺実氏と親しい為家の立場が相対的に有利であっただけで、歌壇にはなおこれに対抗しようとする動きが存した。

為家に最も公然と敵対したのが真観である。俗名を藤原光俊といい、中納言葉室光親の男である。葉室流は院や摂関家に仕え蔵人や弁官を務めて立身し、朝廷政治の実務を担った「名《めい》家《か》」と呼ばれる家である。光俊も正四位下右大弁まで累進したが、嘉禎二年（一二三六）突然官を辞して遁世した。いったん信仰生活に入ったが、在俗時から定家に歌道を学んでおり、やがて歌人として立ったという、異色の経歴を持つ。

定家の没後、真観はかつて御子左家と歌壇を二分した六条藤家《ろくじょうとうけ》の末裔《まつえい》知家を語らい、為家に対抗する態度に出ている。具体的には、寛元四年十二月の春日若宮社歌合以下、為家関係者を排除した歌合を頻繁に開催し、万代集《まんだい》・現存和歌六帖・秋風集《しゅうふうしゅう》といった大規模な私撰集を撰んで、続後撰集を撰ぶ為家への示威とした。このため真観らのグループは「反御子左派」と呼ばれる。

真観は御子左家の門弟から忘恩の徒として糾弾されたため、一家を立てたような印象を与えるが、歌風は為家とさして差異がなく、新たな歌道家を興したわけではない。真観の弟定嗣《さだつぐ》は院の信任厚い伝奏《てんそう》・評定衆であり、実子定円《じょうえん》も園城寺の学僧ですこぶる勢威があった。真観の派手な活動も一門の援護に依《よ》るところが大きい。定嗣は常に院に諫言《かんげん》を奉り、西園寺実氏をも憚《はばか》ることが無かった。そして後嵯峨は両者のどちらかを積極的に支持するということもなかった。そのような姿勢が歌壇でも為家・真観の拮抗を許したということになろう。真観はその後、為家とは疎遠であった前内大臣基家に接近し、建長八年には九百五十番の大歌合を主催させたり、同じ年には東国にも姿を現し、鹿島社に参詣《さんけい》して笠間時朝ら幕府要人に接触したりした。なお真観実子で定嗣の養子となった高定《たかさだ》は、後嵯峨院の命で幼い宗尊に仕えていた。このような関係を槓杆《こうかん》として、真観は再び宗尊のもとへ参り、その師範に納まった。

1-4　為家像（冷泉家時雨亭文庫蔵　俊成定家為家図）。藤原為家（1198～1275）は真観らの抵抗にあいつつも、御子左家の歌壇支配を確立した。

宗尊自身は為家にもしきりに作品を送り、添削・評語を請うている。真観は宗尊の意を迎えようとして甘い評価を下す傾向があったが、為家は宗尊のともすれば粗笨に流れる表現や、奇抜な発想を咎めて、少しも遠慮するところがなかった。そして宗尊は為家の方を信用していたらしい。公平な態度であるが、ただどうしても身近に侍る真観には乗じられるところがあったようである。

続古今集の成立

正元元年（一二五九）三月十六日、後嵯峨院はふたたび勅撰集の撰進を思い立ち、為家に下命した。しかし、老齢と病のため、撰集の業は進まなかったらしい。こうした情報は逐一関東にももたらされており、将軍家に集う歌人には勅撰集に入る希望を抱く者も多かったであろう。そして弘長二年（一二六二）九月、真観・基家・家良・行家《ゆきいえ》（知家の男）の四名を撰者に追加する院宣が下されたのである。真観は表向き否定したが、明らかに宗尊の執奏によるものであった。

撰集が本格化するのは文永二年（一二六五）夏のことであった。院評定衆の藤原経光《つねみつ》の日記民経記は、院の御前で新しい勅撰集が形をなしてくる様子を記している。

まず撰者めいめいが撰集の形に整えた進覧本を献上した後、四月二十八日に初めて仙洞で勅撰評定が開かれた。摂関・大臣以下の院評定衆とともに、為家・真観・行家が参仕し、やはり撰者が五名であった新古今集にならって書名を「続古今和歌集《しょくこきん》」とすること、和漢両序を置くことを決し、撰者の進覧本をもとに巻頭から採る歌を定めていった。この作業が月六回行われる院評定の開催にあわせて続けられた。御前での撰歌も、新古今集の後鳥羽院を彷彿《ほうふつ》とさせるが、四十六歳の後嵯峨院にはそこまでの熱意はなく、基家の作った進覧本を基礎とし、真観が終始議論をリードしており、進捗《しんちょく》は新古今集よりずっと速かった。こうして撰集が一応の形をなすと、その稿本はまず宗尊に進覧された。使者に立ったのは真観であった。民経記同十月五日条に、

今暁入道右大弁光俊朝臣関東に参向す、日来撰定せらるゝところの勅撰の草これに給はり、勅使として中書大王(宗尊)に参向するところなり、その後竟宴ありて遵行せらるべしと云々、撰者たり勅使たり、禅門の栄華か、珍重々々、

とある。そして宗尊の承認を受けて、翌文永三年三月十二日、仙洞で竟宴《きようえん》（完成の祝宴）が挙行されたのであった。真観の得意思うべしである。為家の側の史料によれば、真観はどんどん宗尊の歌を増やしていった。結果それは六十七首の多きに及び、集中第一位となった。勅撰集初入集者は十首以下に抑えるのが通例、しかも下命者の後嵯峨院でさえ五十四首であるから、まことに前代未聞のことである。

宗尊を続古今集の事実上の下命者とすることもできよう。これまでは京都歌壇の事情が鎌倉に持ち込まれていたが、ここで鎌倉歌壇が京都歌壇に干渉するに至ったといえる。さきに示した宗尊家歌壇のメンバーで入集したのは二十一名を数える。宗尊・真観のほか、基政六首、胤行五首、隆弁・公朝各四首、能清・時家・基隆・時広・小督各三首、顕氏・時直・忠景各二首、

厳雅・円勇・雅有・義政・時親・時清・親行各一首と、ほぼ実力に見合った歌数であろう。ただし、一首でも作者となることが栄誉であったから、総じて優遇されているといえる。

続古今集の歌数は一九一五首と、それ以前の勅撰集の中では新古今集についで多い。複数撰者によって撰入歌は時代・歌風とも幅広いものとなり、概して平凡で個性に乏しいとされる十三代集のなかではやや異彩を放っている。宗尊の作がこの集全体の歌風にどのような影響を与えているかは今後考察すべき課題であるが、宗尊ひとりの和歌好みの問題にとどまらず、武家政権の首長が勅撰集に関与した例を拓《ひら》くことになったのである。

二百年ぶりの中務卿親王

在鎌倉も十年となり、宗尊は将軍として上洛することを夢見ていた。

あづまにてくれぬる年をしるせればいつつのふたつ過ぎにけるかな
（柳葉集・巻二・一九四）

この里のすみうしとにはなけれどもなれし都ぞさすが恋しき
（瓊玉集・雑上・四五四）

との詠もある。これは単に望郷の念ばかりではあるまい。父院との再会は、東西政権の首長の記念すべき対面であり、麾下の武家たちに将軍の権威を見せつける効果も絶大であった。ところが、上洛計画は何度も具体化しながら、その度に天災や諸国百姓の負担を理由に中止された。既に朝幕間の重要案件は、六波羅探題と西園寺家を経由して伝達される制度が確立しており、将軍が幕府側の代表として院と直接に交渉するようなことは望まれなかったのであろう。

後嵯峨もこの頃宗尊のことを気に懸けていたようで、文永二年四月の仙洞三十首歌合に宗尊も召されている（民経記）。もちろん詠のみを送ったのであるが、京都歌壇の行事に鎌倉の将軍が加わることはまことに異例であり、一体ぶりを強く印象づけたであろう。そして九月十七日、宗尊は一品《いっぽん》に叙され中務卿《なかつかさきょう》に任じられた。中務卿は親王の任ずる官であったが、在俗の親王が少なくなったため、万寿四年（一〇二七）以後、実に二百年ものあいだ闕員《けついん》であった。「中務卿親王」の久しぶりの出現は都鄙《とひ》の耳目を聳《そばだ》たせるのに十分であった。世人は王朝の文人として名高い二人の中務卿親王――兼明《かねあきら》親王（前中書王《さきのちゅうしょおう》）と具平《ともひら》親王（後《のちの》中書王）を想起したようである（中務卿親王を中国風に呼べば「中書王」となる）。後述する「惟康《これやす》親王願文」（六十一頁参照）にも、これに触れて「中書省之帯貴帙也、継絶跡於寛弘之古風（中書省の貴帙を帯ぶるや、絶えたる跡を寛弘の古風に継ぐ）」とある（寛弘は具平の活躍した一条朝の年号）。

このような権威伝統ある官を敢えて授けるところ、後嵯峨の親心にとどまらない配慮を感じさせよう（ただし、吾妻鏡は特筆大書すべきこの慶事に全く触れていない）。

第三節　失脚と余生

北条氏の圧迫

弘長三年（一二六三）十一月二十二日、最明寺入道時頼が卒した。三十七歳とも四十一歳ともいう。二十四日、宗尊は十首の哀傷歌を詠んでいる。重時は既に二年前に亡くなっており、宗尊を鎌倉に迎え入れた武家はいなくなった。

翌年八月二十一日、執権長時も三十五歳で早世した。当然、得宗の時宗が跡を襲うべきであるが、十四歳に過ぎない。ひとまず一門の長老の政村が執権に就いて、時宗の成長を待ち、実時・泰盛が補佐する体制をとったが、幕府の評定・引付《ひきつけ》では、名越流の時章《ときあきら》・教時《のりとき》兄弟の発言力が強まった。名越流は得宗に対して、代々反抗的であった。また時宗の異母兄時輔《ときすけ》の存在も不気味であった。幕府首脳は、これらの勢力が宗尊に結びつくことを警戒《おっそ》した。この年十月、時輔が六波羅探題南方に任ぜられて鎌倉から追われ、実時・泰盛が越訴奉行となり名越流を牽《けん》制《せい》した人事に、時宗らの危惧《きぐ》が見てとれる。時輔・時章・教時らは文永九年（一二七二）の二月騒動で一斉に粛清される運命にあった。宗尊家歌壇の中心人物で、東撰和歌六帖の撰者後藤基政も時輔とともに六波羅に転出し、そのまま鎌倉に戻ることは無かった。

北条氏はかつて摂家将軍を同様の理由から排斥した先例を持っている。宗尊自身は全く異心を抱いたことはなかったにせよ、成長した将軍の言動が疑心暗鬼の眼をもって監視されるようになったのは想像に難くない。

宗尊の和歌は、文永二年から急に暗い調子を帯びることが指摘されている。

いかがせんあはれこころのなほき木にまがれる枝を人のもとむる　（柳葉集・巻五・八一九）

いやしきもありときしをいかにかくさかりもしらぬわが身なるらん　（同・同・八三九）

しづみゆく今こそおもへ昔せしわがかねごとははかなかりけり　（同・同・八四一）

いまだ若く前途ある将軍が人生の下り坂を詠うのは尋常ではない。この年九月に、公朝・円勇・範元ら気の置けない歌友と競って詠みあった六帖題和歌にも、

おきつ風吹きしく浦のしほ煙立ちのぼらぬやわが身なるらん　（夫木抄・巻十九・七九七八「煙」）

とにかくに人の心はみだれ藻のなびくとみるもたのまれぬかな　（同・巻二十八・一三四六二「藻」）

いとふぞよ世にふる河のくだりやなかかるみくづはせきなとどめそ　（同・巻三十三・一五九三六「やな」）

といった詠が多く見出だせる。みずからを無用者と観じ人心の頼み難きを歎く。この月に一品中務卿を拝するが、次第に宗尊の周囲に暗い影が差し始めたことは否めない。

思いがけぬ帰京

文永三年（一二六六）七月、宗尊は突然将軍の座から追われ、京都へと送還される。在職十五年、二十五歳であった。

この年、宗尊はしきりに京都と連絡を取っている。これは将軍夫妻の護持僧を務めていた松《まつ》殿《どの》僧正良基《りょうき》と御息所宰子の密通が露顕したので、宗尊が宰子を離縁する、または良基を罰するなどの方策を講ずるにあたり、院の指示を仰いだものと解されている。これを受け六月二十日、時宗・政村・実時・泰盛が会し、「深秘《じんぴ》の御沙汰（秘密会議）」が持たれた。この日良基は逃亡した。そして三日後、宰子は時宗の山内殿に移された。

ところがこの日、市中がにわかに不穏な情勢を呈した。二十六日には殺気立った近国の御家人がつめかけた。騒ぎは七月に入っても沈静せず、時宗邸に軍勢が集結し、政所の前の大路で鬨《とき》の声を揚げたという。名越教時が武装した兵を率いて行動を起こしたが、ただちに時宗に制止された。非常時にもかかわらず、将軍御所からはつぎつぎと人が退出していき、ようやく宗尊は事の真相を悟ったことであろう。良基の一件は私的な醜聞であるから、北条氏が将軍に異心ありと騒ぐ理由はない。すべて追放のために仕組まれたものであった。

京都の側でも宗尊の上洛《じょうらく》は全く予期しないものであった。新抄《しんしょう》（外記中原師種《もろたね》の日記か）に、七月九日になって幕府の急使が入京し、将軍が謀《む》叛《ほん》を企てたため廃され、上洛する旨を奏したとあるが、この日記は後年原本から抄出されたもので、当時の記事ではない。むしろ宰子の弟、左大臣近衛基平《もとひら》の日記、深心院《しんじんいん》関白記の同月二十日条には「関東将軍子刻ばかり上洛す、六波羅に坐せらると云々、上洛何故かを知らず」とある。スキャンダルの渦中にいる宰子に最も近い人物さえ、理由が分からないとしているのは、よほど事が隠密裡《おんみつり》に進められたことを示している。

増鏡には、宗尊失脚の背景を、

世を乱らむなど思ひよりける武士の、この御子の御歌すぐれて詠ませ給ふに、夜昼いとむつましく仕うまつりけるほどに、をのづから同じ心なる者など多くなりて、宮の御気色あるやうにいひなしけるとかや。（北野の雪）

と説明する。宗尊にこのような異心をもって接近した武士が誰か、知っていたとは思えず、後世からの憶測に過ぎない。しかし歌会を通じて、御家人との間に固い紐帯を結んだことが得宗の忌諱《きき》に触れたとするのは、的外れではない、と言われている。

これに加えて、勅撰集を撰進させ、宗尊家歌壇のメンバーも多く入集を果したとなれば、それはいわば将軍から直接与えられる恩給であった。北条氏は御家人が朝廷の官職に叙任されることにも厳しい制限を加えており、問題視されたかも知れない。後に得宗の北条貞時は「一族家人」、つまり北条一門の家臣が勅撰集に入集することを禁止したといわれる（勅撰作者部類《ちょくせんさくしゃぶるい》附載作者異議）。宗尊の和歌愛好はかれの抽象的な統治権をあらわすものとしては好意的に受けとめられたし、勅撰集もまた統治の象徴であって、そのかぎりでは安泰であったが、これが実を伴うようになったとき、たちまちにその地位を失わせることになったとすれば余りにも皮肉である。

宗尊は六波羅探題北方の北条時茂《ときもち》邸に入り、事実上の軟禁状態に置かれた。後嵯峨も生母棟子も宗尊を「義絶」したという。「将軍御謀叛」という幕府の説明を受け容《い》れて宗尊を罪人とみなしたということである。しかし一方、宗尊の第一王子惟康が七月二十三日に征夷大将軍宣下を受けている。文永元年四月二十九日に宰子の腹に誕生した惟康はわずかに三歳である。幕府も新将軍の父として宗尊に敬意を払わないわけにはいかない。全ては予定通りの筋書きであろう、まもなく幕府は院に義絶を解くよう奏上し、さらに宗尊には所領五箇所を献じた。かくして宗尊は棟子の土御門殿に移る。なお宰子は十一月二日に上洛の途につき、近衛殿に迎えられた。

廃将軍の悲歌

宗尊の味わった焦燥・無念・憤怒は想像するに余りあるが、わずかにこれを慰めるのは和歌であった。鎌倉から上洛する道々宿々でも詠を絶やすことは無かった。

旅人のともしすてたる松の火のけぶりさびしき野路のあけぼの　（中書王御詠・雑・二三七）

道中の作は帰京後にまとめた詠草、中書王御詠に撰入されているが、このほかにも路次の詠を集めた家集があったことが近年判明しており、関心を集めている。

帰京後も八月に百五十首、十月には五百首を詠んでいる。後者の時点では既に六波羅から土御門殿に移っていたと思われるが、多数の題をつぎつぎにこなしていく即詠であるためか、昂《たか》ぶった感情がそのまま迸《ほとばし》ったような作品が多い。

ひさかたのあまつ日かげのなかぞらにかたぶかぬ身といつ思ひけん
（竹風抄・巻一・四三「昼」）

今は身のよそに聞くこそあはれなれむかしはあるじ鎌倉の里
（同・同・一〇六「里」）

その中には、

つよくのみ思ひぞいづるあらきかぜ吹きはじめにしみなつきの空在注
（同・同・一七「六月」）

忘れずよあくがれそめし山ざとのそのよの雨の音のはげしさ
（同・同・一〇七「山家」）

など、失脚時の体験に基づくと思われる作があり、注目される。なお、和歌の末にある「在（有）注」という注記は、一首がある事実に基づくものの、その具体的内容は明示したくない場合の、一種のサインである。最初から「注」は記されてはおらず、読み手は一首の背景に思いを馳《は》せなければならない。この場合、六月になって情勢が急に悪化したと読んでいいのであろう。鎌倉最後の夜は「忘れずよ」の詠の通り、篠《しの》つく雨であったという。

たしかに絶唱ともいうべき秀歌群であるが、皮肉な言い方をすれば、これで歌人宗尊の名は不朽のものとなった。二十四年の後、惟康親王が同様に将軍を廃され、送還される様子を目撃した後深草院二条は、さぞかし辛《つら》い道中と拝察するが父上のように和歌を詠まれなかったのは残念だ、と記した（とはずがたり巻四）。まるで悲劇役者の科白《せりふ》を期待するかのような、残酷な感想である。

次の一首には、和歌の力を信じ和歌に裏切られた、宗尊の苦い思いがこめられている。

あめつちをうごかす道と思ひしもむかしなりけり大和ことの葉
（竹風抄・巻一・一二二「歌人」）

晩年と終焉

帰京後の宗尊については史料が少なく、断片的な動静が伝わるのみである。和歌からは失意の情が強かったように思えるが、依然後嵯峨院の愛顧があり、また式乾門院遺領の相続人に指名されていたので、客観的に見れば必ずしも不遇であったとは言い難いようである。文永四年八月十七日には家司《けいし》平棟望《むねもち》（棟子の甥）を奉行として所宛《ところあて》を行っており（民経記）、家政機関も整備された。鎌倉将軍時代とは比較にならないが、公卿・殿上人・諸大夫を祗候させ、それなりの格式を保つことは許された。外出も自由で仙洞の行事に参加することもあった。文永七年十月には土御門殿で歌合を行い、真観らが子女を率いて参加している。宗尊失脚後、「反御子左派」の活動も一気に下火となったが、歌壇ではかれの求心力はまだ失せていなかった。

ところが、文永九年（一二七二）二月十七日、後嵯峨院が五十三歳で崩御する。宗尊は二七日にあたって出家を遂げた。法名を覚恵という。この年十一月頃に自撰した百番自歌合は、悲歎憂愁の情と故院への哀傷に満ちている。

のぼりにし霞の空の名残とて春こそ君がかたみなりけれ
（竹風抄・巻五・九三二「霞」）

朝夕にむなしき空をながめてもたかく仰ぎし君をこひつつ　（同・同・九七三「天」）

　しるくたつ外山の雲はつらくとも君がいまきの岡と思はば　（同・同・九八五「岳」）

　まもなく病床に臥せる身となり、文永十一年七月二十九日に逝去した。三十三歳であった。翌八月一日に山科に葬送した。『兼仲卿暦記《かねなかきょうりゃくき》』には「日来御荒痢《こうり》」と見え、また「往生素懐」を遂げたとある。三十三歳であった。翌八月一日に山科に葬送した。「今夕中書王御葬礼、山科に渡し奉る、御車を用ゐらるゝこと平生の御行の如しと云々、見る者涙を流す」とある。世人の深い同情を誘ったことが分かり、同時代人の証言として興味深い。鎌倉からも使者として安達長景《ながかげ》が上洛し、公朝・雅有らの哀傷歌が遺る。

　宗尊の卒伝に類するものとしては、もう一つ「惟康親王願文」も注目される。南禅寺金地院に亀山天皇宸筆《しんぴつ》として秘蔵されていた金泥彩色の装飾巻で、惟康親王が父の百日の忌辰《きしん》に当り、作善供養を勤修したときの願文である。作者は徴すべきものがないが相当の学者の手になると思われる。生前の行状を記す中間部は、伝記史料としても上乗である。臨終の有様は「迎遷化之時刻、唱弥陀之名号、瑞応惟多、詫生豈疑（遷化の時刻を迎へ、弥陀の名号を唱ふ、瑞応惟れ多し、詫生豈に疑はんや）」とある。後嵯峨院は浄土宗西山派を庇護《ひご》し、嵯峨に浄金剛院を建立しているが、宗尊も同院の長老禅空《ぜんくう》（覚道《かくどう》）に帰依していたらしい。閑月集《かんげつしゅう》には禅空との贈答歌が見える。なお、この法流には歌人が多く、禅空の弟子貞空《じょうくう》も宗尊家歌会に出詠している（新三井集《しんみいしゅう》）。これは兼仲卿暦記の記事とも吻合《ふんごう》し、出家後は浄土宗に帰依してひたすら往生を願ったのである。短い期間ながら、宗尊がこのような信仰生活を持った事実は注目すべきである。

親王将軍の記憶

将軍在職は十五年、そのうち鎌倉歌壇が本格的に活動したのはわずか五年余に過ぎないが、その統治は忘れがたい記憶を遺したようである。

京都に暮らす遺児の人生は比較的恵まれていた。女子二人のうち掄子《りんし》は亀山院の、瑞子は後宇多院の後宮に入ったと伝えられる。掄子は晩年に准三后となり、瑞子は女院号宣下を受けて永嘉《えいか》門院《もんいん》と号した。とくに瑞子は宗尊の忘れ形見として、幕府関係者からたいそう鄭重《ていちょう》に扱われた。元徳元年（一三二九）八月二十九日、五十八歳で没したが、重態の報を受けた金沢貞顕《さだあき》は「永嘉門院御悩の事承り候ひ了んぬ、中書王の御跡只一所おはしますの際、特に歎き存じ候、中書王には亡父、ことにことに奉り候の間、返す返す歎き入り候」（金沢文庫古文書）と述べる。貞顕祖父実時は宗尊追放の首謀者の一人であるが、父顕時《あきとき》は殊に宗尊に近仕したと語る。愛顧の記憶は政治的対立の次元を超えるものであり、六十年を経て遺児の上にさえ及んだのであった。

鶴岡放生会《ほうじょうえ》職人歌合は弘長元年（一二六一）宗尊と御息所の参詣を記念して描かれたという説があり、源氏《げんじ》秘《ひ》義《ぎ》抄《しょう》なる古注釈書に附載される「源氏絵陳状」によれば、宗尊御所で源氏物語を題材とした色紙絵屏風《びょうぶ》が製作されたとき、その描法をめぐって祇候の廷臣や女房が訴陳を番えたことが記されている。これらはやや後世の史料でそのまま事実であったとは思えないが、宗尊の時代が、鎌倉文化の黄金期として長く記憶されたからにほかならない。

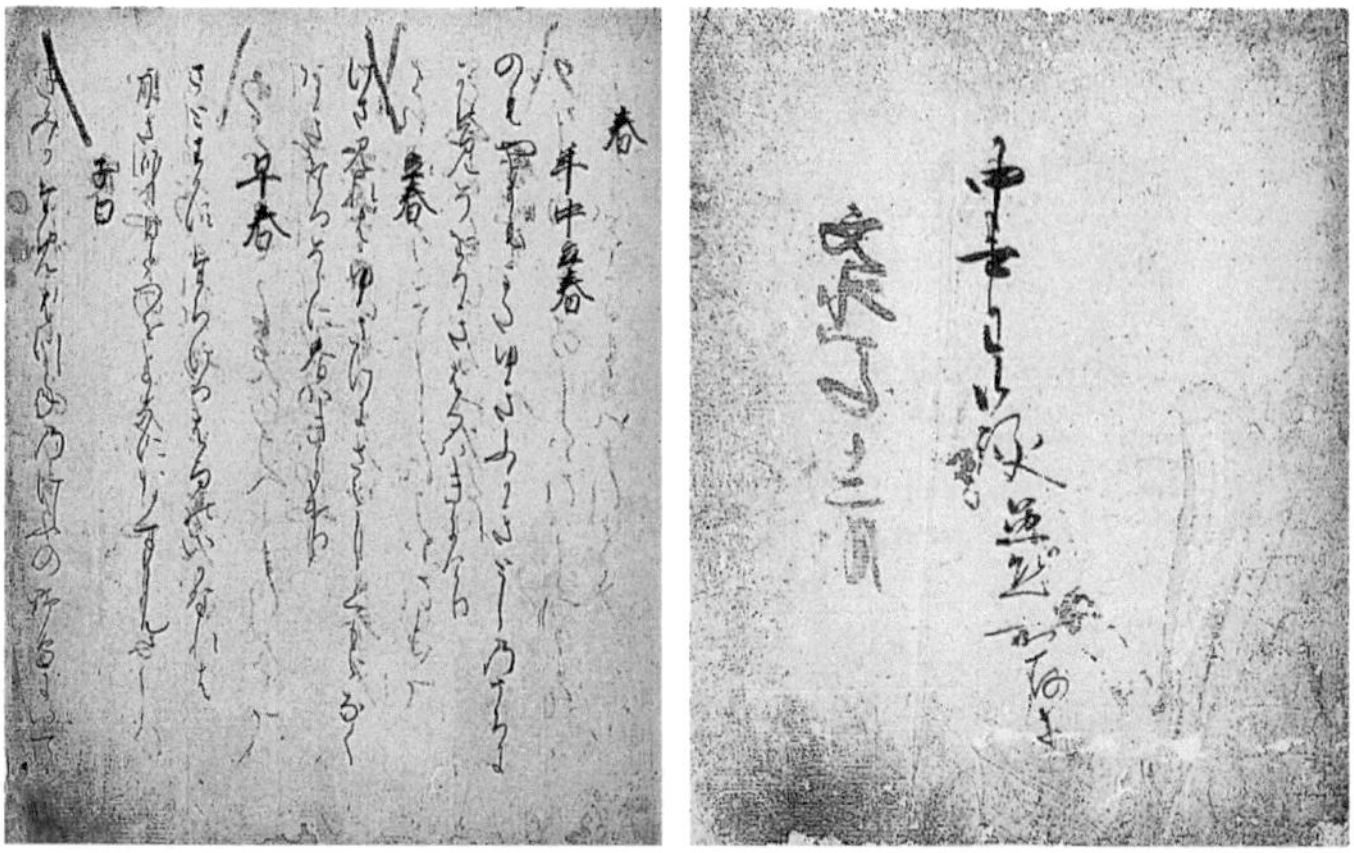

1-5　中書王御詠（冷泉家時雨亭文庫蔵）。「中書王」は中務卿親王の意、宗尊が帰京後自詠をまとめて為家に送ったもの。表紙に「愚点所存等　文永四年十二月」と見える通り、為家の点と評語が書き入れられた原本。

第四節　宗尊親王和歌の特質

四つの家集

宗尊の現存歌は三〇〇〇首を越える。家集としては次の四種が現存する。

①瓊玉《けいぎょく》和歌集十巻　五〇七首　真観撰。文永元年十二月成る。

②柳葉《りゅうよう》和歌集五巻　八五三首　自撰。弘長元年～文永二年の定数歌を抄出して収める。

③中書王御詠一巻　三五八首　自撰。文永四年十二月、為家に送り合点・評語を受ける。

④竹風和歌抄五巻　一〇二〇首　自撰か。文永三年～九年の定数歌を抄出して収める。

②④は、毎月のように詠まれた定数歌をまとめた編年体の集である。性格はいわゆる「詠草」に近い。一方、①③は、②④および単行で伝わる定数歌文応《ぶんおう》三百首などを主たる材料として、旅先や日常の感慨を詠んだ作をも入れて編んでいる。原則毎首詞書を置き、四季・恋・雑に部類したもので、こちらは「家集」である（なお②③は最近冷泉家時雨亭文庫から鎌倉期古写本が出現し刊行された）。

さらに①〜④とは全く異なる、「宗尊親王集」の断簡がいくつも発見されている。室町中期までは「初心愚草《しょしんぐそう》」「春草集《しゅんそうしゅう》」「秋懐集《しゅうかいしゅう》」という名の宗尊家集もあったことが知られており、そのいずれかの断簡が含まれている可能性がある。ともかく、これほどさまざまな家集を編んだ歌人は稀有で、かれの自詠にかける思いの強さが浮かび上がる。

遺された歌数は厖大である。藤原定家でも現存するのは四五〇〇首ほどである。古い時代になればなるほど、歌人は作品の上澄みしか残さず、創作過程を具体的に知ることは困難であるが、宗尊の場合これを窺う材料に富んでいる（習作的な凡歌も相当多い）。②と④によって、抜粋ではあるが毎年間断なく定数歌が詠まれたことが分るので、歌人としての成長を辿《たど》ることもできる。

本歌取の傾向

それでは実際に宗尊の和歌を読むことで、その歌風を考察してみることにしたい。前に記したように詠草は三〇〇〇首に及び歌風も多様である。そこで、なるべく構成が均質である定数歌をいくつか選び、比較してみたい。取り上げるのはつぎの三種の百首歌である。それぞれ二十歳、二十三歳、二十八歳の作品である。

Ⅰ　弘長元年九月百首（柳葉集・巻一・六九～一四三）

Ⅱ　文永元年十月百首（柳葉集・巻四・五六三～六二六）

Ⅲ　文永六年四月二十八日柿本影前《かきのもとえいぜん》百首（竹風抄・巻四・五九六～六九三）

柳葉集・竹風抄には合計十八の定数歌が収められている（百首歌十二、百番自歌合二、五百首・三百六十首・三百首・百五十首各一）。これらは詠草に収められるのに際し、すべて作者自身によって精撰されている。その率は作品によってまちまちであるが、

	春	夏	秋	冬	恋	雑	計（首）
Ⅰ	14	10	16	10	12	13	75
Ⅱ	12	5	13	7	15	12	64
Ⅲ	20	10	20	9	15	24	98

平均は六四・三六％となる。ⅠとⅢは他人にも出詠させた催しであり、Ⅱは独詠と考えられる。三つの百首とも構成は同一で、春20・夏10・秋20・冬10・恋15・雑25と推定される（題は設定されていなかったか）。

ⅠからⅢの百首歌について、まずその本歌（本文・本説）について調査した。本歌の認定は個人の主観に左右されやすいので、まずは続後撰集までの勅撰集、およびそれに准ずる撰集や定数歌に入っていて、本人はもとより、読者もまた十分その歌を取ったことが理解できるような古歌に限定した。

三つの百首歌の本歌取り一覧

	Ⅰ弘長元年九月百首	Ⅱ文永元年十月百首	Ⅲ柿本影前百首
万葉集	15（＊1）	28（＊2）	1（＊3）
古今集	22	18	10
後撰集	1		5
拾遺集	4	1	6
後拾遺集	1		7
金葉集			
詞花集	1		
千載集	2		
新古今集	2		4
新勅撰集	2		1
古今六帖	2		2
源氏物語	1		4
催馬楽		1	1
和漢朗詠集	1		11
新撰朗詠集			1
白氏文集			3
文選			1

○各百首の、本歌・本文と認定される古歌・詩文の数を所収文献別に示した。本歌等が複数ある場合は別に数えた。

○本歌が複数文献に重出する場合は、かりに上表の排列（右→左）に随い、順序の早い方に含めて数えたが、必要に応じて他出状況の内訳を注で示した。

＊1　新古今1　続後撰2
＊2　古今1　拾遺1　新古今4　新勅撰2　古今六帖2
＊3　拾遺1

なお、同時代歌人の作と類似した表現・構想もしばしば見られることから、宗尊への影響関係を想定する論が多いが、同じような題で頻繁に詠歌を重ねていれば似た歌が生まれるのは不可避であろう。いわんや狭い歌壇で切磋琢磨していればなおさらである。これらは参考歌というべきであろう。

表を一瞥《いちべつ》するだけで、ただちに作歌の傾向を看取できるであろう。宗尊が本歌取りを多用する歌人であることは既に指摘されているが、万葉集・古今集・漢詩文が柱となっていることは瞭然としている。当時の歌人が古今集を尊重するのは当然として、それ以外にどのようなところから本歌を取っているかが一応その歌人の個性となろうが、その意味では宗尊は異色である。Ⅰの百首では万葉集からの本歌取りが十五例を数え、Ⅱでは古今集取りを逆転する。これほど極端な万葉集尊重は同時代にも例がない。ところがⅢでは一転して万葉集は影をひそめ、かわって著しく漢詩文に傾斜している。また三代集・後拾遺集いずれも均衡となり、いわば古歌全般に関心が向いている。これは歌人宗尊が辿った軌跡とも重なっている。以下に万葉集・漢詩文を摂取した和歌の特色を述べてみようと思う。

万葉集と名所和歌

宗尊は一般には「万葉風」の歌人として知られている。その具体相を明らかにしてみたい。

Ⅰの百首にも既に万葉歌を本歌としたものが目立つ。

いかほ風いかにふけばかぬまみづのはるをばよそに猶こほるらむ　（七二・春）

伊香保風ふく日ふかぬ日ありといへどあが恋のみし時なかりけり
（万葉集・巻十四・三四二二　上野国歌）

たかまどの野辺の朝露かつちりてひもとく花に秋風ぞふく
（九七・秋）

秋風は日に異《け》に吹きぬ高円の野辺の秋萩散らまく惜しも
（同・巻十・二一二一　作者未詳歌）

霜こほるよ風をさむみさきたまのをさきのぬまにかもぞなくなる
（一一四・冬）

埼玉の小埼《をさき》の沼に鴨ぞはねきるおのが尾にふりおける霜をはらふとにあらし
（同・巻九・一七四四　作者未詳歌）

このように、万葉集取りでは本歌に詠まれた珍しい地名への関心が窺われる。「高円の野辺」のごとく、平安歌人にも認知されていたものもあるが、この百首ではそれまで作例のない地名が目立つのである。

歌枕は、古来歌人たちの関心を集めたが、実際に現地で詠まれたわけではなく、セットになったある景物や感情を効果的に想起させる、トポスの役割を果たすものがほとんどである。その意味では三代集をはじめ王朝和歌で定着した歌枕を用いるのが好ましく、聞いたことのない地名を詠んだところで、本人の満足に終わる。為家は「名所を詠むこと、常にきゝなれぬる所をよむべし。（中略）大方、題に名所をいだしたらむに、よみならはしたる所ども、さらでは少しよせありぬべからむを求めて案じ続けみるべし」（詠歌《えいが》一体《いったい》）と教える。

それにもかかわらず、宗尊が珍しい地名への興味から万葉集を学んだのは、反御子左派に左《さ》祖《たん》したせいもあるが、むしろ当時の力ある歌人にはよく見られることでもあった。真観・知家・基家らは、一様に万葉集をはじめ古代の文献に見える地名に強い関心を示している。真観は、宗尊に献上したといわれる歌論書簸河上《ひのかわかみ》で、

古き歌枕、日本紀《にほんぎ》の中より出できたる名所かと見ゆるをば、今の世には新名所と名づけられたるとかや。日本紀を見侍れば、げにも面白き所々あり、これにつぎては諸国風土記といふ文あり、これまた見つべき文にこそ侍《はべ》るめれ。

と述べており、「新名所」を詠むことを推奨している。知家は為家と袂を分かった後、非常に多く珍しい地名を詠むようになり、「当家に中たがひて後、万葉の名所とりてよめる姿なり」（源承和歌口伝《げんしょうわかくでん》）と非難されるほどであったし、基家には中国の名所を賦した詩と歌枕を詠んだ和歌とを番えた和漢名所詩歌合《しいかあわせ》の編があって、名所和歌の流行はたしかにこの時代の和歌史の一大特色たりうる。宗尊のように、関東歌人も、身近な名所を万葉集から「再発見」して、自詠に取り入れることがあった。もっとも、それらが歌枕として定着することはなかった。

さて、Ⅱの百首では万葉集への傾倒が一層甚だしい。六十四首のうち万葉取りは実に二十八首に及ぶのであって、詠草に採録されなかった三十六首にも応分に含まれていたであろう。ただし、その手法はいかにも万葉集らしいと思われる句を取って、再構成するものである。万葉集の素朴とか写実とか雄大といった精神を、真に再生させるまでには及ばない。上代へのエキ

ゾティシズム的感情は、珍しい地名への関心と径庭ない。いわば擬似万葉とでもいうべきであろうか。

春されば我《わ》ぎ家《へ》のそのにひらけたるむめのはつ花みれどあかぬかも（五六五・春）

春の野になくやうぐひすなつけむとわがへのそのに梅が花さく（万葉集・巻五・八三七　志氏大道《しのおおみち》）

松の葉に月もうつりぬ君まつとしなへうらぶれわがこひをれば（六〇八・恋）

君待つとわがこひをればわが屋戸の簾うごかし秋風の吹く（同・巻四・四八八　額田王《ぬかたのおおきみ》）

君に恋ひしなえうらぶれわがをれば秋風吹きて月かたぶきぬ（同・巻十・二二九八　作者未詳歌）

いかばかりこふるとかしるわがせこが朝あけのすがた見ずひさにして（六一二・恋）

わがせこが朝あけのすがたよく見ずてけふの間を恋ひくらすかも（同・巻十二・二八四一　柿本人麻呂）

このことは宗尊に限らず、ひろく中世和歌の本質にかかわる。いったい中世和歌は発想・表現とも著しく固定化の様相を見せ、そこで僅《わず》かに新しい詩的生命を見出だすとすれば、古歌をはじめとする和漢の古典を学び、これを再生させることであろう。このために当時の意欲ある歌人は、程度の差こそあれ一度は万葉集に回帰した。しかし、六条藤家の歌学者顕昭《けんしょう》の「萩が花真袖にかけて高円の尾上の宮にひれふるやたれ」（新古今集・秋上・三三一）が定家・家隆《いえたか》の嘲笑《ちょうしょう》を浴びたといわれるように、表面的な模倣から衒学《げんがく》趣味に堕することがせいぜいであった。このような困難と限界を知り抜いているだけに、俊成・定家・為家ら御子左家の歌人は次第に万葉集を敬遠するようになった。とりわけ門弟に対しては、安易に万葉集の表現を取ることを戒めたのも当然といえるのである。

万葉詞への関心

もう一つ、宗尊の万葉集への関心を物語る史料がある。

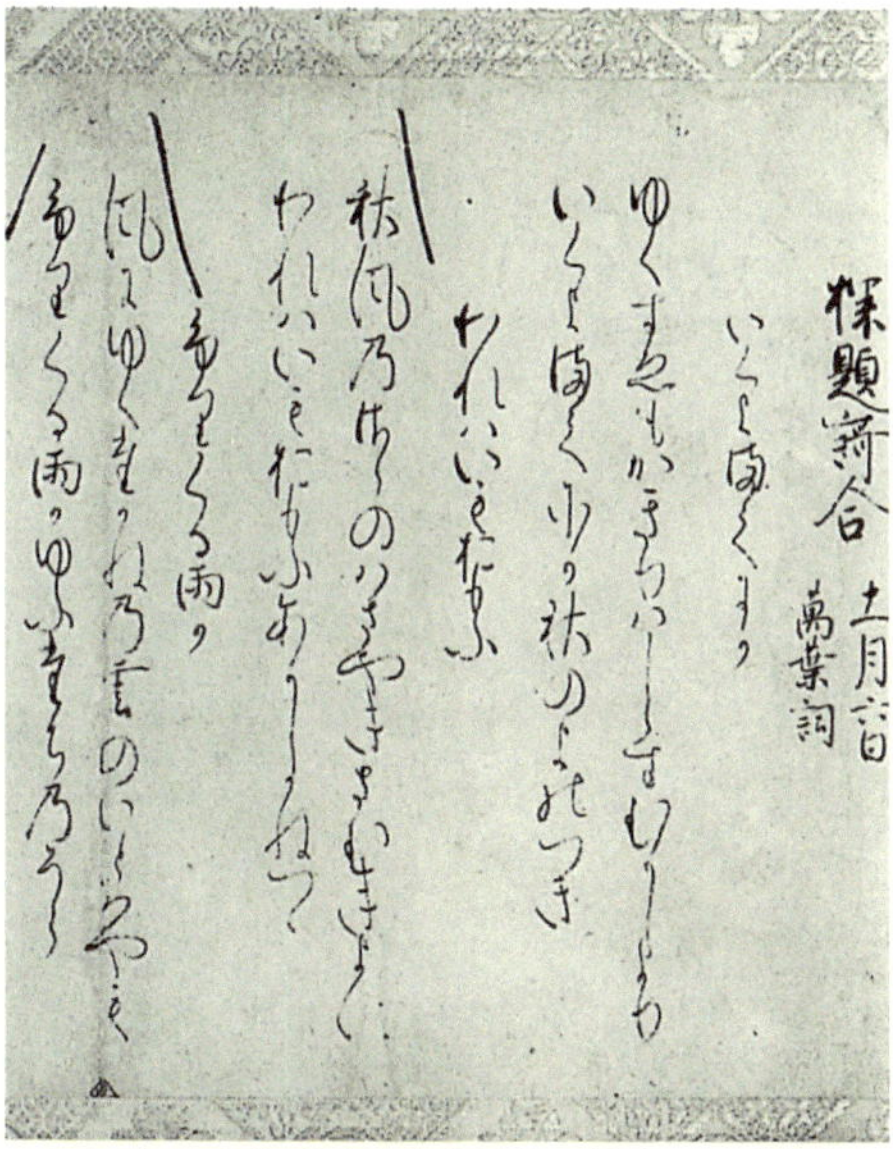

1-6　伝二条為氏筆某歌集断簡。散逸した宗尊親王の家集と見られる。二種の合点があり、複数の歌人に示したことが分かる。

古筆手鑑《こひつてかがみ》『つちくれ帖』に掲載される伝二条為氏《ためうじ》筆の某歌集断簡一葉である。

前後の形態は全く不明であるが、冒頭に、

探題詞合十一月六日 万葉詞
いくよまてにか
ゆくすゑもかきりはしらすむ
かしよりいくよまてにか秋の
よのつき

とあり、以下「われはいもおもふ」「ふりくる雨か」「おもかけにして」「きませわかせこ」「のちはなにせむ」「いろつく山の」「いのちにむかふ」「人はいふとも」と、万葉集で用いられる一句を詠み込んだ和歌が九首ならんでいる（二種の合点が掛けられているのは複数の師範に添削させたものであろう）。七首目の「しぐれぬとみゆるそらかな雁なきていろづく山のあきのむら雲」が続古今集に宗尊の歌として見えることから、やはり散逸した宗尊家集の残葉と考えられている。「探題詞合」の称があるのは、万葉詞《ことば》を書いた鬮《くじ》を引いてはその詞を詠み入れた一首をものし、これを結番したからであろう。御所の続歌会での趣向であって、気の置けない仲間との、将軍在職中の試みと見られる。何年の十一月六日かは記録に徴すべきものがないが、宗尊は弘長三年八月に「三代集詞」で百首歌を詠んでいるので、ほぼその頃であろう。

ところで、ここで見られる万葉詞は、平安歌人の間でも用いられた、穏やかなものである。為家が「古歌の一句を切りて題に出だして詠むが初心の稽古にはよきなり」（井蛙抄《せいあしょう》）と教えた通り、むしろ初心者が手本とすべき古歌とみなされたのである。為家には万葉集佳詞の著作もあり、本歌とするのに適した万葉語を抄出しているのは同じ目的である。そして、これが当時の万葉受容のありようであった。実際、宗尊の帰京後の百首歌には、もはや万葉集を本歌にした作品がほとんど見られず、かつ地名を詠んだ和歌も激減する。「まだしき程は万葉集見たる折は百首の歌なかばは万葉集の歌詠まれ」（後鳥羽院御口伝）というが、甚だしい傾倒は、かえってそれが一時的実験的な試みであったことを物語る。歌人宗尊の純真さもよく窺えよう。

なお、宗尊の将軍在職の頃、鎌倉には学僧仙覚《せんがく》があって、万葉集の本文校訂・訓読・注釈に勤《いそ》しんでいた。それは二十数本の諸本の校勘とテキストの整定、それ以前の訓を批判した新点、そして実証主義と史料博捜に支えられた注釈に結実する。仙覚は常陸国に生まれた天台僧といわれるのみで、出自もはっきりしないが、摂家将軍の代から鎌倉に住み、金沢実時とも親交があり、幕府首脳に庇護されていたことは間違いない。文永二年には宗尊の命で新点本の万葉集を献上してもいる。

ところが、宗尊ら関東歌人の和歌に、仙覚新点の影響はまったく見られない。他ならぬ仙覚自身が若干の和歌を詠んでいて、続古今集入集の栄誉に浴しているが、取るに足らない。歌壇では依然として前代の王朝和歌に近い、鑑賞的な訓（次点）が尊重され、新点は学問的に正確であっても優美ならずとして問題とされなかった。仙覚の業績に関心を持ったのは、古典研究を行った室町時代の公家や連歌師であった。新点が万葉集の真価を伝えるものとして、歌人たちの間で定着するのは、江戸時代はじめの寛永版本《かんえいはんぽん》の出版まで待たなければならない。

漢籍を翻案する和歌

宗尊が将軍の座を追われて帰京した直後に詠まれた「文永三年十月五百首」には、昨日の我は今日の我ならぬ、一変した境遇を自嘲した詠がある。

虎とのみ用ゐられしは昔にて今は鼠のあなう世の中　（竹風抄・巻一・二四六）

この一首は増鏡をはじめ諸書に引かれており、生涯の絶唱として甚だ有名であるが、一方で文選《もんぜん》巻四十五・設論、東方朔《とうぼうさく》「答客難」の「用之則為虎、不用則為鼠（これを用ゐれば則ち虎となり、用ゐずば則ち鼠となる）」という句に拠っている。

漢詩や漢籍を踏まえて和歌を詠む手法を本文取りといい、古くから見られる。これを和歌の奥行きを広げる有力な表現技法と自覚して用いたのは新古今歌人であった。したがって鎌倉中期においても、和漢朗詠集《わかんろうえいしゅう》や白氏文集《はくしぶんしゅう》の詩句を本文とする手法は特に珍しいものではない。

為家は詠歌一体（乙本）で「詩の心、好み詠むべからず」と、あるいは「本説などある事、心深きやうなれども、好み詠むべからず」という。漢籍には為家以上に造詣が深かった真観も簸河上においては、

まことに歌にはなれたる遠き唐土の文、ふかき御法の教へなどをよめることは、その道の為にたやすき様なれば好み詠むべからず。楽府《がふ》朗詠などの中なる詩の心などは、風情自らよりきたらむ時は詠むべし。それも好み用ゐる事はよろしとはせざるべし。

と、本文とする漢詩文には適否があり、みだりに摂取することを戒めている。

為家・真観は専門歌人の立場から、本文を持つ和歌の、ともすれば知識が先走りして、晦渋《かいじゅう》に陥りやすい点を指摘したのであろう。しかし宗尊は自由な作風の持ち主で、かつ和漢兼作の人でもあった。実際、その和歌には、漢詩文の表現に依拠する詠が少なからず認められ、これまで万葉風の和歌ばかりが注目されてきたのは偏った評価と言わざるを得ない。

宗尊の和歌の漢詩文摂取の具体的な様相、およびその意義を探るために、文永二年九月の「六帖題和歌」からいくつか対比させて挙げてみようと思う（漢籍の引用は旧鈔本に基づく）。

久かたのあまつみ空は高けれどせをくぐめてぞ我は世にすむ
（夫木抄・巻十九・七六六五「天の原」）

豈徒跼高天、蹐厚地而已哉。（豈に徒《いたづら》に高天に跼《せくぐ》まり、厚地に蹐《ぬきあし》するのみならんや。）
（文選巻三・京都中、張衡《ちようこう》「東京賦」）

いかにせんよつのとなりの宿にだにかなしむ声のたえぬうき世を
（同・巻三十・一四四二六「となり」）

昨日南隣哭。哭声一何苦。云是妻哭夫。夫年二十五。今朝北里哭。哭声又何切。云是母哭兒。兒年十七八。四隣尚如此。天下多夭折。乃知浮世人。少得垂白髪。（昨日南隣に哭《こく》す。哭声一に何ぞ苦しき。云ふ是れ妻夫を哭すと。夫年二十五。今朝北里に哭す。哭声又何ぞ切なる。云ふ是れ母兒を哭すと。兒年十七八。四隣尚《な》ほ此の如し。天下多くは夭折《ようせつ》す。乃《すなわ》ち知る浮世の人。白髪を垂るるを得ること少なるを。）
（白氏文集・巻六「聞哭者」）

たらちめのいさめしつゐの年をへてよわるはさこそかなしかるらめ
（同・巻三十二・一五一五二「つゐ」）

韓詩外伝曰、伯瑜有過母笞之。泣。母曰、他日未嘗泣。今泣何也。対曰、他日痛。今母老無力笞之不痛。是以泣也。（韓詩外伝に曰く、伯瑜《はくゆ》過あり母笞うつ。泣く。母曰《いわ》く、他日は嘗《かつ》て泣かず。今泣くは何ぞや。対へて曰く、他日も痛し。今母の老いて力無く笞うたれども痛からず。是を以て泣くなり。）
（蒙求《もうぎゆう》・伯瑜泣杖）

この浜に釣する翁あはれなりくるまのみぎにたれかのすべき

（同・巻三十五・一六五三一「つり」）

六韜曰、周文王下畋。史篇為兆曰、所獲非熊非羆、乃天遺汝師。文王乃斎戒七日、畋于渭浜之陽、果卒見呂望坐石垂釣。与論道徳、遂同載而帰。（六韜に曰く、周の文王畋《かり》に下る。史篇兆《うらない》をなして曰く、獲るところ熊に非ず羆《ひぐま》に非ず、乃ち天の汝の師を遣はすなりと。文王乃ち斎戒すること七日、渭浜の陽《きた》に畋して、果して卒に呂望《りょぼう》の石に坐《ざ》して釣《つりいと》を垂るゝを見る。与に道徳を論じ、遂に同載して帰る。）

（蒙求・呂望非熊）

君のため人をたづねばたらちねのおやにつかふる心をぞみむ

（同・巻三十五・一六五六二「おや」）

資於事父以事母其愛同。資於事父以事君其敬同。（父に事《つか》ふるに資《と》りては以《もつ》て母に事へてその愛同じ。父に事ふるに資りては以て君に事へてその敬同じ。）

（孝経《こうきょう》・士人章第五）

こうした詠は何を目的としたのであろうか。直訳調でさほどうまいものではなく、速詠を宗とした六帖題だけに実験的な試みとも考えられるが、それまで和歌世界とはあまり縁のなかった漢籍によりどころを求めたのは、かれの将軍としての姿勢とかかわることであろう。

源実朝の和歌に、

建暦元年七月洪水漫天、土民愁歎せん事をおもひて、一人奉向本尊、聊致祈念云、

時によりすぐれば民のなげきなり八大竜王雨やめたまへ

（金槐集《きんかいしゅう》・雑・七一九）

という著名な作がある。ここには東国政権の首長、とりわけ司祭王としての実朝の面影があるともされる。しかし、実際に洪水があって詠んだのではない。詞書は尚書（書経）の「禹曰、洪

水滔天、浩々懐山襄陵、下民昏墊（禹《う》曰く、洪水天に滔《はびこ》り、浩々として山を懐《つつ》み陵に襄《のぼ》り、下民昏《こん》墊《てん》す）」という一節を出典としており、あくまで書物の上の知識として詠んだのである。

尚書は五経の一つ、中国古代の帝王の詔勅を集めた儒学の聖典である。右は、禹が黄河の治水に成功し、洪水から国土を救ったので、舜《しゅん》から位を譲られて王となったことを述べている。実朝の詠も治水者がすなわち統治者であるという、儒学の精神を表明した詠なのである。

もちろん、将軍が拠ったのは原典である必要はなく、古く帝王学の教科書とされた群書治要《ぐんしょちよう》の如き類書、管蠡抄《かんれいしょう》・明文抄《めいぶんしょう》などの金句集を参看した可能性が高いと思われる。なお類書や金句集に武家がすこぶる関心を示したことも知られている。

武家の政治思想

武家政治家が学問を重んじ、経書をはじめとする多くの書籍を蒐集したことは、実時の六浦の別邸に置かれた文庫、つまり金沢文庫の遺品が物語るところである。かれらもまた統治の思想を聖賢の道、すなわち儒学の古典に求めた。現実にとった政治手段が悪辣《あくらつ》で矛盾に満ちていたとしても、その姿勢は思想史上やはり注目される。「『政治』を対象化し、一個の道とみて、それを学ぼうとする意欲が生まれてくる。時頼や実時が『政道』を学んだのは、ただかれらが学問好きだったからではけっしてない」（網野善彦『蒙古襲来』上）。

宗尊も、このような雰囲気に無関係ではなかった。為政者には学問と徳が備わっていなければならないとする精神はおのずと宗尊の身辺に及んだ。宗尊の構築した和歌的世界にも硬質な経学的な要素が入り込んでくる。そのことは宗尊の和歌、ひいては武家の和歌を考える上でも見逃せないことである。弘長三年六月には、紀伝道の儒者藤原茂範《もちのり》、明経道の清原教隆《のりたか》らを召して帝範《ていはん》の談義を行い、八月には極楽寺業時・北条時広らの側近とともに臣軌《しんき》を読んでいる。帝範四巻は唐の太宗の撰、臣軌二巻は則天武后の著、ともに帝王学の古典として行われた。鎌倉武家の学問的雰囲気、宗尊の内面的な成長を窺い知ることができる。

ところで、この帝範談義に加わった関東祗候廷臣の藤原公敦《きんあつ》に、

帝範の心をよみ侍りけるに、審官篇《しんかん》を　　前参議公敦卿

をさむべき心ひとつをえらびてぞもものつかさの道もわきける

（夫木抄・巻二十一・九三〇六）

という詠がある。公敦は他に全く和歌事蹟のない人であり、想像するに談義が終了した折、「日本紀竟宴和歌」の故智に学んで、帝範の各篇を題とした歌会が催されたのであろう。また宗尊近臣の歌人飛鳥井雅有の隣女集《りんじよしゅう》巻三には「文の心よみ侍りし歌」という連作がある（一六七一～一六八五）。やはり孝経・毛詩《もうし》・貞観政要などの句を題としており、経書を重視する鎌倉の学問的雰囲気は、歌壇にもたしかに影響を及ぼしていた。

政道のための仮名抄

ここには、この時期に東国においてあいついで成立した仮名書きの初学書の影響も視野に入れておいてよい。中世の古典学者の重要な仕事として、武家政権の首長に向け、政道の要諦を

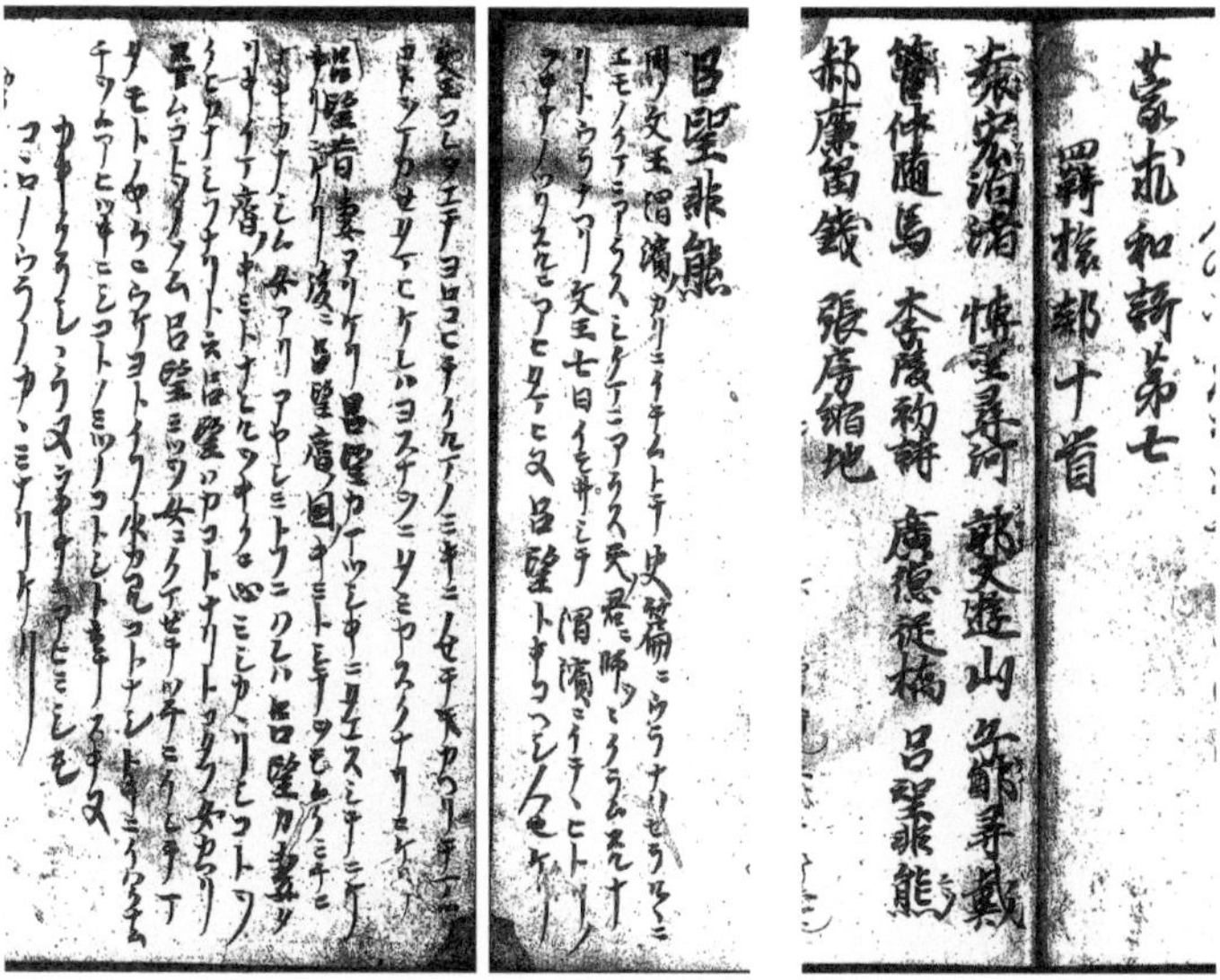

1-7　**蒙求和歌（国立国会図書館蔵）**。源光行（1163〜1244）の作。『蒙求』の標題を、歌集を真似て四季恋雑に分類し、和文の解説と、自作の和歌を添えている。

わかりやすく説く仮名抄（和文の著作）を執筆することが挙げられる。

　源氏学者として知られる源光行が、元久元年（一二〇四）に著した、蒙求和歌・百詠《ひやくえい》和歌・楽府《がふ》和歌の三部作がある（楽府和歌は散逸）。すなわち、中国の代表的な初学書である李《り》瀚《かん》の蒙求、李嶠《りきょう》の百詠（百二十詠）、そして新楽府（白氏文集巻三・四）の、主要な篇を仮名文で解説し、かつそのエッセンスを詠んだ和歌を附したもので、当時十三歳で前年征夷大将軍となった源実朝に献上されたと見られる。これに続き、承久の乱の後、北条政子の依頼に応じて菅原《すがわら》為長《のためなが》が著した仮名貞観政要《かなじようがんせいよう》がある。唐の太宗の言行録である貞観政要の、これはほぼ全訳である。さらに宗尊の学問の師であった藤原茂範の唐鏡《からかがみ》がある。史記・漢書・後漢書以下の正史の要略を仮名文に翻案したもので、神代から北宋の太祖の建隆元年（九六〇）までを記している。

これらに共通する性格として、政道の古典を対象とし、簡古な仮名文で記されていること、原書の内容には忠実であり一種の国字解といえること、さらに直接の読者は武家政権関係者であり、教訓を兼ね政道の資とすることなどが挙げられる。一連の作品にふさわしい名称はないけれど、仮に「政道仮名抄」と称したい。このような書物は、中世を通じてかなりの数にのぼっている。

注意すべきは、宗尊が好んで和歌に翻案した漢籍が、政道仮名抄の取り上げる漢籍と重なってくることである。だいたい蒙求や百詠は、初学書とはいえ、本職の学者以外には決して読みやすい書物では無かった。たとえば藤原為家も若い頃は蹴鞠好きの学問嫌いで、定家にいつも叱られていたが、「七、八歳の時にやっとのことで習得した蒙求・百詠さえ、もう忘れてしまった」などと歎息されている（明月記《めいげつき》建保元年五月十六日条）。まして東国武家にとって平易な政道仮名抄が重宝歓迎されたことは想像するに難くない。但し、政道の古典を和歌的世界に置いてパラフレイズすることは、原書の精神をより広範かつ普遍的なレヴェルで共有することを目指したものでもある。将軍時代の宗尊和歌の漢籍摂取も、このような書物の成立を介在させれば、その意図は明確になってくる。

閑適詩への共感

とはいえ、王者風自意識の肥大は、かえってみずからの政治的無力を思い知らされる結果に終った。帰京後の和歌には政道の古典に取材した作品が跡を絶つのは頷《うなず》ける。

ところが、漢籍好みは違った方向に開花したようである。晩年の詠には、王朝貴族が愛好していた古詩、わけても和漢朗詠集・新撰朗詠集《しんせんろうえいしゅう》所収の詩句に拠ったものが目立つ。Ⅲの柿本影前百首から例示すると、

たえだえに飛ぶや蛍のかげみえて窓しづかなるよはぞすゞしき　（夏・六二三）

空夜窓閑蛍度後。深更軒白月明初。（空夜は窓閑なり蛍度《わた》りて後。深更には軒白し月明かなる初。）　（和漢朗詠集・上・夏夜・一五二　白居易）

こゑの秋をしらせて夕すゞみきくも木だかき庭の松風　（夏・六二五）

池冷水無三伏夏。松高風有一声秋。（池冷《すず》しくして水に三伏の夏無し。松高くして風に一声の秋あり。）　（和漢朗詠集・上・納涼・一六四　源英明《ひであきら》）

下葉ちる柳の木ずゑうちなびき秋かぜさむし初雁の声　（秋・六三〇）

鴻声断続暮天遠。柳影蕭疎秋日寒。（鴻声断続して暮天遠し。柳影蕭疎として秋日寒し。）　（新撰朗詠集・上・雁・三〇一　李順《りじゅん》）

たれならん月をひたせる秋の江にほのきゝそむる四の緒の声　（雑・六七四）

別時茫茫江浸月。忽聞水上琵琶声。主人忘帰客不発。尋声暗問弾者誰。（別るる時茫茫《ぼうぼう》江月を浸す。忽《たちま》ち聞く水上琵琶の声。主人は帰を忘れ客は発せず。声を尋ねて暗に問ふ弾ずる者

は誰と。）　（白氏文集・巻十二「琵琶引」）

ましらなく谷の梢をしたにみてふめばあやふき山のかけはし　（雑・六七七）

谷静纔聞山鳥語。梯危斜踏峡猿声。（谷静かにしては纔《わず》かに山鳥の語を聞く。梯危くしては斜に峡猿の声を踏む。）　（和漢朗詠集・下・猿・四六〇　大江朝綱《あさつな》）

たとへつる扇やはては忘られんまことの月の影をながめて　（雑・六九一）

月隠重山兮擎扇喩之。風息大虚兮動樹教之。（月重山に隠れぬれば扇を擎《ささ》げて之に喩《たと》ふ。風大虚に息《や》みぬれば樹を動かして之を教ふ。）　（和漢朗詠集・下・仏事・五八七　摩訶止観《まかしかん》）

いずれも、句をそのまま訳したようなところがあり、朗詠集取りであることを隠していない。漢詩への傾倒は何を物語るのであろうか。

この頃の宗尊の詠に次のような作がある。

我若未忘世、雖閑心亦忙、世若未忘我、雖退身難蔵といふ事を

中務卿宗尊親王

そむくともなほや心のこらまし世にわすられぬ我が身なりせば　（風雅集《ふうがしゆう》・雑下・一九四二）

詞書は白氏文集・巻六十二「詠興五首」の三首目、「池上有小舟」詩の一節である。この詩は二十二句からなり、その末尾に、

我若未忘世、雖閑心亦忙、世若未忘我、雖退身難蔵、我今異於是、身世交相忘、（我若し

未だ世を忘れずんば、閑なりと雖も心亦た忙《ま》はし、世若し未だ我を忘れずんば、退くと雖も身蔵《かく》れ難し、我今是に異なり、身世交《こもごも》相い忘る、）

とある。

白居易の「詠興五首」は、自注に「七年四月、予河南府を罷《や》め、履道《りどう》の第に帰る、廬舎自ら給し、衣儲自ら充ち、欲する無く、営む無く、或《あるい》は歌ひ或は舞ひ、頽然《たいぜん》として自適す。蓋《けだ》し河洛間の一幸人なり。興に遇ひて詠を発し、偶《たまた》ま五章をなす」とある通り、太和七年（八三三）、白居易が河南尹《いん》を辞して都の旧宅に戻った後の閑居安逸の生活を賦した、「閑適《かんてき》」詩の連作である。宗尊はみずからの境遇と重ね合わせ、その詩境に深い共感を覚えていたとしてよいであろう。

厖大な白居易の作品のなかでは、長恨歌・琵琶引などに代表される、事物に触れての感情を謳った「感傷」詩が最も愛好された。官を退いては、もはや世俗のしがらみに煩わされず、いまの生活に自足せんとする「閑適」詩の世界も、老・荘・仏に惹かれた王朝貴族が理想とするところであった。ただ、白氏が官僚たる自己の使命と観じていたのは、理世撫民の資となる文学、為政者への批判すら辞さない「諷諭《ふうゆ》」詩であった。好学の鎌倉武家は、「感傷」「閑適」詩に偏していたそれまでの白詩受容を脱し、政道に直結する「諷諭」詩の精神を重んじた。宗尊の和歌も一度はそのような傾向を示したが、やはりそれは和歌の世界にはなじまなかった。白居易受容史の観点では退行といえるが、晩年の和歌はとりわけ「閑適」詩に学んで、静謐《せいひつ》な情趣を湛《たた》えた歌境を目指しているようであり、Ⅲの柿本影前百首ではそれに成功しているといってよいであろう。

夕さればみどりの苔に鳥おりてしづかになりぬそのの秋かぜ　（秋・六二三）

鳥下緑蕪秦苑寂。蝉鳴黄葉漢宮秋。（鳥緑蕪《りょくぶ》に下りて秦苑寂《しづ》かなり。蝉黄葉に鳴いて漢宮秋なり。）（和漢朗詠集・上・蝉・一九四　許渾《きょこん》）

などはその好例で、原詩は白詩の分類に倣えば「感傷」詩であろうが、静的な風景のうちに一瞬動きがあり、またもとの静寂に戻る様子をよくとらえている。

和漢兼作の人

宗尊は漢詩も作るようになっていた。文永四年三月三日に家で作文会を催したことが民経記に見えている。「茂範朝臣管領申沙汰」というから、漢学の師で一足早く帰京していた文章博士藤原茂範が旧誼《きゅうぎ》を忘れず指導したことが分る。

そして弘安元年（一二七八）頃に成立した和漢兼作集《わかんけんさくしゅう》（文字通り詩と歌とをよくする人の作を集めた私撰集。基家の撰か）には宗尊の詩二聯《れん》が入集していたらしいが、現存本には見えない（同集は二十巻のうち九巻をとどめるのみである）。ところが近年、散逸巻の断簡を有する冷泉家時雨亭文庫本が公刊されて、そこに宗尊の詩が載っている。

述懐　入道中務卿宗尊親王

花開葉落閑中観。昨是今非世上心。（巻十・冬下）

僅か摘句一聯であるが、宗尊の詩が知られることは僥倖《ぎょうこう》である。しかも、その内容は眼前の飛花落葉の景を眺めながら世の人心転変を賦すもので、帰京後の作としてよい。「花開き葉落つ、閑中の観。昨は是今は非、世上の心」。同じような内容を詠んだ和歌は枚挙に遑《いとま》がないが、帰京直後の和歌が激した感情を訴えるのに対し、漢詩の表現ははるかに整理され落ち着いた雰囲気をもつ。漢詩を賦す訓練が、かれの和歌に深みを増すことになったと想像される。

世人が宗尊と比較した「中務卿親王」の両先輩、兼明親王と具平親王は、ともに優れた詩人であったが、経綸《けいりん》の才を持ちながら政治の圏外に置かれた憤懣《ふんまん》を文学に昇華させ、白居易を師として閑適の生活を楽しもうとしたのであった。宗尊がこの二人を意識したことも大いにありうることである。このような充足した期間は長くはなく、かつあまり注目されてもいないが、宗尊の和歌は晩年こそ完成度が高いと思われる。

宗尊の作風は非常に多彩であって、単に万葉風の歌人としてのみ評価することはとてもできないのである。その特色が個人の嗜好《しこう》にとどまらず、この時代の政治・学問・思想とも密接にかかわっていたこと、歌壇における影響力とも重ね合わせられる。ときに詠歎過多ではあるものの、それも晩年には落ち着いてきて、新たな風をなした。天は齢を貸さなかったが、この歌人将軍の存在が、のちのちの和歌史に与えた影響も相応に考慮すべきであろう。

第二章　乱世の和歌と信仰

——足利尊氏と南北朝動乱

2-1　足利尊氏（1305～1358）像。品格ある武将の面貌を伝える。浄土寺蔵。

室町幕府初代将軍足利尊氏は南北朝動乱の主役であり後世には逆賊の首魁として筆誅《ひっちゅう》を加えられたが、かれの生涯は悪のパワーがいかにも不足している。禅僧夢《む》窓疎《そうそ》石《せき》は、慈悲深く、勇敢で、物惜しみをしないと尊氏の人柄を称《たた》えたが（梅松論《ばいしょうろん》）、これは育ちがよくて人に乗じられやすいということでもある。同母弟直義《ただよし》は有能怜悧《れいり》であり、執事の高師直《もろなお》も好んで悪役を引き受けた。かれらと比較すれば、尊氏は、混乱する状況にひきずられ続けた、いささか冴《さ》えない英雄であった。

一方で、尊氏兄弟は文化的素養に富んでいた。直義は禅に心を潜め、詩文に傾倒したが、尊氏が愛好したのは和歌であった。家集こそ遺《のこ》っていないが（等持院殿御集《とうじいんどのぎょしゅう》は他人の和歌を集めた後世の私撰《しせん》集である）、二つの百首歌があり、勅撰集には八十五首も入集している。

尊氏の生涯を和歌とのかかわりから述べようと思う。この時代、地方歌壇の活動は総じて低調で、前代あれほど栄えた鎌倉歌壇も沈滞してしまう。社会変動の激しさを物語るが、しかし尊氏の一生に見るように、詠歌の営みは途絶えず、動乱のなか武家が和歌を詠もうとする姿勢はかえって純粋苛烈《かれつ》でさえある。なお、元弘三年に後醍醐天皇の偏諱《き》を賜って改名する以前の名乗りは「高氏」であるが、ここでは「尊氏」で統一する。

第一節　尊氏青年期の和歌的環境

鎌倉時代の足利氏

足利氏は義家の孫義康《よしやす》に始まる清和源氏の名門である。鎌倉時代には名字の地である下野国足利荘（栃木県足利市）のみならず、全国に多くの家領を有し御家人中随一の富強を誇ったばかりか、上総・三河両国守護を世襲し、多くの庶流を従えて繁栄した。頼朝の子孫が断絶した後、足利氏は源氏正統の家柄として東国武家の輿望《よぼう》を担い、幕閣でも優遇された。尊氏も元応元年（一三一九）十月十日に十五歳で元服、従五位下に叙されて治部大輔《じぶたゆう》に任ぜられている。

但し、これは表向きのことであった。得宗の専制体制が確立する過程で、主な他氏御家人はほぼ滅ぼされており、足利氏歴代は細心の配慮をもって身を処さなければならなかった。危機は何度かあった。たとえば泰氏《やすうじ》が建長三年（一二五一）に原因不明の出家を遂げ、家時《いえとき》が弘安七年（一二八四）頃に自殺を遂げたのは、北条氏の猜疑《さいぎ》心を逸《そ》らすための苦肉の策であったとされる。

尊氏が鎌倉幕府に反旗を翻した原因につき、梅松論は「抑モ将軍関東誅伐ノ事、累代御心底ニ挿マル、上」と述べ、北条氏打倒が歴代の宿望であったためとする。そうであっても、若き尊氏はひたすら北条氏に恭順の意を示し、隠忍自重の日々を送ったのである。

続後拾遺集に入集する

その頃の尊氏は既に勅撰歌人であった。嘉暦元年（一三二六）六月九日に成立した続後拾遺《しょくごしゅうい》集《しゅう》に既に一首採られている。

（題しらず）　　　　　　　　　　　　　　　　源高氏

かきすつる藻屑《もくづ》なりともこの度はかへらでとまれ和歌の浦波（続後拾遺集・雑中・一〇八四）

続後拾遺集は後醍醐天皇の命を受け、藤原為家の曾孫、二条為藤《ためふじ》が撰集の業に当り、その夭折後は養子為定《ためさだ》が業を継いだ十六番目の勅撰集である。この一首、大意は「和歌の浦では製塩のために海藻を掻《か》いて捨てるという、その掻いて捨てるではないが、私が書き捨てたはかないこの詠草、今回は帰って来ないで、和歌の浦ならぬ京都の歌壇にとどまって欲しい」となる。「和歌の浦」は歌壇を、「藻屑」はその縁で作品の暗喩である。

つまり尊氏はこれ以前にも撰者のもとに詠草を送ったことがあったが、空しく戻ってきてしまったと解される。それは六年前の元応二年（一三二〇）に成立した続千載集《しょくせんざいしゅう》の時であろう。その撰者は為藤の父為世《ためよ》であった。前記の通り尊氏は既に五位の官人であったが、さすがに若過ぎるということになったのであろう。当時の鎌倉の上級武家が、勅撰歌人になることにいかに熱意を傾けたかがよく分る。

鎌倉時代最末期、元弘元年（一三三一）に成立した臨永集《りんえいしゅう》という私撰集がある。規模も小さく、これといって特色のない集であるが、やはり二条為世周辺で成立したものであろう。そこに尊氏歌が三首も見える。

述懐の心を　　　　　　　　源高氏

これのみや身の思ひ出となりぬらん名をかけそめし和歌の浦浪　（臨永集・雑下・七三七）

この述懐歌、表現は取り立てて珍奇ではないが、「歌壇で少しは名前を知られるようになったことだけが、つまらぬ自分の境涯の記念となるのであろう」という。二十七歳以前の尊氏が自己を主張できるのが和歌であったことは興味深い。しかも、このような謙遜《けんそん》は、いっぱしの歌人にこそ許されるであろうから、尊氏の知名度は既に高かったと見てよいであろう。

尊氏の和歌・音楽・絵画にわたった文化的素養は、鎌倉幕府に仕えていた前半生に培われたことが確認できる。

足利氏被官と和歌

ところで、尊氏以前の足利氏には大した歌人は出ていない。若き尊氏に和歌への関心を植え付けたのは、高《こう》氏・上杉氏をはじめとする家人たちの和歌好みであったと思われる。

この時期の足利氏には、高・上杉・木戸《きど》・三戸《みと》・伊勢《いせ》・粟飯原《あいはら》など多くの被官《ひかん》（直接の主従関係を結んだ家人のこと）がおり、散在する家領の代官に補せられ、その経営に当っていた。

高氏と言えば、太平記で師直が悪役とされたゆえに、粗暴非道の一門と見られがちであるが、文化的な事蹟は決して乏しくない。師直らの曾祖父に当たる重氏《しげうじ》（重円）は鎌倉中期、三代の足利氏当主に執事として仕えた人物であるが、東撰和歌六帖に二首、新和歌集《しんわかしゅう》には六首採られている。

宇都宮神宮寺二十首歌に
高階重氏

みなかみにみなわさかまき音たてておちくる波のすゑぞのどけき
（新和歌集・雑上・七八三）

新和歌集は正元元年（一二五九）頃成立した、宇都宮歌壇の詠を集めた私撰集であるから、重氏も地縁によってこの歌壇に迎えられたと分る。東国の御家人とその被官には鎌倉に定住する者も多く、そこでの交流であったとも考えられるが、この和歌は華厳の滝と大谷《だいや》川の風景を詠んだようで印象深い。師直の教養も決して成り上がりもののそれではなかった。

足利氏系図

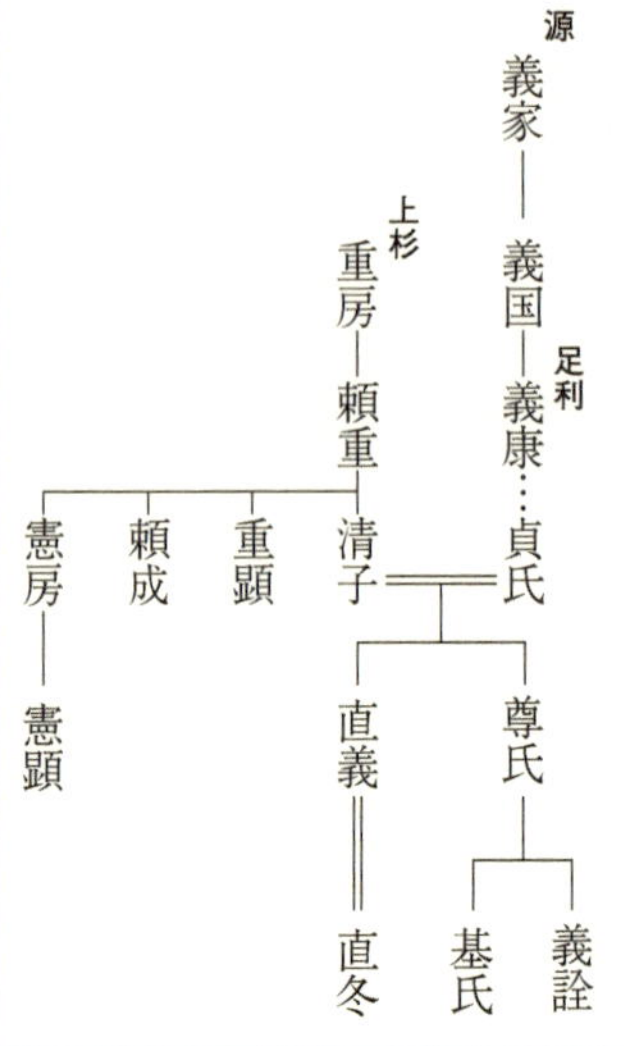

高氏とならぶ足利氏の有力被官であった上杉氏は、勧修寺流の下級廷臣藤原重房《しげふさ》を祖とする。重房は宗尊親王に随従して鎌倉に下向し、丹波国上杉荘（京都府綾部市）を賜わって名字としたという。重房の孫女清子《きよこ》が足利貞氏《さだうじ》の室となり、その間に儲《もう》けたのが尊氏・直義である。

上杉氏にも歌人が多かった。清子の長兄修理亮重顕《しげあき》は伏見天皇に蔵人として仕えた経験があり、ついで鎌倉歌壇で活動した。正和元年（一三一二）に奏覧された玉葉集《ぎょくようしゅう》に一首入集し、続いて続千載集・風雅集の作者となっている。同じく次兄左近将監頼成《よりなり》は貞和二年（一三四六）まで生きたが、晩年には将軍の伯父として尊重され、二条派歌人小倉実教《さねのり》が撰んだ私撰集藤葉《とうよう》集に「上杉蔵人入道」として二首入るほか、風雅集にも入集している。

さらに清子は、康永元年（一三四二）十二月二十三日に七十三歳で没したが、没後に撰《えら》ばれた風雅集に一首採られ、勅撰歌人となっている。将軍の母としての扱いかも知れないが、また延慶《えんきょう》三年（一三一〇）に成立した柳風和歌抄《りゅうふうわかしょう》に、

暮春の心をよみ侍りける　　藤原頼重女

いつよりもながしとおもふ春の日のやよひのすゑにやすく暮れぬる　（柳風抄・春・三八）

とある。柳風抄には重顕も三首採られ、他に歌人となった姉妹も知られていないことから、これが清子である可能性は高い。なお柳風抄はその名の如く鎌倉歌壇関係者を対象とした私撰集で（将軍の在所を柳営《りゅうえい》と称した中国故事に因《ちな》む）、撰者は冷泉為相と考えられている。

このような被官たちの活動は、足利氏だけの現象ではなかった。新和歌集を遺した宇都宮歌壇が著名であるが、他の有力御家人の膝下《しっか》でも小グループがいくつも成立し、盛んに活動をしていたに違いない。この層が次代には政治・文化の諸相を実質上動かしていくことを予想させる。

得宗被官尾藤資広の百首

「藤原資広《すけひろ》百首」と題される百首がある。最近、冷泉為相筆と伝えられる鎌倉後期の古写本一

帖が紹介された（冷泉家時雨亭叢書『歌合集　百首歌集』）。内題に「藤原資広百首詠歌尾藤弾正左衛門尉」とある。尾藤氏は有名な得宗被官であり、資広は貞時・高時に仕えて、幕府崩壊の直前まで北条氏のために活動した人物である。資広の近親である尾藤《びとう》六郎左衛門尉頼氏《よりうじ》は冷泉為相の門弟で「数寄物」と評されている（了俊歌学書）。資広も同じく為相門と考えてよい。

資広の百首は尊氏と同じく、勅撰集の撰集にあたって、撰者に送った詠草の転写本と考えられる。「ふたたびの跡ありとても和歌の浦に入りたたぬ身はふみやまよはむ」（雑・九五）という詠があり、これが下命者にとり二度目の勅撰集であることを示しているとすれば、後宇多院の二度目の勅撰集にあたる続千載集の時であろう。

しかし、この百首からは期待した勅撰集への入集はなかった。それは、資広が撰者の二条家と相容《あいい》れない、冷泉家の門弟であったという歌壇的事情ばかりではなかった。

庭もはやふかくしげれば夏草にまして野原ぞ路たえにける　（資広百首・夏・三二）

吹きなれて草木にかはるおとはあれどすごきをきかぬ秋かぜはなし　（同・秋・四八）

いま二首を抜いてみたが、お世辞にも巧みとは言い難い。表現は無骨で、かつ散文的である。これでは勅撰集の審査を通過することはできないであろうことは察せられる。資広には気の毒であるが、当時の武家歌人の力量をも推し量ることができる点で貴重である。これと比較すれば、尊氏の和歌ははるかに洗練されていよう。

ただし、為世が元亨《げんこう》三年（一三二三）頃に撰んだ続現葉集《しょくげんようしゅう》は、この百首から一首採っている。鎌倉末期には、続現葉集のほか数多くの私撰集が、勅撰集の合間を縫うように編まれているが、いずれも現存者を対象とし、為世・為藤ら二条家周辺で成立している。このような私撰集は勅撰に洩《も》れた歌人を慰めるもので、かつ次の勅撰集の準備も兼ねていたと考えられる。武家の作歌人口がとりわけ急増したこの時期、歌道家の側ではかれらの熱意に丁寧に応ずる必要があった。

第二節　神仏への祈願と和歌

尊氏の生涯は三つの大きな戦争によって隈取られている。最初は正慶二年（一三三三）、鎌倉幕府に反旗を翻し、京都に攻め上った時の六波羅探題攻略戦。ついで建武二年（一三三五）冬から翌年にかけての後醍醐天皇との抗争。最後は貞和五年（一三四九）に始まる観応の擾乱《じょうらん》である。

戦闘のために赴いた地域は、京都のみならず、北陸・九州にも及んでいる。動乱の最終的な勝利者となった尊氏であるが、極限状態の続くなかでしばしば神仏への救いを求める。このときに和歌が詠まれたことに注意すべきである。

鎌倉幕府の滅亡

正慶二年閏二月、隠岐に流されていた後醍醐がひそかに伯耆国船上山《せんじょうさん》（鳥取県東伯郡琴浦町）に拠《よ》ると、鎌倉幕府は尊氏に六波羅探題を助け伯耆を攻めるよう命じた。しかし尊氏は既に謀叛《むほん》の決意を固めており、四月二十七日、その所領丹波国篠村荘（京都府亀岡市）に挙兵した尊氏は京都に取って返し、五月七日六波羅探題軍と戦闘し勝利した。同二十二日には、尊氏の同族新田義貞《よしさだ》が上野で挙兵して鎌倉に攻め入り、高時以下北条一門は自害し、鎌倉幕府は百五十年の歴史に幕を下ろした。

ところで梅松論は、その後の東国の情勢について、

既ニ関東誅罰ノ事、義貞朝臣ソノ功ヲナストイヘドモ、イカゞアリケン、義詮ノ御所于時四歳ニ、同大将トシテ御輿ニ召サレ義貞ト同道アリ。関東御退治以後二階堂別当坊ニ御座アリシニ、諸侍悉ク四歳ノ君ノ御料ニ属シ奉ル。不思議ナリシ事ドモナリ。

と述べている。尊氏の嫡子義詮《よしあきら》が義貞の鎌倉攻めに同行しており、果たして幕府滅亡後は鎌倉の盟主として仰がれたという。要するに東国の将士は、無名の義貞ではなく、尊氏の檄《げき》に応じて行動したのであり、足利氏が源氏将軍を継承する存在と目されていたことが知られる。後醍醐も鎌倉の地域的な重要さに鑑みて、まもなく尊氏の弟直義を副《そ》えて、八歳の皇子成良《しげよし》親王を下している。かつての親王将軍と北条氏執権と同様の構想である。

後醍醐との決裂

公家一統の親政への不満が日ごとに増大する中、建武二年七月、北条高時の遺児時行《ときゆき》が信濃国諏訪で挙兵し、たちまち東国一帯を席捲《せっけん》した。尊氏は鎌倉の直義を救援するべく東下しようとした。この時、征夷《せいい》大将軍に補されることを望んだが、幕府の復活を懼《おそ》れる天皇は許さなかった。尊氏は勅許を得ないで下向し、結果的に建武政権と袂《たもと》を分かつことになった。

八月十八日、相模川で時行軍を蹴散らし、翌日鎌倉に入ると、尊氏はそのまま帰京するつもりでいたらしいが、直義は制止し、諸将も同調した。梅松論には「タマ〳〵大敵ノ中ヲ逃レ関東ニ御座ノ条、武家ノ所領満足タヾコノ事ナリ、ヨッテ堅クトヾメ申サレケル間、御上洛ノ儀ヲヤメラル、若宮小路ノ代々将軍ノ旧跡ニ御所ヲ新造セラレシカバ、師直以下ノ諸人大名軒ヲナラベ宿所ヲ構フル程ニ、鎌倉ノ体、誠ニ目出タクゾ覚エシ」とある。これが鎌倉幕府の事実上の再興となった。

十月十五日、勅使が下向して強く帰洛《きらく》を促された。尊氏は拒絶したが、天皇に弓を引いたことを後悔し謹慎すると言い出す始末であった（太平記巻十四・節刀使下向事）。ぐずぐずしているうちに朝廷は尊氏討伐の方針を決し、十一月十九日、新田義貞率いる大軍が京都を出立している。尊氏もようやく態度を固め、十二月十一日と翌日にかけて、箱根竹下で義貞と戦い、これを撃ち破ることができた。敗走する義貞を追撃して、尊氏・直義は西上し、建武二年は暮れるのである。

尊氏の逡巡《しゆんじゆん》ぶりはあまりに間が抜けているため、恭順を装った演技と解釈することも可能かも知れない。ただし、大方の史家は真情から出たものと見ている。

建武三年の角逐

翌建武三年、尊氏は後醍醐との抗争に明け暮れた。まず正月八日、石清水八幡宮に陣を敷いた。いったん洛中を占領したものの、三十日には奥州から長駆馳《は》せ参じた北畠顕家《あきいえ》に大敗し、兵庫から乗船して、遠く九州へと落ちのびたのである。

ところが、二月十二日、備後国鞆ノ浦（広島県福山市）に着いた尊氏は、醍醐寺の僧三宝院賢俊《けんしゅん》僧正から光厳上皇の院宣を拝領した。上皇は隠岐から戻った後醍醐によって廃位され、不運をかこっていた持明院統の天子である。賢俊の仲介によって、光厳は復活のチャンスをつかみ、尊氏は朝敵の汚名を逃れたのである。博多に着いた尊氏は兵力を恢復《かいふく》し、四月三日、大船団とともに山陽道を攻め上り、五月二十五日の湊川《みなとがわ》合戦で楠木正成《まさしげ》を破って都に迫った。慌てた後醍醐天皇は義貞とともに比叡山に籠《こも》った。尊氏は東寺に陣を敷き、光厳上皇を迎え取る。

尊氏が洛中を確保するのを見て、廷臣にも尊氏のもとに参ずる者が続出した。八月十五日には光厳上皇の同母弟豊仁親王が即位、光明天皇となり、上皇の院政が開始された。状況利あらずと見た後醍醐は、抗議する義貞主従を宥《なだ》め賺《すか》し、尊氏との和議に応じた。後醍醐はそのまま花山院家に幽閉の身となったが、太上天皇の尊号が贈られた上に、光明天皇の皇太子には成良親王が立てられている。尊氏は鎌倉時代以来の両統迭立の原則を尊重したことが分る。しかし後醍醐は十二月二十一日、京都を出奔、吉野に行宮を構えた。直義以下が驚倒するなかで、尊氏ひとり泰然としていて「先代（北条氏）ノ沙汰ノ如ク遠国ニ遷シ奉ラバ、御恐レアルベキ間、迷惑ノトコロニ、今ノ御出ハ大儀ノ中ノ吉事ナリ」と、かえってこれを喜ぶ風であったという（梅松論）。後醍醐と事を構えることを回避でき、本心から安堵《あんど》したのであろう。八月十七日に清水寺に奉納した願文では「尊氏にだう心たばせ給候て後生たすけさせをはしまし候べく候、猶〳〵とくとんせいしたく候、だうしんたばせ給候べく候、今生のくわはうにかへて後生たすけさせ給候べく候、今生のくわはうをば、直義にたばせ給候て、直義あんをんにまもらせ給候べく候」と、出離の願いを述べ、また直義への加護を祈願している（常盤山文庫蔵足利尊氏自筆願文）。実際に尊氏は御家人の所領・家督の安堵など主従関係に基づく支配権のみを残し、政務は全て直義に委ねた。この十一月、直義が建武式目《けんむしきもく》を制定した。実質的な室町幕府の成立とみなされる（尊氏が征夷大将軍となるのは二年後）。尊氏・直義とが併立する二頭政治であり、ここにも主従制的支配権と統治権的支配権の分裂が見られる。

法楽和歌の奉納

この年の尊氏は和歌を詠じては各地の社寺に奉納している。和歌を詠進することで、神仏を悦《よろこ》ばせ、心中の祈願を実現しようとし、あるいは成就したのを感謝する――このような目的で詠まれた和歌を法楽和歌という。

現在知られる最初のものが、九州より東上の途次、建武三年五月五日に備後国尾道浄土寺に奉納された「続観世音経偈《つぎ　げ》三十三首和歌」である。浄土寺は鞆ノ浦にあり、三ヶ月前に光厳上皇の院宣を拝領したこの地は、いわば足利氏回生の霊地であった。観音経とは法華経第二十五普門品のことで、その最後に観音菩薩の偉大な法力を称《たた》えた偈一〇四句がある。これはその主要な句を題とした続歌形式の一巻である。二首例示する。

波浪不能没　　　　　　　　　源直義朝臣

さはりなき心におこすちかひにや波に入りてもおぼれざるらん

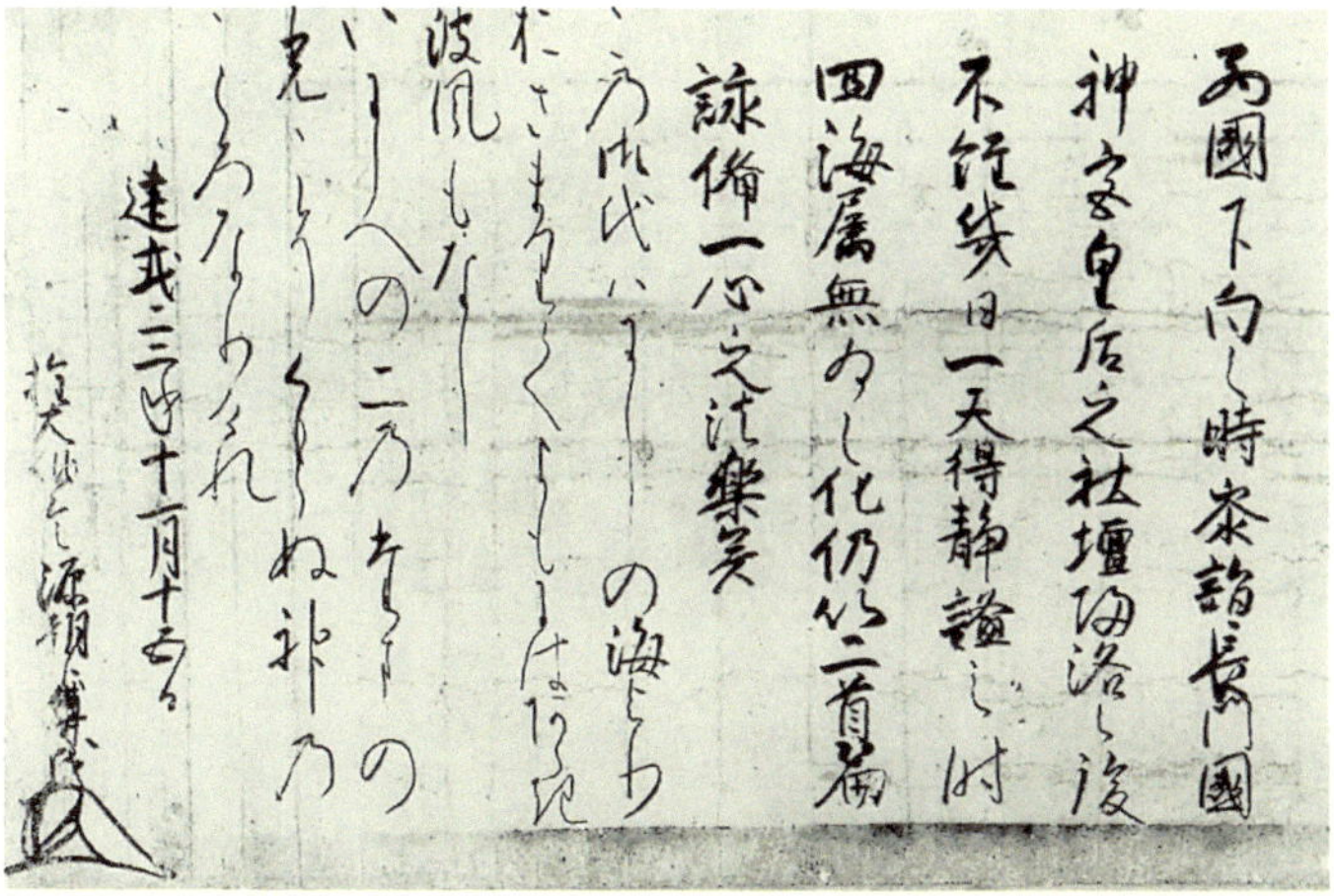

2-2　**尊氏の自筆和歌懐紙（下関市忌宮神社蔵）**。建武３年（1336）春、九州落ちの際に豊浦宮（忌宮神社）に参詣した尊氏が、翌年戦勝を謝して奉納したもの。長門国二宮である豊浦宮は、神功皇后が「三韓征伐のため軍船を建造した地」と伝えられ、武神として崇められた。

還著於本人
　左兵衛督源尊氏
よしおもへとがなき我はなげかれず
うらみは人の身にやかへらん

もとの偈はそれぞれ「或漂流巨海、龍魚諸鬼難、念彼観音力、波浪不能没、（或《あるい》は巨海に漂流して、龍魚諸鬼の難あらんに、かの観音の力を念ぜば、波浪も没すること能《あた》はず）」「呪詛諸毒薬、所欲害身者、念彼観音力、還著於本人、（呪詛諸の毒薬に、身を害《そこな》はれんとすれば、かの観音力を念ぜば、還りて本人に著きなん）」と、観音に祈ればいかなる災難も攘《はら》うことができると説くもので、その内容を和歌的な趣向のもとにパラフレイズしている。もとより、神仏のために法文を読誦《どくじゅ》して功徳を祈ること（法施《ほっせ》という）と同じ効果を期待したに違いない。出詠者は尊氏・

直義・土岐頼貞《よりさだ》・土岐道謙《どうけん》・千秋高範《たかのり》・桂芳《けいほう》法師の六名で、尊氏・直義が股肱《ここう》と頼んだ近習の武士である。後醍醐の主力軍との激突を控えた心境が思い遣《や》られる。

その後、後醍醐との抗争に勝利した尊氏は、まず六月に大和春日社に、ついで九月十三日に摂津住吉社、そして十一月には山城北野社と、畿内近国の有力寺社に対してあいついで法楽和歌を詠進している。これらの催しには武家ばかりではなく、摂関以下朝廷の重臣や、門跡《もんぜき》はじめ南都北嶺の高僧たちも参加しており、足利氏が歌壇をリードする濫觴《らんしょう》ともみなされる。

しかし、尊氏にとって、この年の九州往復は神仏の加護を思い知らされた経験であり、路次に立ち寄った神社ごとに和歌を奉納していたふしがある。下関の忌宮《いみのみや》神社には、この時の神恩を謝した尊氏の二首懐紙が現存している。

和歌と信仰をめぐって

これらの法楽和歌の評価はたいへん難しい。「続観世音経偈三十三首和歌」のように神明仏陀をたたえたり、経文を翻案する作品はむしろ少なく、ちょっと見ただけでは平常の和歌と大差ないものが多いのである。たとえば建武三年の北野社百首和歌の巻頭歌は、

朝霞　　　　権大納言尊氏

をさまれる御代をしりてやけさよりはのどかにかすむあまのかぐ山（北野社百首・春・二）

である。北野ではなく天香具山《あまのかぐやま》を詠んでいる。この歌枕と霞との取り合わせは王朝和歌で確立し、祝意を込めるのも常套で、典型的な立春歌である。題は里鶯・余寒・野若菜・梅風と続く

が、題を設定したのは冷泉為秀《ためひで》で、為家の百首歌に準拠しているらしい（鹿野しのぶ「建武から康永年間における冷泉為秀の和歌」）。

これは、設定された題を詠みこなすことに力点をかけていたと考えるべきであろう。それがどうして神仏への法楽となるのか、現代人には理解が届かないところがあるが、それらが多く百首を単位とする、定数歌の形式であったことに注目する必要がある。

鎌倉後期、京極為兼《ためかぬ》という歌人がいる。御子左家庶流に生まれた為兼は、宗家二条家の頤使《いし》に甘んずるのにあきたらず、独創的な歌風を打ち立てたことで知られる。さらに伏見天皇の信任を得て、一時は宗家を凌《しの》ぐ権勢を振ったが、鎌倉幕府から忌避されて二度も配流の憂き目を見ている。永仁六年（一二九八）、佐渡国に流された為兼は、帰京を祈願して「鹿百首《しかひやくしゆ》」と呼ばれる百首歌を詠んだ。この百首、題は当時最も一般的な堀河《ほりかわ》百首のそれを用いつつ、一首の内に必ず鹿を詠み込んでいる。鹿は藤原氏の氏神である春日大明神の神体である。ただし、境遇を歎いたり帰京を訴えたりしたのは百首のうち二十四首に過ぎないという。しかも秋の景物である鹿を、春・夏・冬・恋・雑すべてに詠み入れようとすれば、当然無理が生じて来る。

春雨に花散る山のさを鹿は木の葉時雨し秋やわすれぬ　（為兼鹿百首・春雨・一二）

春雨に花が散るのを見れば、鹿は時雨で木の葉が散っていた秋を思い出すであろう、という。こんな調子であるから鹿百首の文学的評価は必ずしも高くないが、浅田徹氏は、神体とされた鹿を堀河百首題のうちに詠み込む行為こそ象徴的な意味を持っており、そのことで歌道における神の加護を信じたのだ、とする見解を示している（『百首歌』）。

このような百首歌は中世、とくに鎌倉後期以後多く詠まれている。いや、ほとんどの百首歌がいくばくかは神仏との交信を目的にしていたと思われるほどである。尊氏の法楽和歌も、続歌形式による共同作業という点が異なるが、まずはこの線で理解してよいと思われる。

そして尊氏自身にも、似たような百首歌があったらしい。若き日に、鎌倉市中の「推手の聖天」と呼ばれる歓喜天にひそかに願を立てた尊氏は、百日間毎暁参詣《さんけい》しては和歌を書き付け、満日には一巻として奉納した。その甲斐あって天下を掌中にした、というのである（相州文書・法印俊誉申状）。とはずがたり巻四にも佐介ヶ谷の近くの「をしてのしやうてんと申す霊仏」に参ることが記されている。足利氏はこれを篤《あつ》く信仰し鎌倉南小路に堂を建てたというので、作品は現存しないものの百首歌の詠進は事実であろう。尊氏の信仰心の篤さはよく指摘されるところであるが、それが和歌を詠むという行為と鞏固《きょうこ》に結びついていたことには関心を惹《ひ》かれる。

禅僧と和歌――金剛三昧院短冊和歌

もう一つ、尊氏の信仰から発した和歌行事として取り上げるべきは、康永三年（一三四四）十月八日、尊氏・直義が勧進し、高野山金剛三昧院に奉納した短冊和歌である。金剛三昧院は北条政子が頼朝・実朝の菩提《ぼだい》を弔うために建てた禅院で、かねて武家政権との関係が深かった。

この金剛三昧院短冊和歌は、二十七名の歌人が「なむさかふつせむしむさり（南無釈迦仏全身舎利）」の十二文字を頭字として詠んだ短冊原本一二〇枚からなっている。これも続歌である。参加者は尊氏・直義以下、高師直ら幕府要人が数多く見えるが、無署名の六枚は光厳上皇ないし光明天皇のものであり、二条為明《ためあき》・冷泉為秀らの公家、浄弁《じょうべん》・頓阿《とんな》・兼好《けんこう》・慶運《きょううん》の和歌四天王も参加しているので、北朝公家社会および歌壇をも巻き込んだ、かなり大がかりな催しであった。綴《と》じられた短冊の裏面には、直義・夢窓疎石・尊氏の順番で、宝積経《ほうしやくきよう》の「摩訶迦葉《まかかしよう》会《え》」「優婆離会《うばりえ》」のそれぞれ一部が書写され、末尾には直義自筆の跋文《ばつぶん》が付されている。

金剛三昧院短冊和歌は、後世加賀藩主前田綱紀《つなのり》が購入し、尊経閣文庫に伝来した。和歌四天王をはじめ名家の自筆が含まれるので珍重されてきたが、まずは宗教行事としての意義が考察されなくてはならない。

当時の尊氏・直義は、幕府の基礎固めの一環として、天龍寺をはじめとする造寺造塔の事業をしきりに行っているが、これは禅僧夢窓疎石の献策を受け容れたものであった（西山美香『武家政権と禅宗』）。

その関係は、中国五代十国の一つ呉越国の王、銭弘俶《せんこうしゆく》（九二九～九八八）が禅僧永明延寿《ようめいえんじゆ》を庇護したことになぞらえられた。呉越国の支配地域は現在の浙江省《せつこう》一帯に過ぎず、九七八年には南宋に併呑《へいどん》されて消滅しているが、この地域はきわめて高度な文化が栄え、かつ交易によって日本とは伝統的に深いつながりがあった。

銭弘俶は武人出身ながら文治に意を用い、インドの阿育王《あいくおう》（アショーカ王）に倣《なら》って、舎利を納めた八万四千の小塔を鋳造し諸国に分配している。これが中世に流行した宝篋印塔《ほうきょういんとう》の起源とされる。鎌倉期にはこの地の石工が渡日し、多くの宝篋印塔を建立した（現在なお畿内を中心に遺品が見られる）。源頼朝・源実朝・宗尊親王が八万四千塔供養を行い、また足利直義も諸国安国寺利生塔の建立を推進したのも、もとはといえば呉越国に端を発し、代々の将軍に継承されてきた作善とみなすことができる。

宝篋とは三世諸仏全身の法身舎利を蔵することで、その思想を説いたのが宝篋印陀羅尼経《だらにきょう》、正しくは一切如来心秘密全身舎利宝篋印陀羅尼経である。ここに「全身舎利」の語が見えるように、金剛三昧院短冊和歌の一文字題もまた、宝篋印陀羅尼経の思想を端的に示す。そのことは尊氏のつぎの一首にも明瞭に窺《うかが》える。

りやう《（霊）》山にときおく法のあるのみか
り
しやり《（舎利）》もほとけ《（仏）》のすかたなりけり　尊氏

このように見れば、金剛三昧院短冊和歌の催しは造寺造塔にも匹敵する事業ということができる。そして呉越王銭弘俶を偉大な檀那《だんな》として、その事蹟を武家政権の首長に吹聴したのは禅僧であって、夢窓疎石がその立役者となった。血統のつながりのない尊氏・直義が鎌倉将軍の後継者を標榜《ひょうぼう》し、みずからを武家政権の首長の系譜に位置付けるには、さまざまな由緒を案出する必要があった。その一つが短冊和歌の催しであり、夢窓のアイデアは非凡というほかない。夢窓も和歌を好み正覚国師家集《しょうかくこくしかしゅう》が伝えられる。室町文化を語る際には、禅僧の働きは見逃しえないものであるが、それが成功したのは、和歌や和文をふんだんに用いて、宋代以後（つまり当時にとっての近代）の中国文化を我が国に伝導する、柔軟なやり方を取ったからであろう。

2-3　新玉津嶋神社（京都市下京区）。歌僧頓阿（1289～1372）が将軍足利義詮の後援を得て造営し、以後もその子孫が祭祀を継承した。

新玉津嶋社の勧進

現在京都の五条烏丸に鎮座する新玉津《にいたまつ》嶋《しま》神社は、国学者北村季吟《きぎん》の旧居としても有名であるが、南北朝時代に紀伊国和歌浦より勧請されたものである。貞治二年（一三六三）頃、歌僧頓阿が二代将軍の足利義詮の後援を得て社殿を建造し、同六年三月には落成を祝って、義詮が公武の歌人に呼びかけ、三題九十九番の新玉津嶋社歌合が奉納されている。以後、将軍家の手厚い保護を受け、頓阿の子孫が別当を世襲した。歌道の神と将軍家との関係もまたきわめて深いのである。

　玉津嶋社の祭神は衣通姫である。住吉社とならぶ和歌の神であるが、もとは住吉社の四つある柱神の一つという扱いであった。ところが鎌倉中期になると、歌道家の当主が玉津嶋明神による斯道《しどう》の護《まも》りを謳《うた》い上げ、住吉社と対置するようになった。弘長三年（一二六三）三月、藤原為家は三題三十三番からなる住吉社歌合・玉津嶋社歌合を主催している。以後、二条家によって、度々両社への法楽歌合が企てられるが、すべて勅撰集の完成を祈念するものであった。

玉津嶋社と二条家については、飛鳥井雅縁《まさより》の歌学書和歌両神之事《わかりょうじんのこと》に、以下のような説が伝えられている。為家の子為氏は勅撰集を完成させると、住吉・玉津嶋両社に参詣した。玉津嶋社は松がただ七本立っているだけだったので（うち五本は既に枯れていた）、為氏は新造した社殿をわざわざ船で運んだ上で、御神体を京都に勧請《かんじょう》したが、うまくいかず、その息為世の時にも、なお本社にとどまっていると示現があり、新社も顛倒《てんとう》した。このため撰者は勅撰集完成の暁に改めて両社へ参詣するようになった。これを二条家では「両社の拝賀」と呼んだ、という。

玉津嶋社は二条家の歌壇支配の象徴となっていた。しかし、何度も京都に勧請しながら結局成功しなかったのは、その傲《おご》りに対する反感もまた根強かったことをも察知させる。それが頓阿の時に至ってようやく成就したのは、義詮の力をもって初めて可能であったと見るべきであろう。

このとき注意されるのが、頓阿のつぎの一首である。

等持院贈左大臣家に住吉の社をつくりて歌講ぜられしとき、神祇

住吉の神の宮居に浦波の面影ながらうつす宿かな　（草庵集《そうあんしゅう》・神祇・一四一三）

尊氏が自邸に住吉社を勧請し、社殿の落成を記念して歌会が催されたという。これがいつのことかは不明で、尊氏邸の分社もその後長くは維持されなかったらしいが、やはり和歌四天王

の一人慶運の家集にも「康永の比、将軍家に初めて住吉社壇造営ありて、勧請のとき法楽に、御会始に」（雑・二九四）と見えており、同じ会とすれば、その造営はまさに風雅集の企画が具体化した時期に相当する。勅撰集を意識した催しであろう。当時の住吉一帯は南朝の後村上天皇の勢力圏に入っており、往来することが容易ではなかったという事情もあった。

尊氏が住吉社を、続いて義詮が新玉津嶋社を勧請したことは、もちろん鞏固な神祇《じんぎ》信仰を裏付けるが、ただ宗教的な意味にとどまらず、実質的にも歌壇を掌握したことを喧伝《けんでん》する行為であった。

第三節　鎌倉将軍と京都歌壇

源頼朝の後継者を標榜して武家政権を開いた尊氏は、生涯にわたって「鎌倉将軍」と呼ばれていた。鎌倉ではなく京都に幕府を置いたのは吉野の南朝に対抗する軍事上の必要からであったが、朝廷や寺社との交渉も多くなり、しばしばその支配に容喙《ようかい》することになった。結果、鎌倉武士の面影をたぶんに残した尊氏は、天下人となって京都歌壇にも強い影響力を及ぼすことになった。

歌道師範家の消長

鎌倉後期には関東にも歌人が多く、いつも誰かが会を催している状態であったから、日常の指導をしてくれる専門歌人は歓迎された。古くからの関東祗候廷臣である飛鳥井家や紙屋川家がその役を担ったが、為家の権威が確立すると、その教えが最も尊ばれた。

為家自身は生涯一度しか東下しなかったが、子息は多く京都鎌倉間を往復する生活を送り、うち為顕《ためあき》・為相・為守《ためもり》らは鎌倉に定住した。母阿仏尼《あぶつに》の死後、将軍久明親王に仕えた為相は、為家晩年の鍾愛の子であり、多くの歌書を相伝していたために鎌倉歌壇の指導者として仰がれるようになる。この為相が冷泉家の祖である。

当時の京都歌壇では二条為世の権威が他を圧しており、京極為兼がこれと激しく争う情勢であった。為世は大覚寺統、為兼は持明院統に結びつき、公家社会の分裂抗争とも連動しつつ、歌壇を二分する状況が長く続いた。

為相は為兼に近かったものの、あまり強烈な個性や主張を持たず、その存在は為世・為兼の間で埋没しがちであった。為相の子為秀に師事した今川了俊《りょうしゅん》の師《し》説自見抄《せつじけんしょう》には、

> 為世卿の風躰には「歌はやさしくする〲とのみ詠むべし」との教へなり。為兼卿の庭訓は「たけ高く言たくさんに、言の用捨なく、只思ふ様に読め」となり。為相卿の教へは「いづれの躰にても、その人の得たる姿にまづもとづきて、のち余のかゝりをもうかゞふべし」となり。

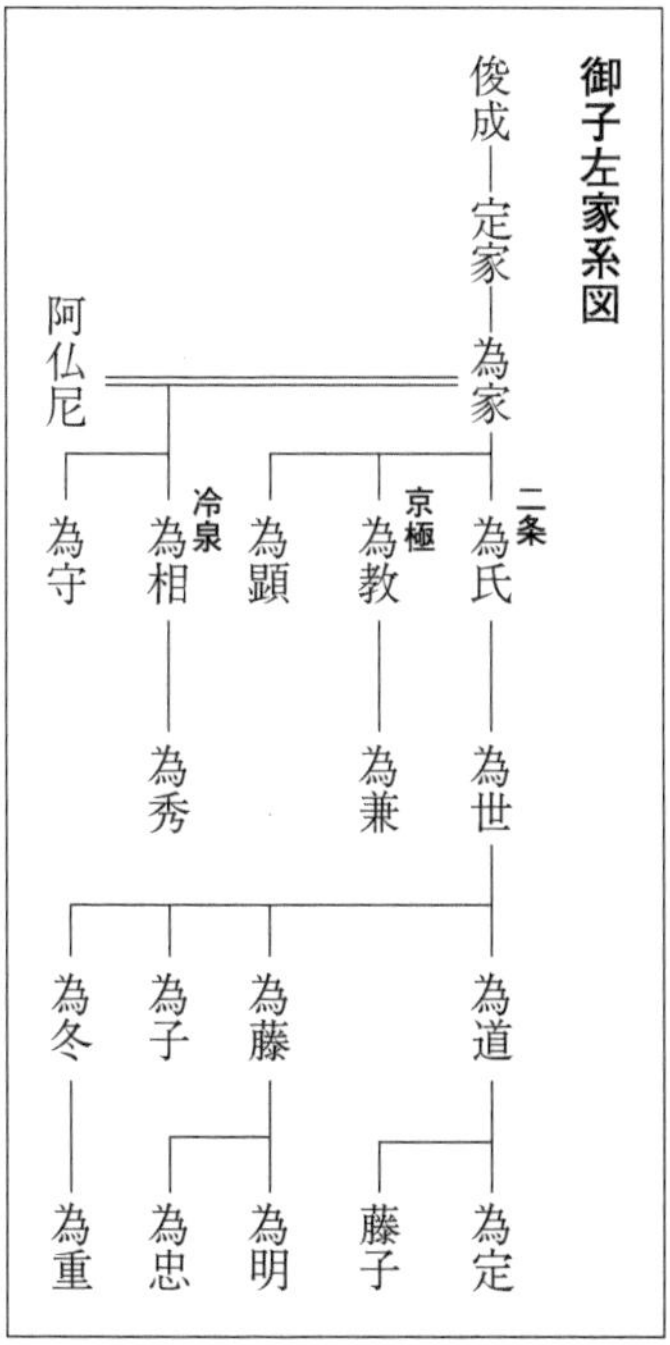

とある。表現と着想に厳しい制限を設ける二条派に対し、為兼の京極派は表現を選ばず心の働きそのものを文字とすることで一種観念的な作風を打ち出したが、為相はどのようであれ、まずその人の詠風を尊重し、その

後で他のスタイルを学べばよいとした。

鎌倉歌壇の人びとが、京都に定住する歌道師範に直接指導を受けることは地理的に困難であり、また冷泉家のような自由度の高い教えは、武家には受け容れやすく、二条家からも大きな抵抗を受けない（勅撰集の入集の障碍《しょうがい》とならない）ことから、次第に支持者を増やしていった。

為相は嘉暦三年（一三二八）七月十七日に六十六歳で死去する。なお、武家の間で非常に流行した早歌《そうが》（宴曲）を作曲したことも知られる。今川了俊や京極高秀《たかひで》など室町幕府の要人には冷泉家の門を敲《たた》いた歌人が多く、為相の努力は子孫の代になって実を結んだ。

冷泉家と足利氏

尊氏が歌道を相談したのは為相の子為秀であった。為秀が家領安堵をめぐり提出した申状に「将又当御代建武三年、将軍家八幡・東寺等御所に御坐の時、為秀一人、或は諸社御願の歌題を献じ、或は不退寓直の功を抽んず、傍輩漸く等倫少なきや」とある（『冷泉家古文書』一四九号・冷泉為秀申状案）。建武三年の京都攻防戦のあいだ、為秀は尊氏に随従して上洛し、法楽和歌の詠進にあたって題を献じたというのである。

これは冷泉家が武家家礼《ぶけかれい》であったことによる。室町幕府は鎌倉幕府の直轄地（関東御領）をそのまま引き継いだこともあり、かつての関東祇候廷臣が尊氏・直義の外出に扈従《こしょう》したり、家の行事でなんらかの役を務めるといった奉公に励んだのである。同じ申状で「御仏事の御布施取、度々その役に随ひ、和歌御会の砌、時々予参を企つ」とあるのはこの関係を指す。なお、武家家礼は南北朝期を通じ増加の一途を辿り、三代将軍義満《よしみつ》が公家社会を支配する基盤となる。

しかし、当時京都歌壇で権威を持ったのは依然二条家であった。二条家は大覚寺統から支持されたばかりか、為世女為子《ためこ》、為定妹藤子《ふじこ》が後醍醐の寵《ちょう》を受け、尊良《たかよし》・宗良《むねよし》・懐良《かねよし》らの皇子を儲けるなど、側近の随一といってよい家柄であった。南北朝の分立に際し、為定は後醍醐と行動を共にせず京都にとどまったものの、さすがに尊氏に接近することは憚《はばか》られた。一方、為秀に人望が無かったわけではないが、官位は正五位下侍従、年齢も三十代半ばといまだ若輩卑官、四十四歳で正二位中納言の官にあり既に続後拾遺集の撰者となった二条為定とは官位・歌歴とも比較にならなかった。ただ為定は持明院統の花園法皇・光厳上皇とは疎遠であったため、なかなか公式の場には出現できず、歌壇では指導者不在の状態がしばらく続いたのである。

和歌御会を欠席する将軍

鎌倉中期以後、和歌・管絃《かんげん》・蹴鞠《けまり》など、あらゆる宮廷藝能の領域で、主催者の治世最初の晴儀の会を「御会始《ごかいはじめ》」として位置づけ、特別視する傾向が生まれる。たとえば天皇の在位中最初の歌会が中殿歌会《ちゅうでんかかい》である。院政を敷く上皇の場合は、詩・歌・御遊の三席御会始を行う慣例が後嵯峨院のときに成立した。

光厳上皇の三席御会始は、暦応二年（一三三九）六月二十七日に仙洞持明院殿で催された。実夏公記《さねなつこうき》によれば、晴儀の会であるから準備は念入りに進められ、詩・歌・御遊の人数も上皇が清撰した。詩題の「聖沢遍於水《せいたくはみずよりもあまねし》」は儒者菅原在登《ありのり》が出したが、歌題の「松影映池《しょうえいいけにうつる》」は勅題であった。

上皇のたっての希望で尊氏の歌も召されることになった。ところが、尊氏は権大納言の拝賀を済ませていないとの理由で出席を固辞した。なおも命があり、遂に懐紙だけは進めている。

晴の会で自詠を懐紙に清書する際、端作《はしづくり》（懐紙の右端に記した表題）と位署の書式には、厳格な故実があった。懐紙は自筆が原則であり、こうした約束事を知悉《ちしつ》厳守しなければならなかった。冷泉為秀は病気のためこの会に加えられておらず、尊氏はやむを得ず朝儀典礼に詳しい前右大臣洞院公賢《とういんきんかた》のもとに使者を飛ばし、教えを受けた。実夏公記および新拾遺集《しんしゅういしゅう》をもとに、この時の懐紙を復原すれば、

夏日侍　太上皇仙洞同詠
松影映池応製和歌一首
正二位行権大納言兼征夷大将軍臣源朝臣尊氏上
かせかよふ松をう
つして池水のなみ
も千とせのかすによ
るらし

となる。端作は二行、位署は一行、和歌の字配りは四行目を三字にする決まりであったが、最大の問題は位署の「征夷大将軍」であろう。将軍が御会に出た先例は絶無であるから、公賢に判断を一任するほか無かった。

北朝の政務は室町幕府に全く依存しており、尊氏・直義は光厳上皇と一体とも言うべき関係にあったが、尊氏はこの後も懐紙を進めるのみで決して御会には出席はしなかった。懐紙の提出一つとってもこれほど面倒なのだから、公家の世界に立ち入る勇気が無かったとしても不思議ではない。

息子の義詮も、尊氏よりはよほど公家の雰囲気になじんでいたはずであるが、やはり御会に出ることには一向消極的であった。最晩年に関白二条良基《よしもと》の慫慂《しょうよう》により、後光厳天皇の中殿歌会に初めて参仕したのであるが、雰囲気にいたたまれず、病気を口実に中座する有様であった。尊氏・義詮は依然公家社会の圏外に立っていたのである。これが義満となると、進んで内裏の御会に参り、あまつさえ講師《こうじ》や読師《とくじ》の役を務めるようになるのであり、隔世の感を禁じ得ない。

風雅集の成立

その頃、仙洞では光厳上皇のもとでしきりに歌合や歌会が行われていた。為兼の遺訓をよく守ったこのグループは、後期京極派と呼ばれるが、持明院統の近臣・女房を中核とした閉鎖的な活動であり、支持者の広がりは見られなかった。

こうした中、康永二年（一三四三）冬、上皇は勅撰集の編纂《へんさん》を思い立ち、幕府に諮った。勅撰集の計画は事前に武家政権に連絡して了解を取り付けるのが、続古今集以来の伝統であった。

幕府は一年以上回答を保留したが、公家政権の自立性を尊重する直義は、強く催促されると、けっきょく御意のままと返答した。こうして撰集が進められることとなったが、二条家を排除するために撰者は任命されず、文字通り上皇の親撰という、勅撰集としては極めて異例の形であった。花園法皇が和漢両序を書き、冷泉為秀、正親町公蔭《おおぎまちきんかげ》らが寄人（助手）を務めた。そして貞和二年（一三四六）十一月十日に完成を祝って竟宴《きょうえん》が挙行された。風雅和歌集という。しかし同五年頃まで撰集の業は続けられている。この集に尊氏は十六首、直義は十首と優遇され、義詮も二首入集した。

風雅集は玉葉集とならんで、文学史上評価の高い勅撰集であるが、歌壇史的に見れば、その意義はいささか異なってくる。鎌倉時代は勅撰集の撰進が頻繁となり、ことに持明院統・大覚寺統からかわるがわる天皇を立てる両統迭立《てつりつ》期には、治天の君たちは競い合うようにして勅撰集を撰ばせている。しかし、持明院統の治世に成立したのは玉葉集だけである。一方、二条家を重用した大覚寺統は、既に続拾遺《しょくしゅうい》・新後撰《しんごせん》・続千載・続後拾遺の四集を成立させている。持明院統が勅撰集を撰ぶノウハウに不足しているのは明らかであった。

勅撰集だけではない。両統迭立とは言いながら、世の人心は、亀山・後宇多・後醍醐と強いリーダーシップを持った治天の君が現れ、廷臣にも逸材が輩出した大覚寺統に帰していた。南北朝分立後も、二条為定のように、ただ京都を離れたくないため後醍醐に随《したが》わなかった者も多かった。光厳上皇は、内心では大覚寺統の復帰を望む人びとの多い公家社会を統治しなくてはならないわけで、院政を円滑に進めるためには武家政権から強力に支持されることが必要であった。このようなねじれ現象が集の内実に少なからぬ影響を及ぼしている。

廷臣たちは治天の君の意を迎えて京極風を詠んでいる。二条良基は晩年になって「愚身貞和最初の御百首は為兼卿異風をよみ侍りしなり」（近来風躰《きんらいふうてい》）と述懐している。尊氏もそうであった。

軒の梅はたまくらちかくにほふなり窓のひまもる夜半の嵐に　（風雅集・春上・八六）

いりあひはひばらのおくにひびきそめて霧にこもれる山ぞ暮れゆく　（同・秋下・六六四）

山もとやいほの軒ばに雲おりて田のもさびしき雨の夕暮　（同・雑中・一七七二）

京極派は季節詠に特色があり、そこでは必ずしも伝統的な発想や表現にはとらわれず、自身の感動を重んじ、実景に接したごとくに詠むことを特色とする。右もたしかに印象鮮明で、京極風の特色が顕著である。だからといって、尊氏が京極派歌人であるとは言い難い。「窓のひまもる」「ひびきそめて」「田のもさびしき」のような、京極派が好んだ措辞を用いているのは意図的なものであろう（井上宗雄「京極派和歌と足利尊氏」）。

歌道家の主張の違いや歌風の差異などは、京都歌壇を構成する大方の歌人、ましてその周縁にあって詠歌を嗜《たしな》む武家にとって、大きな問題では無かった。この事情は、鎌倉後期の武家歌人大江茂重《もちしげ》の詠風を分析した小林一彦氏が「詠歌を嗜む者が、勅撰集が企画されたのを機に、自撰家集を編み撰者に届ける理由はただ一つ、自詠を採歌して欲しいからである。したがってそのような自撰家集には、勅撰撰者の意向に添う形で、その目指す和歌観、秀歌観が色濃く反映される」と喝破した通りであろう（「京極派歌人とはいかなる人々を指すか」）。

応製百首の詠進

室町幕府将軍が、治天の君にかわり、勅撰集を撰進させる権利を握ったことは夙《つと》に知られているが、これは同時に勅撰集が下命されてから完成するまでの、さまざまな手続きに嫌でも関与することを意味する。その一つに勅撰集と時を同じくして命じられる百首歌の詠進がある。粒の揃った撰歌資料を提供するために、当時の有力歌人を精選し百首歌を詠ませるもので、これを応製百首《おうせいひやくしゅ》という。その慣行は鎌倉前期に定着したが、作者は廷臣（ないしその出家者）と女房に限られ、武家が応製百首を詠進することなど、これまで例のないことであった。

風雅集の時の応製百首が貞和百首である。三十二名の歌人が指名され、尊氏と直義も加えられたが、なかなか詠進できず披講を延引させてしまっている。応製百首は自筆清書が原則であり、一首三首の懐紙短冊と違って代作というわけにもいかず、また詠進の際の故実も不案内では、将軍兄弟にとっては悩みの種以外の何物でもなかった。

貞和百首はまとまった形では遺っていないが、尊氏の百首は単独で現存している。締め切りを延ばしてもらったというわりには、風雅集への採択率は悪く一首のみである。全体的に平板な出来であるが、雑歌における真情の表出は、内面を知る手掛かりとなろう。

山ふかくこころはすみて世のためにまだそむきえぬうき身なりけり　（九三）

なに事もおもはぬ中にしきしまの道ぞこの世ののぞみなりける　（九四）

九三は、出離を口にしつつも武家政権の首長として十年を過ごした感慨であろう。また九四は九三と呼応し、歌道への期待感を告白する。その態度は無邪気でさえある。「貫之は一首を二十日によむ」との格言が、中世歌論書には頻《しき》りに見える。寂蓮は「口たがひ小便色かはりてこそ秀歌は出で来れ」と語ったという（京極中納言相語《あいがたり》）。ともに苦吟してこそ真の秀歌が得られるとの主張である。源頼実《よりざね》や宮内卿《くないきょう》の夭折《ようせつ》は、秀歌を詠むために精魂尽き果てたからとされ、宗尊親王の和歌愛好ももとより本人の個性ともいえるが、かれの精神を明るくしたとはいえない。鎌倉期までの歌人は権門の人であってもどこか求道性があり、選ばれたエリートの厳しい鍛錬が和歌史を動かしていた。京極派の観念的な作風などその最たるものであった。

一方、応製百首における尊氏の屈折のない詠みぶりは、時代の精神が既にそのような苦行と無縁であったことを暗示する。そもそも百首歌が詠歌の単位となり、速詠多作の技術が要求された当時、中古の歌仙の一首に骨身を削るような姿勢は昔語りとならざるを得ない。文学史と相反することを承知で言えば、南北朝期以後の歌壇の趨勢《すうせい》を決したのは、宮廷や歌道家などではなく、もっと気軽に詠歌する武家歌人の意向であったのではないか。

和歌四天王の活躍

武家歌人のよき相談相手となったのは、二条家門弟の地下《じげ》歌人である。当時の歌道師範家は堂上《どうじょう》・地下に幅広く人材を擁していたが、とくに二条家は地下の好士に好意的に接し信頼も置いたようである。為世・為定が目をかけた四人の地下の門弟、浄弁・頓阿・兼好・慶運を、和

2-4　薬師寺公義と高師直（三時知恩寺蔵太平記抜書）。師直のために公義が恋歌を代作する場面。公義は武将としても有能であった。

歌四天王と呼んだことはよく知られている。

このような地下歌人は遁世《とんせい》して数寄に生きることを選択しても俗世の係累を捨て去らなかったから、自由な立場であちこちの権力者のもとに出入りした。太平記に、高師直が鹽冶《えんや》高貞《たかさだ》の妻への恋慕の情やみがたく、長たらしい艶書《えんしょ》を兼好に代筆させる話がある（巻二十一・鹽谷判官讒死事）。兼好が師直のもとに出入りしていたのは事実で、四天王の生き方を物語っている挿話である。頓阿となると公武僧の間に一層顔が広く、武家に所領を押領された知己のために口を利いてやるほどであった。ついには歌道師範にかわって勅撰集の編纂を代行するまでに実力と声望を持つのである。

今川了俊はこの頃の様子を回想して、

一、為世卿、門弟の昔人にも教え申し

しは、和歌はやさしきより外の姿あるべからず、詞は三代集の歌の詞の外不可詠と云々。（中略）その世にも為世卿の門弟等の中には、四天王とか云ひて、かれらが哥ざまを、薬師寺（公義）・中条（長秀）・千秋（高範）・秋山（光政）などと云ひし人々、如小師に信ぜしかども、故為秀卿の弟子になりにき。

という（了俊歌学書）。了俊は冷泉為秀の忠実な門弟であったので、歌壇で和歌四天王のごとき軽輩が幅を利かせていたことを憤っているのであるが、四天王の権威を高めたのも、かれらを「小師（仏教で師のもとで師を輔佐する僧のこと）の如く」崇《あが》めた武家歌人であったことが読み取れる。

ここに見える薬師寺公義《きんよし》は師直の被官であり、先の高師直の艶書の一件で、兼好にかわって見事な恋歌を詠んだ人物である。また長秀《ながひで》・高範・光政《みつまさ》は尊氏の近習である。いずれも了俊などの大名に比すれば出自や官位は問題にならず、これ以前の勅撰集では実名で採られる最低ランクの歌人であったのだが、この頃には京都歌壇でも無視し得ない力を蓄えていたのである。この層が四天王を崇めたということが示唆的である。風雅集が成立する一方で、四天王を手足として武家から広く支持された二条家の底力はまことに大きかったといわなければならない。

二条為定の接近

この頃、二条為定もまた尊氏に接近していた。為定は後醍醐に近すぎたために、はじめは武家政権への奉仕を遠慮していたが、尊氏が庶幾する歌風は二条派の穏やかな風であるし、二条家にも嫌悪感を抱いていたわけではないから、後醍醐の記憶さえ風化すれば、両者が歩み寄ることはそれほど難しいことではなかった。康永三年の金剛三昧院短冊和歌の催しには為定の従弟為明が加わっているし、同じくその冬、尊氏が自邸の屏風《びょうぶ》を新調し、時の歌人に「雪見御幸」題の色紙和歌を求めた際には、冷泉為秀・飛鳥井雅孝《まさたか》らかつての関東祇候廷臣のほか、二条家の為定・為明・為忠《ためただ》が加わっている。これは「足利将軍家による二条家公認を明示する」ことでもあった（落合博志「『入木口伝抄』について」）。

さらに翌貞和元年（一三四五）冬、為定は尊氏に古今・後撰・拾遺の三代集を授けた。

康永四年冬の比、等持院贈左大臣三代集伝受のよしきさて、道のためもよろこび思ひ給ふよしのたまひおくりしついでに

入道親王覚誉《かくよ》

家の風たえずつたへてあめの下なべてあふぐと聞くぞかしこき

返し

前大納言為定

あふぐ人あるにぞまよふ家の風吹きつたへたるかひもなき世は

（新千載集《しんせんざいしゅう》・雑中・一九〇八、一九〇九）

具体的な様子が伝わっているわけではないが、おそらく家に伝わる証本《しょうほん》の披見を許し、文字読みを中心とした説を教授するものであろう。後世の古今伝授に比較すればごく素朴な段階であるが、しかし歌人として一人前であるとの免許を与えるという意味はたしかに存したであろ

う。

なお、覚誉親王は聖護院門跡、花園法皇の皇子である。持明院統の皇族からも為定は信頼されていたのである。さらに将軍が為定の門弟となったことは、「あめの下なべてあふぐ」と言われるほどに歌壇的にも大きな事件であったことになる。

第四節　戦陣における和歌

尊氏・直義の二頭体制は、建武から十余年を経て安定を得たように見えたが、直義と高師直が対立したことによって破綻《はたん》し、さらに全国的な内乱へと突き進んだ。これを観応《かんのう》の擾乱《じょうらん》と呼ぶ。

直義は謹厳実直で公家や寺社の受けがよく、師直は傲岸不遜《ごうがんふそん》で上皇の権威すら軽んじたといわれるが、両者を支持する武家の層も異なっていた。直義の施政は基本的には鎌倉幕府の執権政治を尊重するもので、前代の秩序を重んずる上級武家層から支持されたが、戦乱によって実力を伸ばした中小の武家は、公家・寺社の荘園の押領を事とした連中で、直義によって粛清される運命にあった。そのためかれらは尊氏に直属する被官となり、さらに師直の指揮に従った。前者は東国をはじめ地方に勢力を張り、後者は畿内近国で盛んに活動した、という地域の違いも挙げられる。

擾乱の経過はきわめて複雑で、尊氏・直義ともに詐《いつわ》って南朝に降参したり、一時的には南朝の京都占領を許す事態も生じたが、あくまで幕府の主導権をめぐっての抗争と見るべきである。はじめは直義と師直、ついで尊氏と直義、さらに尊氏と直義の養子直冬《ただふゆ》（尊氏の実子である）との抗争へと続くが、諸国の守護大名・領主がいずれかに与《くみ》し、あるいは家中分裂して争った

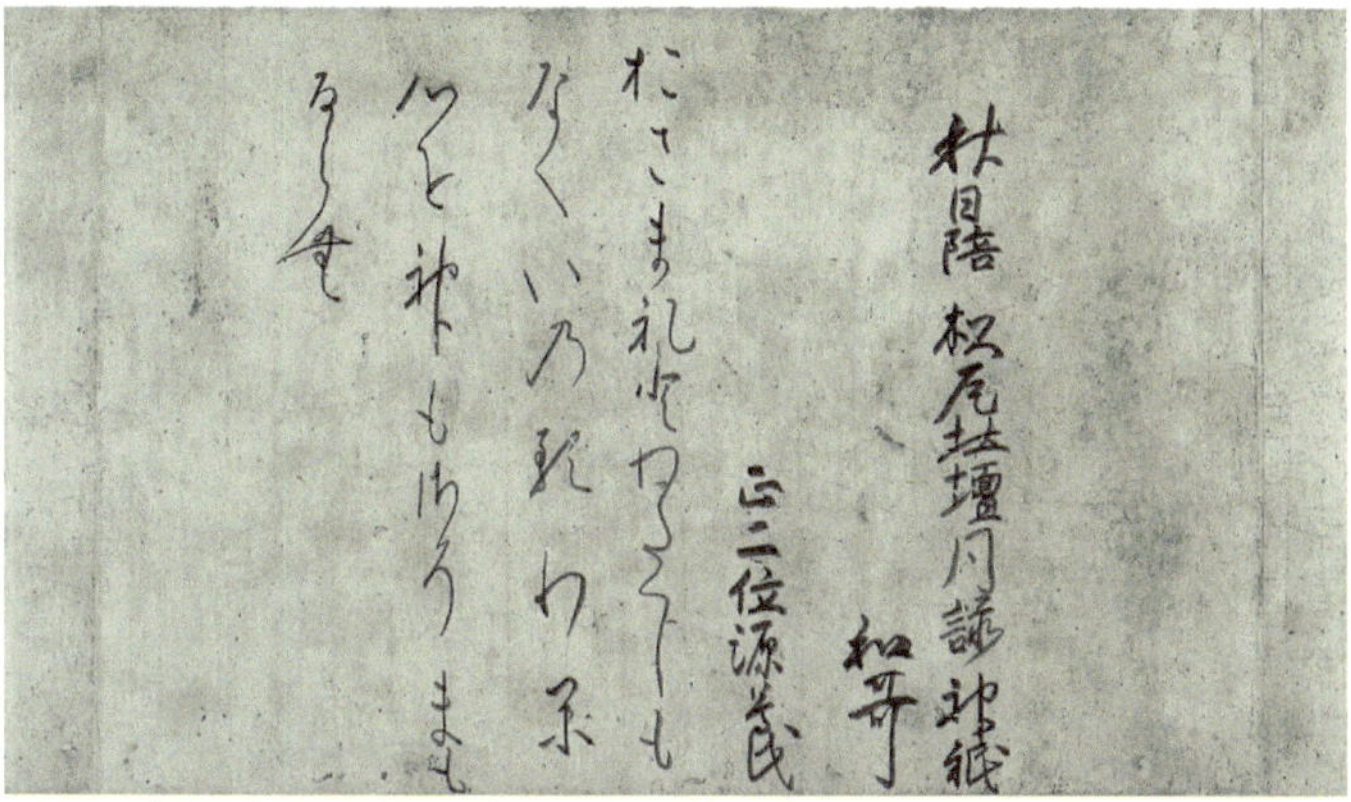

2-5　尊氏の自筆和歌懐紙（個人蔵）。観応２年（1351）９月、近江国で直義と戦っている陣中で、近習たちと詠み、松尾社に奉納したもの。

ことで、よくもわるくも鎌倉時代の遺制をとどめていた支配構造を一変させてしまうことになった。結果として直義と師直は共倒れとなったが、将軍権力も大いに失墜した。尊氏は両者の抗争に対し、いたずらに状況を悪化させたのみで、殆《ほと》んど有効な手だてを打てなかった。しかも多くの親族・被官を死なせ、自身も何度も死線をさまよう経験をしている。その余波の完全に終熄《しゅうそく》しないうちに死を迎えることとなる。このような晩年においても尊氏は和歌を廃することは無かった。

松尾社奉納神祇和歌

観応二年（一三五一）の秋、尊氏・義詮父子は近江国に出馬し、直義と連日激しい合戦を続けていた。九月十一日、近江醍醐寺（滋賀県長浜市）の陣中で霊夢があり、尊氏らは「神祇」題で和歌を詠んでいる。戦いは尊氏方の勝利となり、直義は関東を指して落ちていったため、尊氏は、帰京後に懐紙を継いで一巻とし、十月十八日に京都の松尾社に奉納した。

この「松尾社《まつのお》奉納神祇和歌」は原本が現存する。尊氏以下の武家の自筆として、また実際に陣中で詠まれた懐紙の遺品として、まことに貴重である。尊氏の作は「おさまれとわたくしもなくいのるわか心を神もさそまもるらむ」とある。端作が「秋日　松尾社壇に陪して」となっているのは、霊夢の内容が崇敬する松尾社に関するものであったか、あらかじめ同社に奉納することを前提に詠まれたものか、いずれかであろう。

原本は所蔵者による詳細な研究が予定されているのでその公表を俟《ま》ちたいが、影写本（東京大学史料編纂所蔵『東文書』）によって作者を列挙すれば、尊氏のほか、参議左近中将源義詮・前備前守秀長《ひでなが》・散位家泰《いえやす》・近江権守親平《ちかひら》・正五位下伊与権守重成《しげなり》・伊与守元氏《もとうじ》・施薬院使和気《やくいんしわけ》致成《むねなり》・氏重《うじしげ》・沙弥心省・命鶴丸《みょうづるまる》の計十一名である。懐紙に続いて、松尾社神主に宛てた氏重の書状があり、「軍陣の習、懐紙已下不具に候へども、中〳〵そのまゝ籠められ候条、宜かるべく候間、遣はされ候」とある。

この出詠者は尊氏が最も心を許した人びとといってよい。元氏（細川、のちの清氏《きようじ》）と心省（今川範国《のりくに》、了俊の父）は足利一門の驍将《ぎようしよう》であり、重成は高師直の一族で大高《だいこう》を号した。この辺りは比較的有名な武将であるが、その他については紹介考察の要があろう。

馬廻衆の和歌

尊氏の意を奉じてこの一巻を松尾社に納める役を務めた「氏重」は、尊氏近習の頭首と見ら

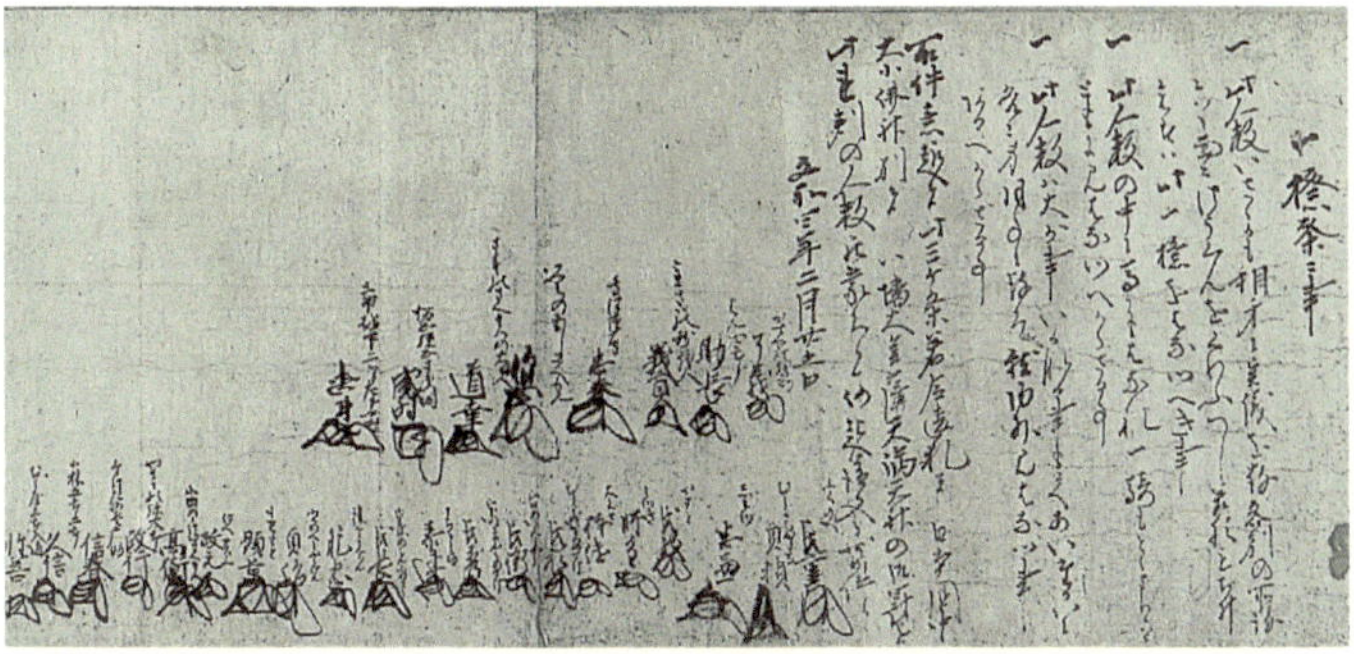

2-6　足利尊氏近習馬廻衆一揆契状（国立歴史民俗博物館蔵越前島津家文書）。
文和4年（1355）2月、直冬との合戦のさなか、尊氏の近習53人が連署し、協力を誓ったもの。畿内を本拠とする新興武士が目立つ。

れる。秩父平氏の流れを汲む武蔵の武士高坂《たかさか》氏重と見る論者が多いが、おそらく近江国坂田郡福能部《ふくのべ》荘（滋賀県長浜市）を本拠とした小領主であろう。

　これより少し後の文和四年（一三五五）二月二十五日に交わされた、「足利尊氏近習馬廻衆一揆契状《うままわりしゅういっきけいじょう》」という文書がある（国立歴史民俗博物館蔵越前島津家文書の内）。なお擾乱は終熄せず、尊氏は再び近江で合戦を続けていたが、その馬廻衆五十三名が、戦陣で互いに協力することを誓約し、連署した文書である（このような集団を当時広く一揆と呼んだ）。例の「氏重」が、ここでは劈頭《へきとう》に署判している。

　馬廻衆とは将軍直属の御家人で、戦時には常に将軍近くに侍《はべ》り、全軍の中核となる武士であった。これが後には複数の部隊に編制されて、五番組の室町幕府奉公衆へと発展する。

　そして、観応二年の松尾社奉納神祇和歌にも明らかに馬廻衆と呼ぶべき人びとが見えている。

　秀長は藤原（中条）頼平《よりひら》男。中条氏の祖は鎌倉幕府の御家人であるが、足利氏に臣従して三河国に居住した。秀長は尾張守護を務めている。和歌を好んで藤葉集の作者となり、後継者となった甥長秀《ながひで》（元威《げんい》）も著名な歌人であった。子孫は幕府奉公衆となる。

家泰は源（本郷）貞泰《さだやす》男。やはり鎌倉幕府に仕えた家柄であるが、若狭国大飯郡本郷（福井県大飯郡おおい町）の地頭となり土着した。尊氏・義詮に従って転戦、度々勲功を賞されている。出家して昭覚法師といい、新千載集の作者となり、義詮の勧進した新玉津嶋社歌合にも出ている。なお家泰女は琵琶に長じ、崇光上皇から秘曲の伝授を受けている。文化的素養の高さは注目すべきである。尊氏の親衛隊長と称するのにふさわしく、子孫も長く奉公衆として活動した。ところで今川了俊によれば、「本郷・福野《（能）》部」は清氏の歌会のメンバーで、「御子左《（為定）》の門弟」であった（歌林）。歌学に通じた了俊は、彼らが枕詞の「さばへなす」を「沢辺なす」と解して恥じなかったなどと貶しているが、一グループを形成していたことが分かる。

命鶴丸は、尊氏の寵童として有名である。尊氏の軍旅には常にその姿があり、一時は大名さえ憚るほどの勢威があった。なお太平記には文和二年に十九歳とあるが、康永三年冬の尊氏邸屏風和歌のとき使者に立っているから、もっと年長であろう。稚児《ちご》というには年を取り過ぎているが、これは尊氏が元服を許さなかったためらしい。ようやく元服して饗庭《あえば》尊宣と名乗ったものの、まもなく尊氏死去に殉じて出家している。その後、義満の代まで活動している。

「近江権守親平」のみ伝未詳であるが、これも近江を本拠とした御家人で、馬廻衆となった者であろう。

室町幕府の御家人制は鎌倉幕府のそれを踏襲してはいるが、将軍権力を支える直轄軍は血縁・地縁によって緩やかに結合した武士の集団、つまり「一揆」の寄せ集め状態に近かった。この頃の合戦では、形勢不利となるや、大軍勢が瞬時に雲散霧消してしまうことがよくあるが、これも利にさとい中小領主たちは戦況次第で平気で主人を見捨てるからである。合戦の前に「足利尊氏近習馬廻衆一揆契状」が記された意味も知られよう。

さらに貞和四年四月五日、尊氏がやはり霊夢によって諏訪社法楽の笠懸《かさがけ》を行った時、射手となったのは七名の馬廻衆で、そこにも命鶴丸と「福能部又太郎氏重」がいる（笠掛記《かさがけき》）。神前で武藝を演ずることと和歌を詠進することが全く同じ地平にあった。直接の動機は霊夢であったにせよ、法楽は主君への忠誠を誓い、一揆の結束を強めることが狙いであった。このような時に和歌が紐帯《ちゆうたい》の役目を果たしたことが、乏しい史料からも窺うことができる。「足利尊氏近習馬廻衆一揆契状」は馬廻衆同士の協力関係、横のつながりを結んだ誓約であったが、「松尾社奉納神祇和歌」は将軍と馬廻衆との主従関係、縦のつながりを確認し、神前に報ずる催しであったと言えようか。なお、朝廷の医官である和気致成はこの中では異色の存在であるが、尊氏治療の功により昇殿を許されているので（玉英記抄《ぎよくえいきしよう》）、侍医として随行していた者と分る。尊氏は観応の擾乱のあいだずっと病気に苦しんでいたらしく、しばしば死亡説が乱れ飛んでいる。

薬師寺公義

この時期に登場した、新しいタイプの武士を代表するのが薬師寺公義である。公義は高師直配下の部将として、また優れた武家歌人として、太平記にも姿を見せる。薬師寺氏は藤原姓で下野小山氏の一族とされるが、勅撰作者部類は橘氏とし、「足利尊氏近習馬廻衆一揆契状」にも薬師寺を家号とする者が何名かいるので、出自は畿内の小領主であったと考えられている。

貞和年間（一三四五〜五〇）、公義は、武蔵・上総両国の守護であった師直の代官として、関東に下向した。絶頂期にあった師直の威を背景に、公義は南関東の武士団を動員する軍事指揮権を掌握していたと思われる。

その後観応二年（一三五一）二月、直義が南朝と結んで攻勢に転じ、師直の敗色が濃くなると、上洛した公義は徹底抗戦を勧めた。しかし師直は戦意を喪失して聞き入れず、絶望した公義は「泪ヲハラ〳〵ト流シテ」高野山に上って遁世したと太平記にあり、かつ流布本ではその時に、

トレバウシトラネバ人ノ数ナラズ捨ツベキ物ハ弓矢ナリケリ

の一首を詠じたとある（巻二十九・師直師泰出家事付薬師寺遁世事）。

しかし、史実としては、公義は大した葛藤《かっとう》もなく、落ち目の師直を見限ったようである。そのまま公義は尊氏に属し、再び関東に遣わされている。守護代として武蔵・上総の武家を束ねた力が期待されたのである。案の定、直義は尊氏とは和睦《わぼく》したが、師直を殺害している。

この年十一月、尊氏もまた詐って南朝と和睦し、北陸を経て東国へ逃れた直義を追って東海道を進んだ。太平記によれば、尊氏方ははるかに劣勢であったが、公義の説得によって東国大名が救援に駆けつけ、直義を降すことができた。翌年正月五日、尊氏は降参した直義を伴って

鎌倉に入ったが、まもなく直義は急死する。ちょうど師直の一周忌に当ったため、尊氏が毒殺したと見る史家が多い。

直義を葬ったものの、直義の与党上杉憲顕《のりあき》は、なお尊氏に抵抗していた。しかも憲顕の支援を受けた新田義貞の遺児義興《よしおき》・義宗《よしむね》が上野国で挙兵し、南朝の宗良親王をいただいて南下してきた。抗しきれないと見た尊氏は鎌倉を捨てて、春の武蔵野で大合戦が繰り広げられる。太平記はその様子を絵巻物でも見るように美しく描いているが、洞院公賢は日記園太暦《えんたいりゃく》に、

所詮去んぬる十九日尊氏卿没落し、大略行方を知らず、武蔵国に於いて、前守護代薬師寺の一党、上椙《うえすぎ》一類等と合戦す、御方勝に乗じ了んぬ、

と記し、情報が錯綜《さくそう》する中でも合戦の内実を的確に把握していた。要するに薬師寺公義一派と、上杉氏との抗争なのである。伊豆・上野・越後の守護を兼ねた憲顕は、師直亡き後、武蔵をも手中に収め、公義とはかねて利害が対立していた。内乱の実質はもはや南朝・北朝の対立などではなく、大名間の覇権争いであり、しかも主導権を握るのは、公義に率いられた、領主たちの連合体（一揆）であった。宗良親王などは、実は使い捨ての駒に過ぎぬ。そこでは尊氏や直義さえ、一揆に突き上げられて動くのみであった。

尊氏を勝利させた公義は、その後、政治の第一線から退き、歌人元可《げんか》法師として歌壇で活躍した。その家集元可法師集を繙《ひもと》けば、地下の名手として歌を召されたり、歌枕に杖を曳《ひ》いたり

と、もはや武将の俤《おもかげ》は全くうかがえない。応安六年（一三七三）七月には白河関で和歌を詠んでいる。ところが、これは鎌倉五山の内訌《ないこう》を調停せよとの幕命を帯びての東下であった。老いてなおその力には端倪《たんげい》すべからざるものがあった。

公義は長命で永徳元年（一三八一）頃七十余歳で没した。歌人元可として生きたことは、公義の前半生の履歴を単に「漂白」したばかりか、政治的にいっそう動きやすくしたように思えてならない。その子孫は管領細川氏に仕えて摂津守護代として繁栄している。

後光厳天皇の践祚

尊氏はようやく鎌倉を奪回するが、上杉氏の抵抗が執拗《しつよう》に続いたため、東国を離れず、直義残党の掃討に専念することになる。室町幕府草創時から鎌倉府を設置して、東国の支配に当らせていたが、十五年ぶりに鎌倉で政務をとった尊氏は、武家棟梁《とうりよう》としての自信をやや恢復《かいふく》させたようである。新たに鎌倉府の主とした四男基氏《もとうじ》は夙慧《しゆくけい》であり、尊氏に愛された。この基氏が初代の関東公方となる。しかし、尊氏はいつまでも東国に居住するわけにはいかなかった。

尊氏下向後、京都畿内の情勢も混乱の極みにあった。直義死去の一報を受けたためであろう、南朝は閏二月二十日、突然京都を襲って、義詮を近江国へ敗走させた。このとき義詮は北朝の光厳・光明・崇光の三上皇を南朝の手に渡すという失態を演じている。もっとも、南朝は京都を維持する実力を持たないので、わずか三ヶ月ほどの天下に終った。

義詮は京都を恢復すると北朝の再建に着手し、光厳上皇の第三皇子弥仁王の践祚《せんそ》を強行した。

観応三年八月十七日のことで、これが後光厳天皇である。

翌文和二年（一三五三）六月、今度は幕府内部の権力抗争に敗れた山名時氏《ときうじ》が南朝に走り、京都に乱入した。義詮は敗北して遠く美濃国まで落ち、当地の守護大名土岐頼康《よりやす》を頼った。このときは後光厳天皇を伴うことを忘れなかった。義詮は一ヶ月で京都を奪回するが、後光厳を迎えに参る余裕がなかった。そこで天皇は尊氏に上洛の命を下した。

尊氏が関東の武士団を引き連れて鎌倉を出たのは七月二十九日のことであった。行軍は遅々として進まず、上洛に二ヶ月を要した。美濃垂井宿で後光厳天皇を迎え取り、九月二十一日に入京した。

休息する暇もなく、今度は中国地方にその版図を広げていた足利直冬への対策を講じなくてはならなかった。直冬は尊氏の庶長子ながら愛顧を受けず直義の養子に出された者で、観応の擾乱に際しては九州に逃れていたが、その勢は当るべからざるものがあり、直義の後継者を標榜して尊氏との対決姿勢を鮮明にしていた。文和三年冬、山名時氏と手を結んで東上の途についた直冬は破竹の勢いで進撃し、十二月二十四日、尊氏は天皇を擁して、近江国武佐寺（滋賀県近江八幡市）へと落ちていった。

源威集の視点

この間の尊氏の動静を伝えるのが軍記物語の源威集《げんいしゅう》である。作者は結城直光《なおみつ》、または佐竹師《もろ》義《よし》ともいわれるが確定に至らない。いずれにしろ文和二年秋に尊氏に随って上洛し、そのまま畿内に転戦した北関東の武士団の長の筆になることは確かである。序により嘉慶《かけい》年間（一三八七〜八九）の成立と知られ、文字通り「源氏の威光」、具体的には清和源氏・源頼朝そして足利氏の栄華について、また作者の家がいかに歴代の源氏将軍から恩寵を受けたかを、孫や曾孫《そうそん》の問いに対して語るという体裁をとっている。

文和四年正月、遂に直冬が入京し、東寺に拠った時の様子は殊に詳しい。尊氏は二ヶ月にわたりこれを攻め立てた。この時、尊氏の馬廻衆として活躍したのが平《へい》一揆・白旗《しらはた》一揆と呼ばれる東国の武士団連合であった。一方嫡子義詮は播磨に在って、西から直冬軍の退路を断とうとしていたが、「関東ノ輩、大御所ヲ申シ進ラセ、鎌倉エ下向ト云々、浮言アリ」と、その周辺では東国武家が尊氏を擁して関東に下向せんとしていると噂されるほどであった。これは東国武家が、幕府上層部の命を必ずしも戴《いただ》かず、独自の動きを見せていたことの表れである。

かれらは鎌倉時代以来の地頭御家人の系譜を引いた在地領主であり、とくに国人《こくじん》と呼ばれる。国人は上では将軍・守護大名に仕えてその政治や軍事力を担い、下では土豪・地侍《じざむらい》を通じて在地支配に関わっていたが、中世社会を支える中間層として姿を現すのがこの時期である。東国でも国人が実力を蓄えて、戦乱に際しては地縁・血縁をもとに一揆を結成し、公方や執事（後の管領）の下知にも容易に従わないことがあった。

尊氏の没後、義詮が再び鎌倉の基氏に畿内への派兵を求めた時、執事畠山国清《くにきよ》が強引な動員令を発し、従わない者には所領没収をもって臨んだ。そのため関東国人の「ムネトノ者共千余人」が国清を更迭するよう基氏に迫った。基氏は「下トシテ上ヲ退クル嗷訴、下剋上ノ至リ哉ト、心中ニハ憤リ思ハレケレドモ、此ノ者ドモニ背レナバ、東国ハ一日モ無為ナルマジ」と判断し、国人一揆の言い分を呑んだと伝えられる（太平記巻三十六・畠山道誓没落事）。この後、上野守護宇都宮氏綱《うじつな》らが反乱を起こすと、基氏は平一揆・白旗一揆の力を借りてこれを追討している。

鎌倉府の東国支配は、公方―管領（執事）―守護という体制のもと展開したが、三者の政治的利害は相容れず内部の亀裂は小さくなかった上、自立性を強めた国人領主とは、ルーズな関係しか結び得なかった。このような矛盾に満ちた構造が、十五世紀東国動乱の導火線となる。

東国武家の教養

もう一つ、源威集で見逃せないのは、東国武家の和歌への関心である。作者は文和三年十二月、吹雪の中を後光厳天皇を奉じて近江国に逃れる尊氏の様子をつぎのように描いている。

臨幸奉行ノ事、武田伊豆守信武《のぶたけ》ニ仰セ付ケラル、間、（中略）将軍御鎧黒御剣御弓征矢如例、御馬廻ニハ佐竹右馬頭義篤《よしあつ》于時侍所、同兄弟一族、結城中務大輔直光・常陸大掾入道浄永《じようえい》・那須備前守資藤《すけふじ》・結城大内刑部大輔重朝《しげとも》等、御勢千騎許カ、後陣小田讃岐守孝朝《たかとも》・小山左衛門佐氏政《うじまさ》（中略）折シモ雪降リ、北風ハゲシキニ、武将湖ヲ御覧ジテ、詠シ顔ニテ笑ヲ含ミ給ヒテ、佐竹刑部大輔師義御目見合ハセ給ヒテ、「雪ヲ花ト詠ム、眼前ナリケリ」ト、「『コギユク舟ノ跡ミユルマデ』又『花ノ吹雪ノ志賀ノ山越』ノ歌コソ今眼前ナレバ」ト仰セラレシ、師義数寄者ト思シメサレケル故カト時ノ面目ニテゾアリシ。

尊氏が佐竹師義に「雪を花と詠んだ」古歌二首を示すのは、かれを数寄と見込んだからという。「コギユク舟ノ跡ミユルマデ」は新古今集に入る宮内卿の名歌であるが、もう一首は「雪ならばいくたび袖をはらはまし花の吹雪の志賀の山越」（六花集《ろっかしゅう》・二七一・宗尊親王）である。この和歌は勅撰集や親王の家集には見えないものの、謡曲の志賀・三井寺でも引歌《ひきうた》とされており、中世には人口に膾炙《かいしゃ》していたことが分る。

右に登場する東国武家のうち、甲斐の武田信武と常陸の小田孝朝が勅撰歌人である。就中孝朝は在京中にしきりに歌会を催している（草庵集・続草庵集）。合戦の最中に悠長なものであるが、源威集には、上洛した武家をよい商売相手と見込んでか、清水坂に遊女がずらりと立ち並び、座頭が平家琵琶を弾いていたとある。さらには「合戦ナラヌ日ハ御方・敵、洛中ノ湯屋ニ折合、時々物語スグシテ合ヒシ、更ニ煩無カリシナリ」という交歓の景さえ見られたという。田舎でひとたび合戦となれば人跡さえ無くなるほどなのに、かくものどかであるのは都のゆえか、という奇妙な感動を記し付けている。

鎮魂のための勅撰集

ようやく直冬を降したものの、尊氏には老残の疲労の色が濃い。既に義詮に政務を委譲し、元弘以来の戦死者の菩提を弔う日々を送っている。文和四年十一月、女の鶴王《つるおう》の三周忌に経旨《きょうし》和歌《わか》を勧進したのがやや大きな催しであった。尊氏には四人の女子がいたが、全員に先立たれている。また延文二年（一三五七）二月には夢中で故夢窓疎石から告げられたとして、「花有仏性」「天地無隔」という二題で和歌を詠ませている（友山録《ゆうざんろく》・下）。

尊氏の申し入れにより、後光厳天皇が二条為定に勅撰集の撰進を命じたのは延文元年六月のことであった。持明院統の治天の君が京極風を捨てて二条家を用いたこと、武家の執奏によって勅撰集が撰ばれるという新儀を開いたことでも特筆すべきなのであるが、こうして成立する勅撰集——新千載集は、尊氏の晩年の心境を色濃く反映するものとなった。

新千載集の名は早くから決まっていたようである。勅撰集の名称は、奏覧（撰者が完成した集を持参して治天の君の台覧に供する儀式）までは伏せておくのが故実であった（事前に洩《も》れると必ずケチを付ける輩《やから》がいるからである）。ところが新千載集の場合は、大方の予想がついたらしい。洞院公賢は「法体として撰ぶ先蹤勿論か、この名兼日《けんじつ》予心中に推量するところなり、附合頗る興あり、しかれども言ふなかれ言ふなかれ」（園太暦延文四年四月二十八日条）と記している。

中世には「新」や「続」を冠する勅撰集が多くて評判が悪いが、もちろん過去の集と構成や成立事情が近似していることを念頭に置いて命名している。千載集は後白河院の命で藤原俊成が撰んだ集であるが、俊成は既に出家の身で、いまの為定と同じである。さらにもう一つ、全国的な戦乱が終熄した後に成立した勅撰集であるという点が共通し、人びともこれをよく認識していたことになる。深津睦夫氏によれば、今度の集をそのように位置付けたのは他ならぬ尊氏であり、為定はその意向を十二分に汲みつつ撰集作業を進めたというのである（『中世勅撰和歌集史の構想』）。

たしかに千載集は治承・養和の内乱の最中に企てられている。この内乱を、後白河に恨みを抱いて没した人びとの怨霊《おんりょう》が引き起こしたとする説は広く受け容れられていた。歌道に関心を持たなかった後白河が晩年に敢えて勅撰集を撰ばせたのは、和歌好みの兄崇徳院の霊を慰撫《いぶ》しようとしたのだといわれる。尊氏もまた後醍醐天皇を畏怖《いふ》し、天龍寺を建立し亡魂の供養に努めてきたが、果たしてまもなく観応の擾乱が起こり、国土は荒廃し、骨肉相食《は》んだ。太平記は後醍醐天皇・大塔宮護良《もりよし》親王らの亡霊が、北朝・幕府の治世に禍《わざわい》を引き起こしたと繰り返し語っている。尊氏も怨霊の猛威を思わずにはいられなかったであろう。

新千載集には後醍醐の和歌も数多く採られている。勅撰集では一巻が賀歌《がのうた》に当てられ、下命者の治世を頌栄《しょうえい》する和歌を入れるのが通例である。ところがこの集では後光厳よりも後醍醐への頌歌が多く入集している。それは後醍醐の怨霊に対し、つねに畏怖の念をいだき、鎮魂を心がけてきた尊氏を思っての処置なのだというのである。

建武二年正月十三日内裏にて竹有佳色といへることを講ぜられけるに
等持院贈左大臣

百敷や生ひそふ竹の数ごとにかはらぬ千世の色ぞ見えける　（新千載集・慶賀・二二八七）

右は、建武二年（一三三五）内裏年始の会で詠まれた尊氏の旧作で、もとより後醍醐天皇への祝言である。北朝にとって後醍醐がどれほど忌むべき存在であるかは多言を要さず異様に映るが、敢えてみずからが後醍醐を祝言する作品を入れて欲しいとの尊氏の意向によるというのが深津氏の説である。新千載集の底に秘められた意図を明らかにして、説得力に富んでいる。

尊氏の死去

延文三年（一三五八）三月、尊氏は西国になお蟠踞《ばんきょ》する直冬を討つべく遠征を計画するが、背中の癰《よう》（悪性の腫物《はれもの》）のために断念する。そのまま快癒せず、四月三十日に五十四歳で没した。墓所にちなんで等持院殿と号するが、鎌倉では長寿寺殿と称された。六月三日、朝廷は従一位左大臣を贈った。

新千載集が最終的に完成を見たのは翌年十二月のことであったが、尊氏生前の意向はそのまま継承された。尊氏は「等持院贈左大臣」の名で二十首が入集している。ちなみに直義は五首、義詮は十一首、鎌倉の基氏も初入集ながら五首採られた。

尊氏の歌風は各所で触れてきたが、基本的に二条派の教えに忠実な、穏やかなものである。はじめ冷泉家の教えを受け、また康永・貞和の一時期京極風が見られるものの、たとえば宗尊親王のごとき意欲的な実験作が見られるわけではなく、上級武家の教養の域を出なかった。神仏への祈りが法楽和歌の形式をとったのは、やや程度が甚だしい感もあり政務担当者の重苦を窺わせるが、その行為自体はむしろ時代の風潮を体現していた。晩年に勅撰集の執奏という新儀を開いたのが、自身の文学史上の業績であろう。

尊氏の受動的な姿勢と対照的に、その配下の活動はまことにめざましい。かれらは中小の国人領主層であり、多くは庇護を求めて、将軍に直属する近習馬廻衆となった者たちである。よくて五位クラスの身分に過ぎないが政治的には主人を凌ぐ力を振った者が続出している。

注目すべきは、文化の上でもかれらが時代の推進者となっていたことである。奢侈《しゃし》奇矯な振る舞いを好んだため、太平記では顰蹙《ひんしゅく》を買っているが、かれらが最も親しんだ文学が和歌であったことは重要である。かれらは和歌の伝統を破壊するどころか、大いにこれを重んじ、場合によっては公家にかわって、その枠組みを守ることさえしたのである。今川了俊や京極高秀は大名であるが、しきりに歌学書を著して、歌道家の説を守り伝えることにすこぶる熱心であった。

このような動きが、まもなく畿内から地方へと拡大していき、新たな拠点を形成することになる。

第三章　武蔵野の城館と歌人
——太田道灌と国人領主

3-1　太田道灌（1432〜1486）木像。菩提寺である静勝寺（東京都北区）の所蔵にかかる。

享徳《きようとく》三年（一四五四）、関東公方足利氏と管領上杉氏との間で戦争が勃発《ぼつぱつ》し、東国は全国に先駆けて戦国時代に入った。この「享徳の大乱」が一応終結するのは文明十四年（一四八二）のことである。ずっと戦闘が続いていたわけではないが、その間三十年にも及んでいる。

まさに暗黒時代ともいうべき十五世紀の東国であるが、文学活動は決して低調ではなかった。大乱の過程で公方や管領が没落し、新たな実力者が興隆するが、新旧勢力の交替に伴って和歌をはじめとする文学は、魅力を失うどころか、かえって広く深く浸透していき、前代とはまた異なる様相を見せた。そして、そうした動きの中心にいたのが、上杉氏の重臣、太田道灌である。

政治・文化の極は、それまで鎌倉に集中していたのが、下総古河・武蔵五十子・武蔵河越・相模糟屋・伊豆堀越と、東国各地に分散するようになる。とりわけ注目すべき拠点が、道灌の築いた江戸城であった。そして各地の諸勢力間を連絡し、さらに文化伝播《でんぱ》の担い手となった連歌師や禅僧の活躍も見られた。道灌の周辺には、木戸《きど》孝範《たかのり》・心敬《しんけい》・宗祇《そうぎ》・道興《どうこう》・東常縁《とうのつねより》・万里《ばんり》集九《しゅうく》と、多くの著名人が登場し、戦乱の泥沼に文化の花を咲かせている。

近年、中世東国史への関心がたいへん高まっている。畿内・西国に比して史料の残存状況がよくなく、研究には限界もあるが、新たな自治体史の編纂《へんさん》、良質の史料集の刊行があいついでおり、十五世紀から十六世紀にかけての時代状況もずいぶん明らかになってきた。とかく伝説のつきまとう道灌像についても、その働きがかなり正確に位置付けられるに至った。これらの成果を十分に踏まえ、道灌の活躍に焦点を当てて、十五世紀の関東歌壇の様相を描き出してみようと思う。

第一節　鎌倉府の落日

不風流な関東公方

南北朝中期の十四世紀半ばから、四代百年にわたり東国に君臨した関東公方は、その最盛期にも、文学や学問に対してさしたる指導力を発揮していないように見える。歴代が短命であった上（基氏二十八歳、氏満《うじみつ》四十歳、満兼《みつかね》三十二歳、持氏《もちうじ》は四十二歳で自害）、はじめは軍事に忙しく文事には気が回らなかったのかも知れない。それでも基氏には多少の和歌事蹟があるのに、氏満以下の三代には、一首の和歌も伝えられておらず、歌会の記録も見あたらず、かつての殷《いん》賑《しん》を極めた鎌倉歌壇との落差には、暗然とせざるを得ない。

その背景には、都市鎌倉の、相対的な地位低下が挙げられる。政治的な重要度は前代と同じであるが、たとえば、基氏は文和《ぶんな》二年（一三五三）七月、上杉氏に対抗するため入間川に張陣したが、それは十年の長きに及んだ。基氏に限らず、関東公方は、鎌倉を離れて東国各地に長期間「陣」を営むことが多かった。それは地政学的にも鎌倉が東国唯一の中心ではなくなりつつあった傾向をも示している。

また鎌倉歌壇の史料が遺《のこ》らない理由に、もはや勅撰集が頻繁には撰《えら》ばれなくなったこともあろう。永徳三年（一三八三）に足利義満の執奏によって撰ばれた新後拾遺集《しんごしゆういしゆう》のあと、新続古今《しんしよくこきん》集《しゅう》が成立するまで、実に五十六年の間隔がある。いくつかの歌道家もこの時期に断絶し（六条藤家は一三七五年頃、二条家は一四〇〇年頃に断絶した）、京都歌壇の求心力は明らかに弱まっていた。

しかし、それは本質的な問題ではないであろう。和歌を好む階層の広がりによって、時代の主役は、鎌倉に住む公方ではなく、東国各地に興った国人領主へと移り変っていたのである。

国人、源氏学者の門を敲く

右のことを具体的に明らかにしてみよう。四辻善成《よつつじよしなり》（一三二六～一四〇二）と言えば、源氏物語注釈書として今も権威ある河海抄《かかいしょう》の作者として名高いが、歌道や古典研究全般に造詣《ぞうけい》が深かった。三条西実枝《さねき》の談によれば、その晩年の有様は次のようであったという。

河海抄を作り給ひし、四辻宮は順徳院の御彦（曾孫）なり。臣下と下り給ひて左大臣〔に〕成りしなり。四足に諸国よりものどもを問ふ者の集まりゐたるを、人を出されて問ひ給ひしことなり。応仁の乱の時、四辻宮焼失して絶えたり。（三条大納言殿聞書《ききがき》）

教えを乞う諸国の人びとが門前に市をなし、善成もまた親切に応じたという。これは事実であった。善成が古典を授けた相手は公家・将軍・守護大名ばかりではなく、在地で大名の代わりに分国支配に当った守護代・奉行人、国人領主も多く混っており、かれらは上京の機をとらえては善成の門を敲《たた》き、その講筵《こうえん》に列なったのであった。その中には東国の者もいた。河海抄の伝本には、「散位基重《もとしげ》」なる人物が永和二年（一三七六）から康暦元年（一三七九）にかけて善成のもとから「中書本《なかがきぼん》」（草稿と清書の中間段階にある本）を借り出し書写した奥書を持つものがある。基重は、秘書とされた河海抄をいち早く授けられたことでも熱心な門弟と推測されるが、その素性は全く不明であった。

ところで、この系統の写本では、蜻蛉《かげろう》巻の「いとしげき木の下に、こけをおましにて、とばかりゐたまへり」という本文に対する注釈の中に、以下のような独特の記事が見られる。

私云、莚ヲ御マシト云事、常陸国鹿嶋明神社内ニ御莚石トテアリ、コノ石ヲ御マシト云、
　尋ネテモ今コソミツレチハヤブル大〔太〕山トノオクノ石ノ御マシヲ
コノ哥ヲ一日ニ三反詠ゼン所ヘハ、一日一度神行ナルベキヨシ申（私領）シ伝ヘタリト承リ及ビシヨリ、基重コノ詠ヲ朝ゴトニ詠ゼン故ニヤ、フシギニ常陸ニシリヤウスル所出デ来ニケリ。
（巻二十）

古注釈書ならではの脱線であるが、この「御莚石」または「石のみまし」は、現在も鹿島神宮境内に鎮座する要石《かなめいし》を指している。そして基重が毎朝唱えたという「尋ねても……」の歌は、真観の「たづねかねけふみつるかなちはやぶるみやまのおくのいしのみましを」（夫木抄・巻二十二・一〇二三五）の異伝である。鎌倉歌壇に大きな足跡を遺した真観は実際に鹿島に参詣し

ており、その時の作である。ここから基重は常陸国や鹿島社と係わりを持つ人と推定できる。

これは小栗基重であろう。小栗氏は、常陸大掾と称した平良望《よしもち》を祖とし、小栗御厨（茨城県筑西市）の地頭として勢力を得た。重貞《しげさだ》が建武年間（一三三四〜三八）足利尊氏・直義に仕え、基重はその曾孫《そうそん》に当る。「基」は足利基氏の偏諱《へんき》であろうから、善成との年齢のバランスもよい。

前章で述べたように、同じ常陸の小田孝朝も京都に上って歌会を催し、勅撰集の作者にもなっていた。しかし小田氏は大名である。小栗氏のごとき一国人も善成に親しく教えを受けているのは、この時期、いかにかれらが政治的・経済的な実力をつけ、文化を吸収することに熱心であったかということを如実に物語る。

京都御扶持衆の抵抗

ただし、小田氏や小栗氏が京都に上って文化的素養を身につけたことは、かれらの東国における生存にも深く関わったようである。

関東公方は、自己の支配を徹底しようとして、有力な国人領主に対しては常に強圧的な態度で臨んだ。たとえば足利氏満は下野守護でもあった小山義政《よしまさ》を挑発し続け、遂に義政が蹶起《けっき》すると、永徳二年（一三八二）四月にはみずから出馬、自害に追い込んでいる。

氏満の次なる標的は小田孝朝であった。嘉慶元年（一三八七）、義政残党への与同を疑われた孝朝は鎌倉に拘禁され、絶体絶命の危機にあったが、著名な五山僧、義堂周信《ぎどうしゅうしん》が将軍足利義満に働きかけたことで助命され、家名の存続を許された。歌道・学問に通じた孝朝は、鎌倉在住の長かった義堂周信と親しく、義満に直接つながるルートを確保しており、そのことが幸いしたのである。

旭日昇天の勢いの義満にとっても、氏満の動きは不気味であった。そこで、公方とは相容れない国人領主を支援して、氏満を牽制《けんせい》させた。こうした国人は義持の代に「京都御扶持《ふち》衆」と呼ばれるようになるが、小栗氏はその一であった。

果たして、基重の孫満重《みつしげ》は応永二十三年(一四一六)、関東公方足利持氏に対し反旗を翻した。満重は粘り強く抵抗を続けたが、同三十年、持氏みずから小栗城を攻め、満重は自害した(子息助重《すけしげ》は逃走したと言われ、ここから有名な小栗判官の伝説が生ずる)。この時、佐竹(山入《やまいり》)与義《ともよし》・宇都宮持綱《もちつな》・桃井宣義《のぶよし》といった京都寄りの大名・国人領主があいつぎ滅ぼされ、京都と鎌倉との緊張は一気に高まっている。

以上の抗争の歴史からすれば、小栗氏が早くから京都との連絡を有していたことは奇とするに足らない。四辻善成は義満の外祖母の弟、河海抄は義詮の命によって撰述《せんじゅつ》された書物である。小栗基重の場合も、源氏物語への傾倒が、幕府中枢への通路を開いていたのであろう。

「花の御所」体制

それにしても、この時代の支配構造を理解することは難しい。守護は基本的に在京・在鎌を義務付けられており、時に守護代の活躍が見られるものの、在地支配はそう強いものでは無

3-2　東氏庭園跡（岐阜県郡上市）。東氏は下総の御家人千葉氏の一流であるが、この地に所領を持ち、室町幕府に奉公衆として仕えた。その遺構は地方国人館の典型である。

かったといわれている。応仁の乱以後に守護大名が下向して領国支配に着手するまで、あるいは本格的な地域権力である戦国大名が登場するまで、誰がどのようにして国人領主を束ねていたのか、実際のところよく分らないのである。

近年、「花の御所」体制という概念が提唱されている（小島道裕『戦国・織豊期の都市と地域』）。応仁の乱以前は「幕府（将軍）と地方有力国人との関係が、全国的に政治的秩序の重要な部分を担った」とする見解を、地方都市の形成史、とりわけ国人館遺構の発掘成果に基づき展開させたものである。小島氏によれば、飛騨高原の江馬《えま》氏・信濃中野の高梨氏・美濃郡上の東氏・石見三宅の益田氏などの国人館はいずれも十四世紀末から十五世紀前半にかけて営まれており、かつその遺構は多くの共通点を持つという――平地に方一町の大きさの敷地を構え、築地や土塀を回らし、中には池を伴った庭園が造られ、主殿と会所をメインとする建造物が配置される、といった具合である。

全国共通ともいうべき国人館の構造は、足利義満が自己の権勢の象徴として、永和四年（一三七八）に営んだ室町殿――「花の御所」をモデルとしており、国人たちは在京の機会に豪壮な室町殿を目の当りにし、国元でこれを再現したというのである。「このような館を持ち、そこで中央と同様の儀礼を行うことは、自らが幕府と直結していることを在地の社会に誇示する上できわめて有効な装置として働いた」とある。

この考えは、これまで述べた、地方の国人領主が、中央に進出しては旺盛《おうせい》な文学活動を行った背景を説明するときにも、たいへん参考になる。一般に中世文化史では京都から地方への伝播という方向が論じられるが、地方が中央の文化を吸収する力も非常に強かった。この時代、そのベクトルは逆転しつつあった。

なお、地方の国人館は、十五世紀後半になるとあらかた放棄され、国人館と似たような構造を持つものの、より規模の大きい守護所が地方政治の拠点となるという。続いて戦国大名は防禦に適した山城を築いて居城とし、城下に国人を移住させ、本格的な地方都市を形成することになる。

関東公方、永享の乱で滅ぶ

足利持氏は、三十年にわたる治世のほとんどを、国人領主との抗争に費したが、さらに正長元年（一四二八）、足利義教《よしのり》が六代将軍として嗣立されると、幕府にも露骨な反逆の姿勢を見せるようになった。

暴走にブレーキをかけたのが、関東管領上杉憲実《のりざね》であった。かつて足利基氏が敵対した上杉憲顕を許し、鎌倉府に迎えてより八十年、上杉氏は常に公方の輔佐《ほさ》をもって任じてきたが、一方で将軍からは公方の監視役としての役割も期待されていた。もっとも憲実は持氏より十二歳も若く、国人領主叩きに狂奔する持氏をなかなか止められなかったが、持氏が幕府との対決色を鮮明に打ち出した時には、敢然としてその前に立ちはだかったのである。

京都・鎌倉の衝突を回避するため憲実は力を尽くしたが、持氏は次第に憲実を忌避するようになり、永享十年（一四三八）八月十四日、身に危害の及ぶことを恐れた憲実が上野平井に逃れると、持氏はこれを追って出馬し、武蔵府中の高安寺に陣を置いた。

幕府の対応は敏速であった。将軍義教が近国の守護に鎌倉攻めを命ずると、持氏の軍はあっけなく崩壊した。十一月二日、鎌倉に連れ戻された持氏は、永安寺に幽閉された。憲実は持氏の助命を歎願したものの義教の聴すところにならず、翌年二月十日、持氏は自害させられた（永享の乱）。

百年に及んだ鎌倉府体制はここに終る。義教は憲実に統治を委任したが、自責の念に駆られる憲実にはその意欲がなく（まもなく諸国行脚の旅に出て帰らず一介の修行僧として生涯を終えた）、関東には前代未聞の政治的空白が生ずる。

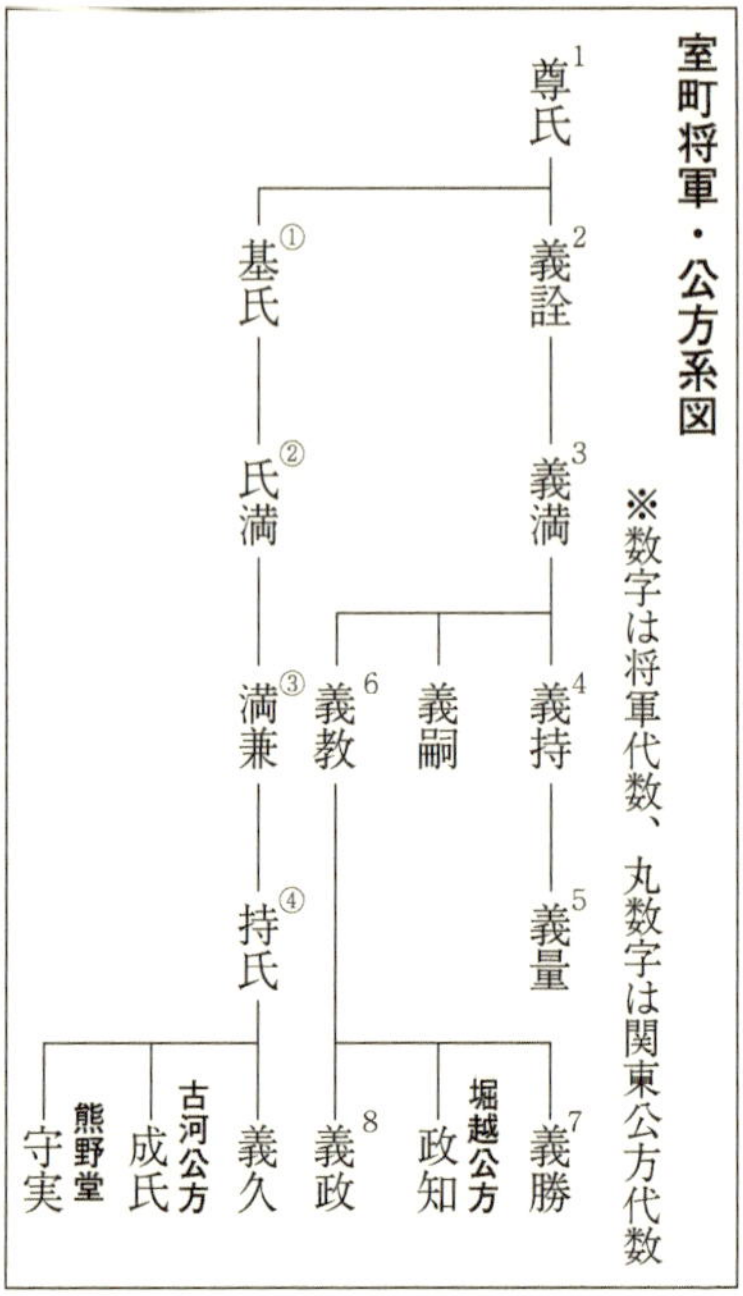

室町将軍・公方系図
※数字は将軍代数、丸数字は関東公方代数

関東、大乱に突入す

持氏には九名の男子がいた。年長の三名は永享の乱で落命したが、四男の万寿王丸は信濃国佐久郡の国人領主大井氏のもとに匿《かくま》われていた。

嘉吉《かきつ》元年（一四四一）六月二十四日、将軍義教は播磨守護赤松満《みつ》祐《すけ》に暗殺される。その後の将軍は義勝《よしかつ》・義成《よししげ》（後の義政《よしまさ》）と幼君が続いて威令必ずしも行われず、上杉氏の東国支配も順調でないと見た幕府首脳は、統治のかなめとして公方が必要であるとの判断に傾いた。

こうして文安四年（一四四七）三月、万寿王丸が鎌倉府の主に選ばれ、将軍義成の偏諱《へんき》を下され成氏《しげうじ》と称し、八月二十七日、上野を経て鎌倉に入った。これより少し前、新たな関東管領として上杉憲実の男憲忠《のりただ》が指名されていた。成氏十四歳、憲忠十五歳である。

しかし、成氏は憲忠を父の仇《あだ》として和せず、成氏の近臣は常に憲忠と闘争に及び、鎌倉は騒動が絶えなかった。これは上杉氏の東国支配に抵抗する勢力が、成氏のもとに再結集したためでもあろう。一般に北関東、つまり利根川以北と房総では鎌倉時代以来の雄族が多く生き残り、上杉氏の下風に立つことを潔しとせず、公方方に付く者が目立つ。一方、南関東、つまり上杉氏が守護を務めた上野の西半分・武蔵・相模・伊豆は、中小国人が蝟集《いしゅう》する地域で、管領方に組み込まれていた。

享徳三年（一四五四）十二月二十七日、遂に成氏は憲忠を鎌倉西御門の自邸に誘殺した。これが大乱の幕開けで、東国の諸勢力は公方方・管領方の、いずれかに与《くみ》して抗争することになる。また家中が二つに分裂した例も目立つ。下総の守護大名千葉氏では、庶流の康胤《やすたね》が成氏方につき、嫡流の自〔惟〕胤《これたね》を武蔵に追い出した。これを下総千葉氏と称する。美濃郡上を本拠とする幕府奉公衆で、歌人としても知られる東常縁は、同族の千葉氏の内訌《ないこう》を鎮めるため東国に派遣され、康胤を追討したものの、下総千葉氏の勢いはなお盛んで、自胤の武蔵千葉氏は亡命政権として管領方を頼った。戦闘は燎原《りょうげん》の火の如く拡がり、いつ果てるとも知れなかった。

ここで、本章の主人公である太田道灌が登場する。

第二節　五十子陣の攻防

長尾氏と太田氏

上杉氏の諸流のうち、憲顕・憲実ら著名な管領が輩出した本宗を鎌倉の居所に因んで山内《やまのうち》上杉家と呼ぶ。一方、扇谷《おうぎがやつ》上杉家は憲顕の従兄朝定《ともさだ》の子孫で、数多い分家の一つに過ぎなかったが、室町前期の持朝《もちとも》が家勢を伸長させた。持朝は持氏と憲実の対立にあっては一貫して憲実を支えた。憲実が隠遁《いんとん》し幼少の憲忠が跡を継ぐと、一時は持朝が一門を代表している（以下煩瑣《はんさ》なので、山内家・扇谷家と称する）。

もっとも、永享《えいきょう》の乱には勝利したものの、両上杉氏の受けた傷手も大きく、憲忠の家宰《かさい》長尾景仲《かげなか》、持朝の家宰太田道真《どうしん》（俗名は資清《すけきよ》と伝えられる）の発言力が強まった。「家宰」は重臣の頭首にして主君の意を奉ずる者で、守護代として軍事の際には国人領主を動員指揮する権限を持ち、領国経営の要となっていた。鎌倉大草紙《おおぞうし》が景仲・道真を「関東不双の案者（あんじゃ、思慮深い人）」と称し、成氏周辺が両名を最も敵視したことはそのことを裏付けている。

長尾氏・太田氏はそれぞれ平良文《よしふみ》・源頼政の子孫と伝えるものの、その出自は謎に包まれている。太田氏の場合も、岩槻・江戸・品河などに館を構えているが、名字の地は丹波国とも言われ、はっきりしない。さしたる地縁を持たないのに東国であれほどの存在感を得たとすれば、ひとえに道真・道灌二代の才覚にかかることになろう。鈴木理生氏は道灌に「傭兵隊長」的性格を見ているが（『江戸と江戸城』）、父道真が発給した文書からも、特定の支配域を持っていたとは考えにくく、扇谷家の勢力伸長に伴って、上野・相模・武蔵と、各地で拠点作りに腐心していた様子が窺《うかが》える。

利根川が防衛ライン

大乱の当初は公方方が優勢であったが、康正元年（一四五五）六月十六日、山内家の縁戚《えんせき》である駿河守護今川範忠《のりただ》が鎌倉に侵攻した。この時、鎌倉は廃墟《はいきょ》となったと言われている。成氏は下総古河《こが》に居を移し（ここから古河公方《こがくぼう》と呼ばれた）、一方、山内家・長尾氏は武蔵五十子《いかっこ》（埼玉県本庄市）の陣に常駐することになる。両者の勢力圏は、ちょうど利根川を挟んで東西に二分され、断続的な戦闘状態が続いた（当時の利根川は古河の近くの関宿の辺で南流し江戸湾に注いでいた。隅田川はその下流域にあたる）。

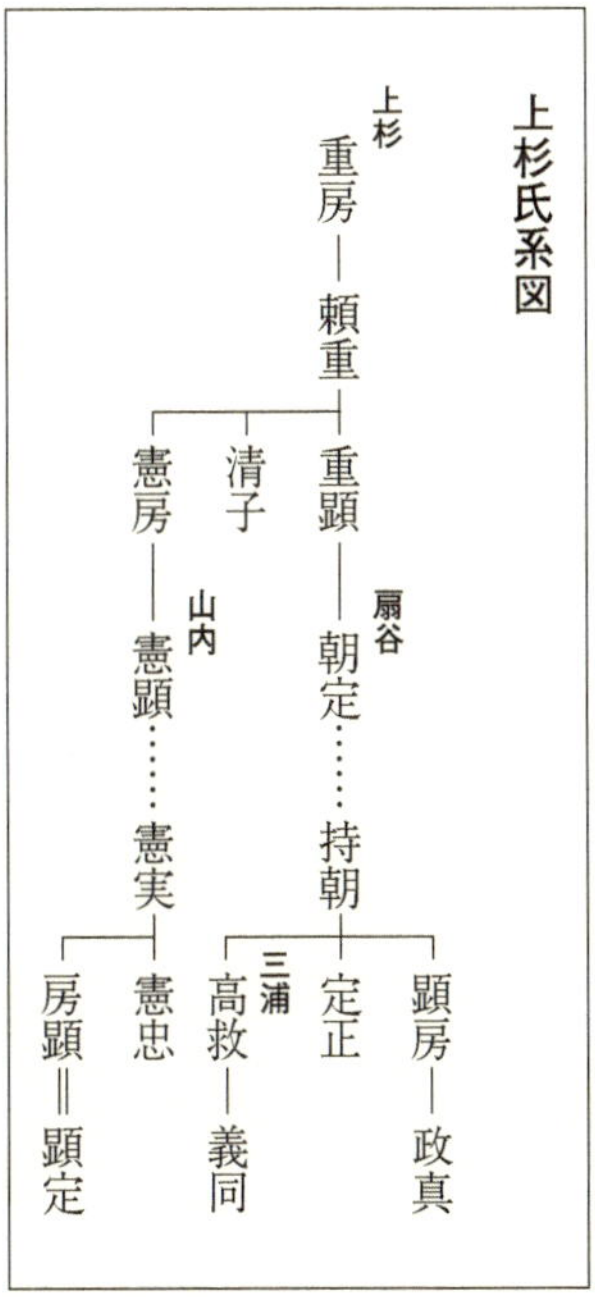

扇谷持朝は当時相模守護であったが、古河公方への対抗のため、五十子の南方の武蔵河越に城を構

えている。この後、道真も河越にいることが多かったようである。
中世には陣は勿論、城も一時的軍事基地の意味合いが強く、土塁や空堀を廻《めぐ》らしただけの簡素な構造であったが、この頃には長期にわたった戦闘のため行政府としても機能したものが現れる。利根川南岸の平地にある五十子陣も上杉氏の政庁として恒常的な施設を有していたと思われる。

さて室町幕府は、享徳の大乱が勃発するとただちに成氏を朝敵に認定したが、さらに反古河公方勢力結集の核とすべく、長禄元年（一四五七）十二月、将軍義政の庶兄政知《まさとも》を送り込む。しかし、既に南関東を押さえた山内・扇谷両家には、いまさら政知の麾下《きか》に入る意はなかった。政知は鎌倉に入ることも叶《かな》わず、伊豆国北条の堀越《ほりごえ》の地に御所を構えたことから、堀越公《ほりごえく》方《ぼう》と呼ばれた。ただし、東国に派遣された幕府の奉公衆は堀越公方を主君と仰いでおり、東常縁や、後で触れる木戸孝範なども政知の指示によって動くことになる。

太田道灌の登場

道灌は太田道真の子として、永享四年（一四三二）に生まれている。足利持氏の治世の末期にあたる。幼名は鶴千代丸、仮名は源六、官途は左衛門大夫《さえもんのたゆう》（左衛門尉《さえもんのじょう》から五位に叙された者）である。その実名は持資・資長と伝えられるが、「持資」の方は信用できる史料に見えない。また後世の史料では伊豆守、備中守に任じたとあるが、確認できない。以下は主に道灌の名を用いる。

道灌がはじめて史料上にその姿を現すのは康正二年（一四五六）七月の「称名寺用途銭注文」で、「御屋形（扇谷持朝）」「太田殿（太田道真）」の次に「源六殿」として見える（称名寺文書）。扇谷家は相模国糟《かす》屋《や》（神奈川県伊勢原市）に守護所を置いていたが、公方・管領も不在のいま、当時の鎌倉の寺院は守護代の太田氏の力を期待することになったのであろう。

寛正六年（一四六五）、伊勢内宮一禰《ね》宜《ぎ》の荒木《あらき》田《だ》氏経《うじつね》は同国大庭《おおば》御厨《みくりや》（神奈川県茅ケ崎市・藤沢市・寒川町）が在地の武士に押領されたため、「太田左衛門大輔（夫）殿」宛の書状を送り、非法を停止させるよう求めている（内宮引付《ないぐうひきつけ》）。荘園領主からの訴えに対しては、これまでは幕府から鎌倉府、鎌倉府から当国守護に下達することによって、所領恢復《かいふく》の措置が講じられるのが常であった。しかし、神宮の側がそうした正規のルートを動かした形跡はないようで、南関東における道灌の実力とともに、公方―管領―守護という鎌倉府体制が過去のものとなっていたことも窺えよう。

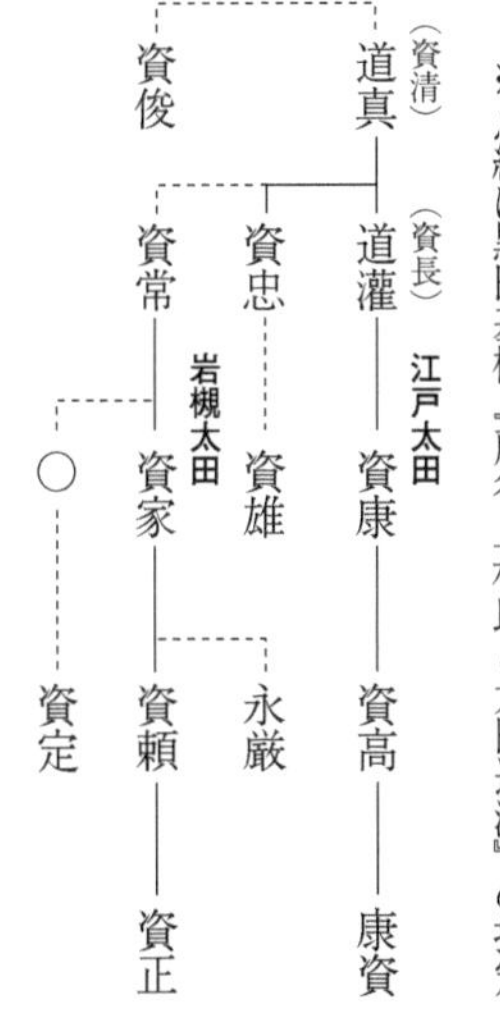

太田氏系図
※点線は黒田基樹『扇谷上杉氏と太田道灌』の推定

さらに、伊勢と東国とは水運によって直接結ばれていた。有名な連歌師、心敬が東国に下向した時も、品河を本拠としていた商人、鈴木長敏《ながとし》（道胤《どういん》）の便船によったと考えられている。品河の地は道灌の支配するところであり、その被官斎藤新左衛門なる人物が据えられていた。心敬が太田氏の庇護《ひご》を受けたのは予定の行動であった。この頃、同じように応仁の乱を避け下向する人びとが何人か見られる。ここでは連歌師宗祇を事例として、そのことに少し立ち入ってみることにする。

宗祇の見た関東

文正元年（一四六六）六月頃、時に四十六歳の壮年であった宗祇は、はじめて東国に下向した。太田道真の山荘を訪れたのは秋深き頃で、「花の名をきくよりたのむ山路かな」という挨拶の発句を呈した（萱草《わすれぐさ》）。ついで武蔵五十子陣で惣領の長尾景信《かげのぶ》（景仲男）と連歌を楽しみ、十月、その一門で上野守護代の長尾孫六（実明《さねあき》か）に連歌論書長六文《ちょうろくぶみ》を、翌応仁元年三月二十三日には景信の嫡子孫四郎景春《かげはる》に吾妻問答《あずまもんどう》をそれぞれ書き与えている。宗祇が東国で親交を結んだのは明らかに管領方の人物であった。もとより宗祇はこれ以前から太田氏・長尾氏と交渉があったらしいが、陣中でいかに歓待されたかは想像に難くない。

宗祇は、応仁二年（一四六八）元旦にも五十子陣にて「独吟何人百韻《どくぎんなにひとひゃくいん》」を巻き、やがて北関東への旅に出た。句集から判明する、その後の足取りは以下の通りである。四月から七月には品河。九月には筑波山登山。十月には日光山参詣。北上して白河関址の歌枕を訪ね、陸奥白河の国人領主、結城直朝《ゆうきなおとも》の館にて連歌。この時の紀行文が白河紀行である。その後、常陸に出て、同国村松《むらまつ》（茨城県那珂郡東海村）の虚空蔵堂《こくうぞうどう》に法楽十首を手向けた。年内には品河に戻ったらしい。

ここで問題であるのは、品河にいた宗祇が筑波に到るためには、あるいは常陸にいた宗祇が品河に戻るには、必ず下総・東上野にまたがる古河公方の勢力圏を通過しなければならないことである。もとより政治色の薄い連歌師は敵地の通行にも多少の融通が利いたとしても、宗祇の足取りは広範囲に点々と孤立しており、その間をつなぐことができないのは、いささか不思議である。

金子金治郎氏は、宗祇は鈴木長敏の用意した船便によって、品河から房総半島を一周して那《な》珂湊《かみなと》にいたるルートを活用したと推定されている（『連歌師と紀行』）。当時の東国では、内海・河川を活用した水上交通が発達していたこと、品河の地は太田氏の支配下にあり鈴木氏も道真・道灌に仕えていたことなどを考えれば、魅力的な仮説である。宗祇が、京都御扶持衆の雄であり、その頃太田道真からしきりに秋波を送られていた白河の結城直朝のもとに旅しようとしたとき、下総・東上野を迂回《うかい》したことはむしろ当然といえる。

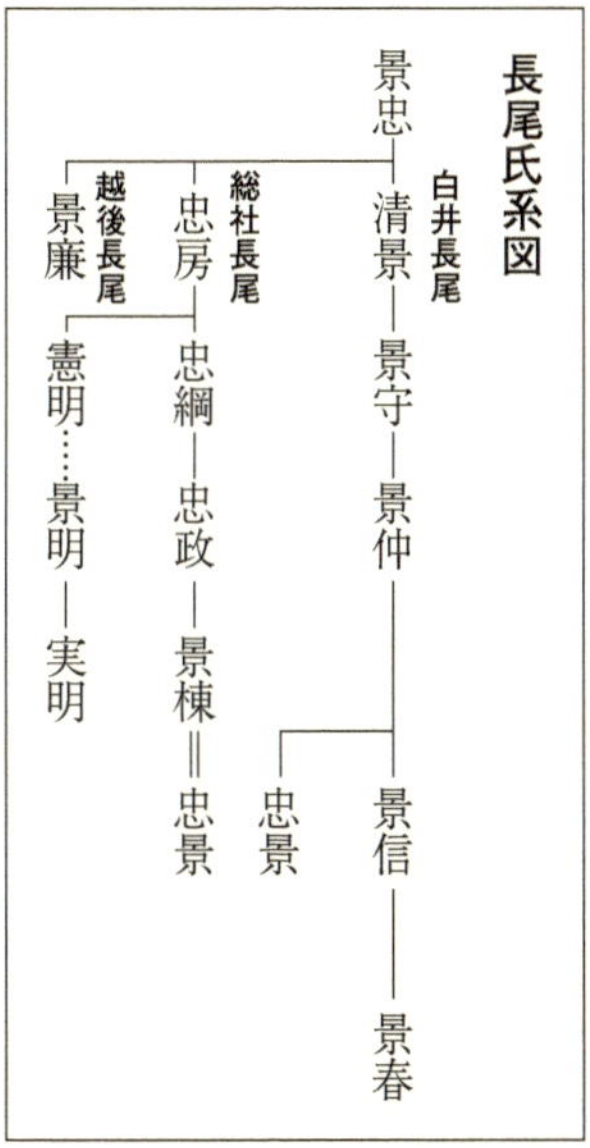

河越千句

宗祇は文明二年（一四七〇）正月十日に、道真の主催した河越千句に参加した。山田千句と題する本があるのは、道真の住居が河越の北郊入間川右岸の山田の地に在ったことに因《ちな》むという。

　千句連歌は百韻を十回行い、付句の数を競うものである。作者と総句数は以下の通りである。心敬一五五、宗祇一二六、道真一一〇、鈴木長敏九七、中雅《ちゅうが》（一部写本に「備中侍者僧《（道真）》」とあり道真の侍僧と分る）八三、大胡修茂《のりもち》八〇、鎌田満助《みつすけ》七三、印孝《いんこう》六六、栗原幾弘《きこう》（同じく「千葉被官」）六四、永沢《えいたく》五四、近藤茂藤《もちふじ》（同じく「上杉被官」）五〇、山下長刹《ながくに》二九、興俊《こうしゅん》（のちの兼《けん》載《さい》）一三。参加者は、心敬・宗祇・印孝・興俊ら連歌師を除いては、管領方に与していた国人や武将、その使僧と推測されるが、主人に代わって諸勢力をまとめ上げた道真の人望が偲《しの》ばれる。道灌はこの会には加わっていないが、同じ頃やはり千句を催し、宗祇はこちらにも参加している（萱草）。

　このような大がかりな催しを張行するくらいであるから、道真の連歌数寄は相当の域で、後年宗祇・兼載が撰んだ新撰菟玖波《つくば》集にも二句入集した。兼載雑談《けんさいぞうだん》には「同集（新撰菟玖波集）に道真法師といふ作者入りたり。口惜しき事也。関東大《（ママ）》田の御名乗也。惣てこの集不足の事多しと申せり」とある。道真を入集させたことを「非難」したとする解釈が多いが、そうではなく、この集は勅撰和歌集に准じられた名誉ある連歌集であり、そこに実名でなく、野僧の如く「道真法師」の名で入れられたことが気の毒であり、かつこの集の不手際だと言っているのである。

　この頃、太田氏の精力が充実していたことは十分に窺われよう。これより先、山内家では文正元年に房顕が早世し、養子顕定《あきさだ》が十三歳で嗣立されていた。また扇谷家でも持朝が応仁元年に逝去して孫政真《まさざね》が十八歳で家督を継承していた。そのため幕府の指令を受けつつ、管領方を指揮して反転攻勢に出たのは道真父子であった。文明三年四月、道真と太田資忠《すけただ》（道灌の弟）は、公方方の小山持政《もちまさ》・小田成治《しげはる》を帰順させ、続いて上野国佐貫荘（群馬県館林市・明和町）内の立林城・舞木城を攻略し、足利義政から戦功を褒賞されている（同年七月二日足利義政御内書案）。一方、長尾景信は古河の足利成氏を攻め、六月二十四日、成氏は逃れて下総の千葉孝胤《のりたね》を頼ったという（鎌倉大草紙）。

中世歌学の「聖地」

文明三年（一四七一）、宗祇は堀越公方に仕えていた東常縁より、二度にわたり（初度は伊豆三島、後度は美濃郡上とされる）古今集の講説を受け、その内容を古今集両度聞書《ききがき》にまとめた。連歌師は常に和歌を学ぶが、歌人は必ずしも連歌を嗜《たしな》まない。歌道の骨格をなす会席作法や古今集の説については、歌道師範の教えが絶対の権威を有し、連歌師が及ぶところではなかった。宗祇が古今伝授を受けた直接の狙いは、歌人の列に入ることで、関東での活動をさらに拡大することにあったと思われる。

この講説は同時代の歌壇に影響を及ぼすものではなく、極言すれば僻地《へきち》における小さな出来事に過ぎなかった。常縁は文明十六年頃に没しており、生前歌人としてさして知名度が高かった訳ではない。ところが後世、常縁が古今伝授の祖とされたことから、文明三年は我が国古典研究史上に記憶される年となる（当時は「伝授」「伝受」両様の表記が用いられるが、以下は便宜

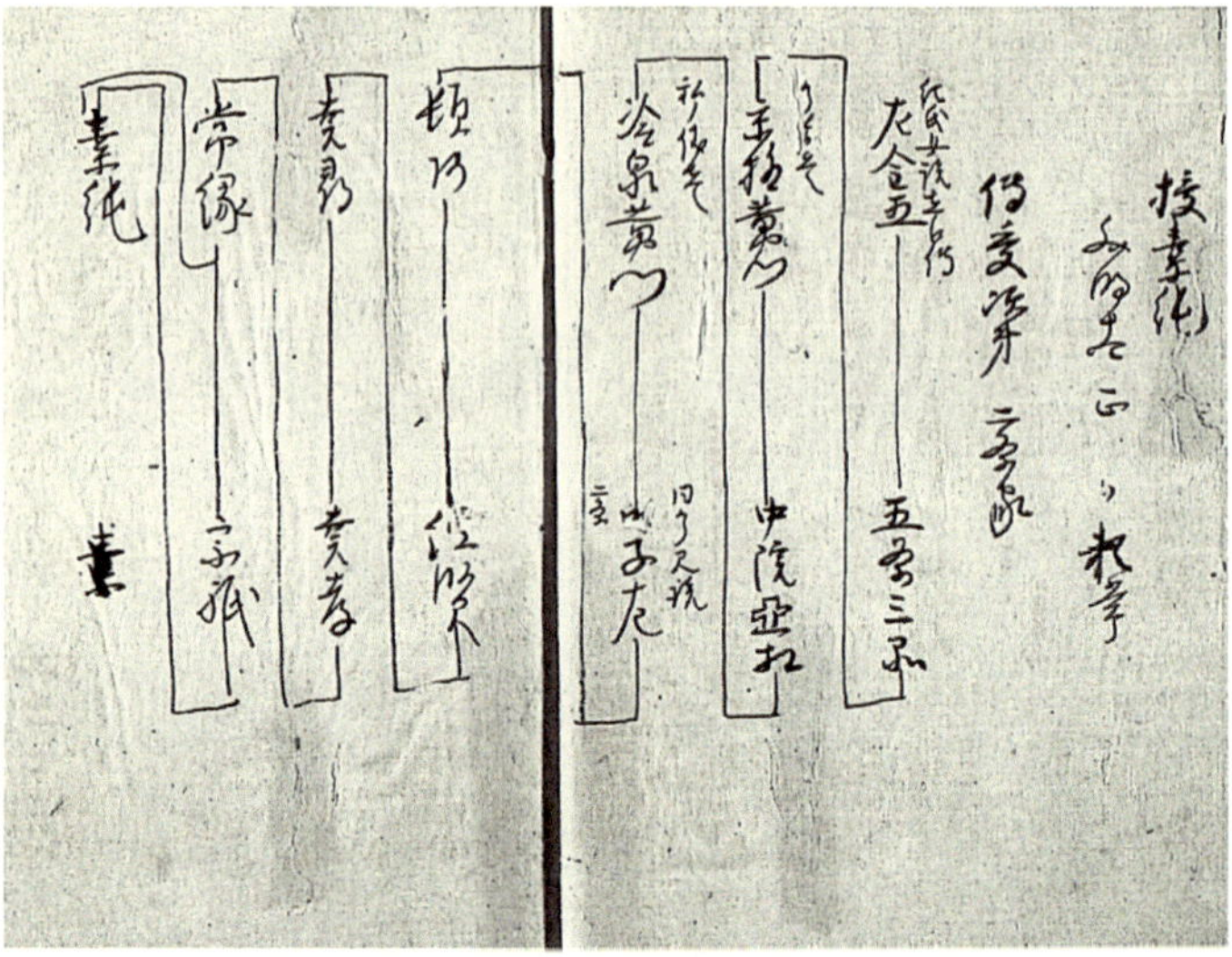

3-3　古今伝授書(早稲田大学図書館蔵)。基俊《もととし》・俊成・定家から宗祇にいたる師資相承の系譜を示す。

上「伝授」を用いる)。

古今集の説を伝えた人は当時も数多く、その中では断絶した二条家に代って二条派総師の地位を継承した頓阿子孫の歌僧尭孝《ぎょうこう》・尭恵《ぎょうえ》、すなわち常光《じょうこう》院流《いんりゅう》が断然権威を誇っていた。しかし、連歌師として大成した宗祇は、歌壇での名声をも渇望し、師範の常縁こそ藤原為家以来の正嫡の口伝を伝えた人であると吹聴し、しかも弟子の三条西実《さね》隆《たか》がこれを信じ込んだために、常縁が歌道正統の系譜に載った、ということらしい。常縁の遠祖胤行(素暹)は為家の婿であるとされるが、もちろん史実ではない。なお、新古今集についても常縁の注釈が重視されるようになり、細川幽斎《ゆうさい》に継承され、江戸期には大きな影響力を持った。

古典学史に広く類例を求めると、生前まったく無名であった北宋の周敦頤《しゅうとんい》（一〇一七～七三）が、たまたまその学統を受けた朱熹《しゅき》（一一三〇～一二〇〇）によって顕彰され、遂に道学の祖とされたのに酷似している。宋代は儒学史の上では漢唐の旧注を否定した劃期《かっき》であり、新説を唱えた学者が輩出したにもかかわらず、である。だいたい、古今伝授は師資相承、つまり師範から門弟へという継受によって、ルーツを定家・為家に求めようとしたものである。そのためにこのような学統の系譜をこしらえて、そこに自身を位置づけることは、もとはと言えば道学者の始めたことでもある。

十五世紀の関東歌壇の活動は、結果論的ではあるが、思わぬ遺産を残したのである。いわば中世歌学の聖地となったわけであるが、これには時と場所を同じくした、太田道灌の存在が与《あずか》っていたことも推測される。

第三節　江戸城に集う武将と歌人

道灌、江戸城を築く

公方方と管領方とが激しく攻防を繰り返した利根川・荒川流域には、今も城郭の遺構が多い。江戸城もその一つで、太田道真・道灌父子によって、長禄元年（一四五七）に築かれたとされる。この地にはもと鎌倉幕府御家人江戸氏が居住したが、太田氏は古河公方への防衛拠点、あるいは水陸交通の要衝としての価値を見出だし、ここに平城を築いたのであった。

当時造られた多くの城砦《じょうさい》のうちで、江戸城が名城の栄誉をほしいままにしているのは、もちろん現在に至る首都の源流をなしたからであるが、これに加えて、江戸城の威容を称《たた》えた詩を当時一流の五山僧が三度にわたって寄せたものが現存しており、繁栄の有様が具体的に知られることにもよる。

一つは文明八年（一四七六）八月、洛社、つまり京五山の正宗 龍統《しょうじょうりゅうとう》・希世霊彦《きせいれいげん》・横川景三《おうせんけいさん》・天隠龍沢《てんいんりゅうたく》・蘭坡景茝《らんぱけいし》が「題江戸城静勝軒」詩《えどじょうじょうしょうけんにだいするし》を賦し、正宗が序を、希世が跋《ばつ》を寄せた。同じ時に、湘社、すなわち鎌倉五山の子純得么《しじゅんとくよう》・集翁興徳《しゅうおうこうとく》・春江中栄《しゅんこうちゅうえい》・□□東歓《とうかん》が「題左金吾源大夫江亭」詩《さきんごげんだゆうこうていにだいするし》を賦し、子純の跋をつけた。さらに文明十七年、万里集九も道灌の依頼によって湘社の玉隠英璵《ぎょくいんえいよ》・竺雲顕騰《じくうんけんとう》とともに「静勝軒銘詩《めいし》」を賦し、江戸下向後、その序を草したのである。

いずれの序・跋とも、見事な四六駢儷文《しろくべんれい》である。「武州江戸城は、太田左金吾道灌源公肇《はじめ》て築く所なり、関より東、公と差肩する者鮮《すくな》し、もとより一世の雄なり、威愛相兼し、風流藉甚《せきじん》たり」（寄題江戸城静勝軒詩序）と、道灌が立派な人物で国家の安危を左右することを述べるのはこの手の文章では常套句《じょうとうく》であるが、さらに江戸が関東の中心を扼《やく》し、かつ風景の勝《すぐ》れていること、城下は物資を運ぶ船舶で殷賑を極めるさまを記し、城郭の構造にも及んでいる。

城は高い台地上に区切られた外城・中城・子〔根〕城からなっており、根城には南面の静勝軒と称する櫓《やぐら》があり、道灌の居室となった。その東側に泊船亭《はくせんてい》（江亭）、西側に含雪斎《がんせつさい》があり、それぞれ筑波山と隅田川、富士山と武蔵野を遠望できたという。静勝軒は現在の江戸城の富士見櫓《やぐら》のある場所に建っていたというが、早くから泊船亭が菟玖波山亭、含雪斎が富士見亭と別称されていた（東国紀行）。

城郭の充実を当代一流の詩文によって飾らせることは、道灌の禅的教養の表れでもあるが、これを詩板に彫らせ、静勝軒の南面・東面、そして泊船亭にそれぞれ掲げさせている。これには京都・鎌倉の学匠を動員した力を誇示する意味合いもあった。

「関東」のランドスケープ・デザイン

江戸が関東の要にあることを、どの詩文も等しく謳《うた》っている。「四面を回瞻《かいせん》すれば、則ち西北に富士山あり、武蔵野あり。東南に隅田河あり、筑波山あり。これ乃ち四方の観、この一城に在り」（寄題江戸城静勝軒詩跋）。

ここには禅僧一流の阿諛《あゆ》が入るにしても、筑波山・富士山・隅田川・武蔵野というランドスケープを四至に配して、道灌の江戸城中心に関東をとらえるという世界観の表明でもある。

もちろん、武蔵野も隅田川も、古くから歌枕として和歌に詠まれてきた。しかしその詠みぶりは、結局のところ、王朝歌人の立場からの観察に過ぎなかった。鎌倉歌壇の歌人の作品もまた、その伝統から一歩も外に出るものではなく、これらの風景が自分たちの居住域のものであるという意識は、まことに稀薄であった。

江戸城を称えた詩文は、新たな支配者層が、文学の力を借りて、関東をみずからのものとする観念に覚醒《かくせい》しつつあったあかしと見てよい。出紳《でんしん》が領内の名所旧跡に碑を建てたがるのと同じと言われてしまいそうであるが、伊勢物語《いせものがたり》の東下りをなぞるだけの作品を眺めてきた眼には、これらの詩文がかなり新鮮に映るのも事実である。

さらに、静勝・泊船・含雪と、城内の建造物に一種の美名を冠することは、禅寺の「境致」に由来する。境致とは庭園の風致に対して象徴的な名を冠し、景観を重んじ詩文の題材とするものであり、八景・十境の如くセットにされることが多い。夢窓疎石が天龍寺に十境を定めたのが有名であるが、俗人の邸宅にも流行することとなり、二条良基の押小路室町殿、あるいは足利義持《よしもち》の三条坊門殿にも十景が定められ、当代の歌人・禅僧が詩歌を寄せ、主人を讃美している。江戸城も一連の流れに位置付けられよう。

ところで、道灌の居室のあった静勝軒は、江戸初期に下総の佐倉城に移築され、銅櫓として

3-4　佐倉城銅櫓。幕末の古写真。道灌の静勝軒を江戸前期に移築したと伝えられる。二層に改造されているが、原形は偲べる。

明治期まで残存していた。その原形は三階三層からなる方形の楼閣であったと伝えられ、鹿苑寺舎利殿（つまり金閣）によく似ている。

さきに「花の御所」体制という概念に触れた。この頃は地方政治の拠点が、各地の国人館から、守護所へ、さらに戦国大名の山城へと移り始めた時期であったが、道灌の江戸城は、近隣にいくつかの支城を従えており、その趨勢《すうせい》を先取りするものであった。なおかつ禅的要素を湛《たた》えた京都の将軍御所を模し、文学によって荘厳させていたことになる。

もちろん、境致はもとより観念的な小宇宙である。現実とは乖離《かいり》があるのは当然である。後世、徳川家康《いえやす》入府時の江戸は「町屋なども茅葺の家百ばかりもあるか無しの体、城は形ばかりにて城のようにもこれ無く、あさましき」（石川正西聞見集《しょうさいぶんけん》）というていたらくであったから、道灌の時代の有様も推して知るべしであろう。

投票で優劣を決める歌合

この江戸城で道灌がしきりに歌会を催していたことは、諸書に見えるが、証本が伝わるのは文明六年六月十七日に行われた武州江戸歌合と、同時期の催しと見られる太田道灌等歌合の二種だけである。

前者は二季一雑の三題二十四番、十七名が出詠（うち三名が二首）、判者は心敬、講師は平尹盛《まさもり》。後者は全三十番のうち二十六番以降の残闕本《ざんけつ》であるが、やはり三題と見られ、こちらも作者は少なくとも十七名おり、多く前者と共通する。

両歌合あわせ二十七名の作者が知られる。両方に出詠したのは道灌・木戸孝範・平尹盛（下向してきた幕府奉公衆か）・奥山好継《よしつぐ》（河越にいた太田氏の被官か）・卜巌《ぼくがん》・珠阿《しゅあ》・音誉《おんよ》（増上寺長老）で、道灌の一門・被官、客将、あるいは在地の有力者で構成されている。このうち卜巌は、道灌の使者となって各地に奔走した人物である。伝未詳の出家者の多くはこのような使僧であろう。なお、河越千句の作者とは心敬・大胡修茂・鎌田満助・山下長刹の四名が重複している。

この歌合には、数は少ないものの、属目の風景を詠んだ、新鮮な作品があることが夙《つと》に注目されている。

しほをふく沖の鯨のわざならで一筋くもる夕立の空　（武州江戸歌合・二番左・孝範　海上夕

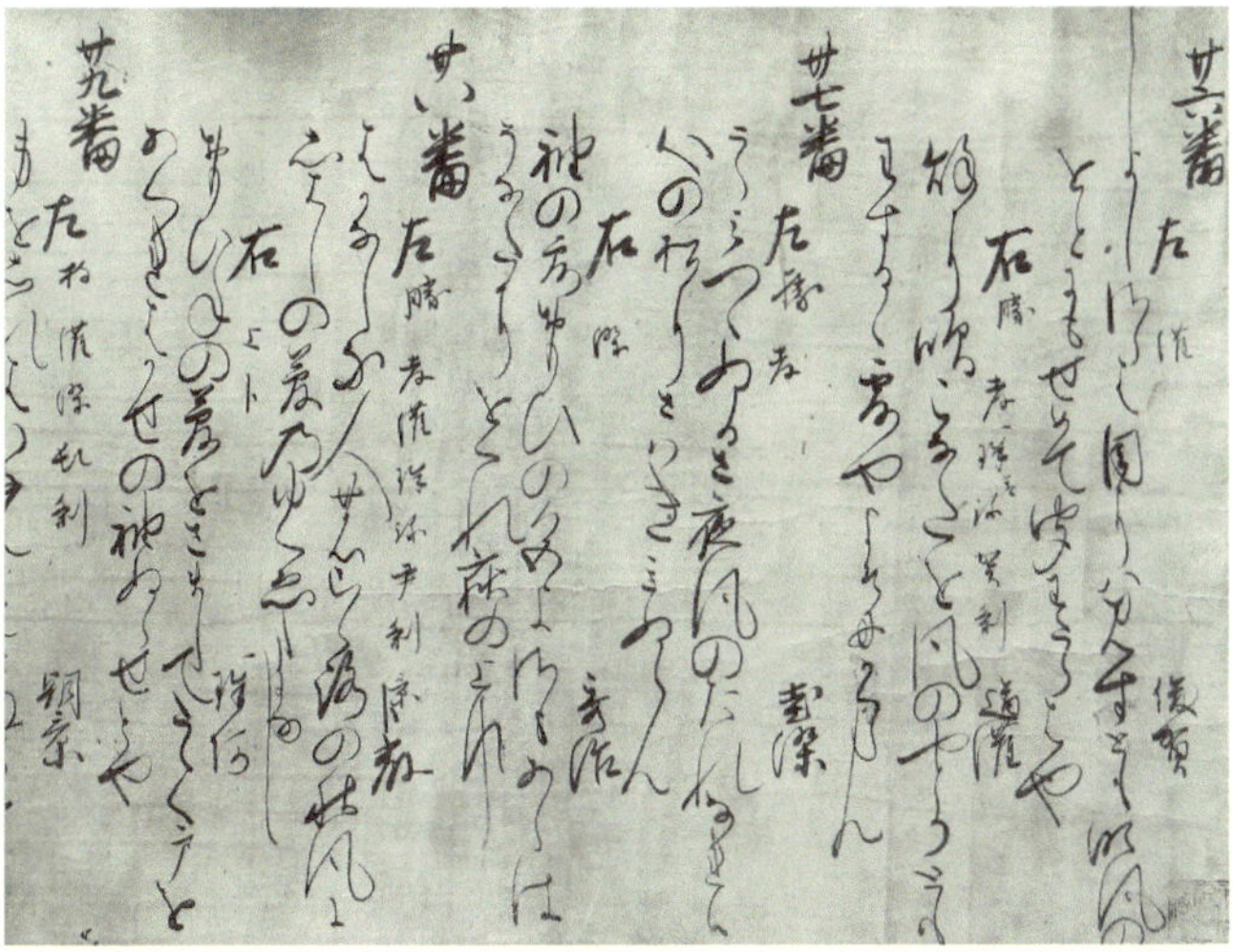

3-5　太田道灌等歌合（個人蔵）。文明6年（1474）頃、道灌が江戸で開催した歌合の原本。参加者がよいと思う和歌に投票し、灌（道灌）・孝（孝範）・珠（珠阿）…と一字名で記入している。入札で優劣を決める方式は、康正3年（1457）の武家歌合など、武士の参加した歌合に見られる。

立）

海原や水まく龍の雲の波はやくもかへす夕立のあめ　（同・二番右・道灌）

さらに、歌壇史的な意義として、「地方の豪族主催の、形式ととのった現存最古の歌合」であることが指摘されている（井上宗雄「太田道灌等歌合」）。とりわけ、原本と見られる太田道灌等歌合には各番の左右歌の下に参加者の一字名が小さく記入されている。これはいわゆる入札と同じく、すなわち出詠者の投票によって、優劣を決定するもので、歌合史上極めてユニークな方式である。判者の権威とともに、出席者一人一人の意見を徴せんとするのは、いかにも室町的・武家的である。

木戸孝範、道灌の客将となる

道灌はその頃多くの有為の人材を擁していたらしい。その筆頭が先の歌合にも出ていた木戸孝範である。重要な武家歌人なので少しくその足取りを考証してみたい。

木戸氏は関東公方歴代に仕えた奉公衆で、孝範は足利持氏の重臣、内匠助範懐《たくみのすけのりかね》の男である。雲玉和歌抄《うんぎょくわかしょう》の伝えるところでは、父が持氏の野望を諌《いさ》めて自害したため、幼い孝範は将軍の命で上洛《じょうらく》し、冷泉持為《もちため》の門に入った。やがて歌人として頭角を現し、伏見宮貞常《さだつね》親王にも召されて三河守に補され、才学を謳われた、という。

孝範の史料上の確実な初見は、文明元年（一四六九）十月二十日、宗祇に宛てた東常縁の消息で、「木参〔州〕川在陣候」と見え、この時までに三河守となって、伊豆の堀越公方の陣中にいた。その後、孝範は伊豆を出て、江戸城の東北、隅田川のほとりに居住し、道灌と親しく往来を重ねた。孝範集では「むさしの国としまといふ郡に入江かたかけたる所」といい（江戸名所図会《ずえ》は、現在の荒川区三河島の地を孝範の官途に由来するとしている）、また梅花無尽蔵《ばいかむじんぞう》によれば、「罷《ひ》釣斎《ちょうさい》」と号して風流な生活を営んでいるが、後述する太田道灌状には「木戸参河守殿同じく在城候、兵儀以下の事、専らかの異〔意〕見を加へられ候」とある如く、戦時には参謀役を果たした。他にも道灌と行動を共にした武将として吉良成高《しげたか》・千葉自胤《よしあつ》・三浦義同（導寸《どうすん》）・大森氏頼《うじより》らがおり、いずれも道灌より門地は高く、いわば関東の名族といってよい人びとである。かれらが道灌に従い、あるいは庇護を受けたことは、東国一帯に道灌の威がゆきわたるのに効力を挙げたであろう。

孝範は初名実範か

ところで文安・宝徳の交（一四四八〜五〇）、京都で活躍していた木戸三郎実範《さねのり》という歌人がいる。権大外記中原康富《やすとみ》の日記によれば、冷泉持為の門弟で、持為に連れられて公家の歌会に参じ、講師を務めている。最も具体的な消息を伝えるのは宝徳元年（一四四九）二月十六日条で、上杉氏の京都雑掌判門田《はねだ》祐元《ゆうげん》のもとから東国の本領十箇所を返付するとの沙汰《さた》があり、康富をして急ぎ目安（訴状）を書かせている。また居合わせた建仁寺の僧と和漢聯句《わかんれんく》を巻いている。財力・教養に富んだ人物であることが確かめられる。その後、実範は堀越公方足利政知に仕え、寛正六年（一四六五）十一月、義政は御内書を政知に下し、実範に兵糧料として領地を与えるよう命じている。これ以降、実範の名は史料に現れない。

実範と孝範との人物像・経歴は互いの闕を補う如くで、同人ではないかと思われる。ただ一つ、その推定の障碍《しょうがい》となるのは、鎌倉大草紙巻五が、長禄元年（一四五七）の政知の伊豆入りについて「同〔十二〕月廿四日伊豆国迄御下着あり、三嶋の大明神へ御参詣あり、かの神前に於いて御元服ありける、木戸三河原〔守〕孝範御加冠」と記すことである。これによれば既に孝範と名乗っていたことになるが、政知が伊豆に着いたのは実際には同二年六月〜八月であり（『神奈川県史』通史編1）、右の記事は後人が孝範集の詞書を見て記したものである。従ってこれは無視してよい。

ところで孝範集を注意深く読むと、孝範はずっと伊豆にいたわけではないことが分る。

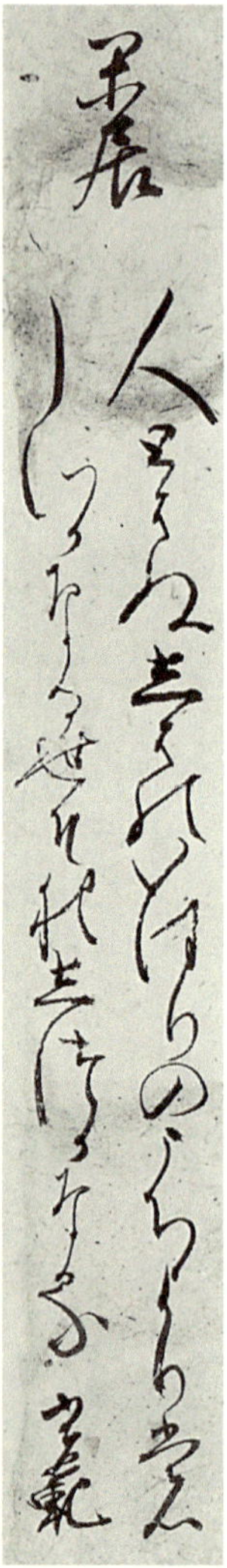

3-6　三河守実範短冊（『短冊手鑑』）。実範は木戸孝範の初名と見られる。

都に住み侍りし比、世間みだりがはしきによりて、主上・仙洞室町殿にすみわたらせ給ひける比、大夫判官《たゆうのほうがん》御階《みはし》のもとをまかり過ぐとて折りたるよし申して、橘の枝につけて

咲きにほふ花橘もきみならで誰に見はしの木末ならまし（一八）

政行 二階堂

後花園院と後土御門天皇が室町殿に難を避けたのは応仁元年（一四六七）八月二十三日のことである。また和歌を贈った大夫判官こと二階堂政行《まさゆき》は、幕府の評定衆であり、当時有数の武家歌人であった。孝範が一条兼良《かねよし》や飛鳥井家の和歌所《わかどころ》の会に出たのも同時期であろう。応仁の乱の戦雲が急を告げるなか、京都歌壇で再び活動しているのである。

ところで『短冊手鑑』（日本古典文学影印叢刊16）に、

閑居

人とはぬしはのいほりのうちよりも
しつかなる世そ猶しつかなる　実範

という室町中期の短冊がある。実範は他に所見もなく伝未詳とされているが、手鑑に附属した「筆者目録」には「三河守」とある。この手鑑は伏見宮家旧蔵であり、貼られた室町期の短冊は当主貞常親王（一四二五〜七四）の会で使われた現物と見てよい。とすれば、右の作者は木戸実範である可能性が高く、「三河守」という注記は、実範が、三河守を官途とした孝範と同一人物である証となろう。かつ「閑居」と題して、暗に騒然たる世情を諷《ふう》するこの和歌は応仁頃の作と見るほかなく、伏見宮に召されたという雲玉和歌抄の所伝も正しいことになる。同抄によれば、康富記《やすとみき》に見えた宝徳元年には十六歳となり少し若過ぎるが、その生年も伝聞であるから厳密なものではなく、もう少し引き上げてよいであろう。

　以上をまとめれば、木戸孝範は永享初年（一四二九）頃の生、仮名は三郎、実名ははじめ実範で、長禄二年以後伊豆に下り、応仁元年頃に在京、従五位下三河守となり、これを官途とした。まもなく再び東国に下向して孝範と改名、文明六年の武州江戸歌合にはその名で参加、ということになる。堀越公方のもとを離れた理由は明らかではないが、さきの東野州消息《とうやしゅうしょうそく》では「木三（孝範）は世にしられざる事をうらみとおもはれたるだにも、是第一不及所望候」と、自身の境遇に強い不満を抱いていたとあるので、道灌がその才能を高く評価して招き寄せたという雲玉和歌抄の説と吻合《ふんごう》する。

　孝範の足利氏譜代の重臣という血筋、そして京都に於《お》ける人脈と声望は、関東歌壇での指導的地位を約束し、道灌の政治的顧問として迎えられるに至ったと思われる。

長尾景春の乱

文明五年（一四七三）六月、山内家の家宰長尾景信が六十一歳で没した。その地位を襲ったのは嫡子景春ではなく、弟で分家の総社長尾氏を継いでいた忠景であった。景信の力は既に主家を凌《しの》ぐほどであったから、山内顕定は危惧《きぐ》の念を抱き、傍流の忠景を登庸したと言われている。景春の失望は一方ならず、顕定に対して異心をさしはさむようになる。

これを見ていた道灌は、おそらくこの年の十二月二十一日、顕定に長文の書状を奉った。

かの被官人など覚悟無き故、いよいよ景春御意に違はるべきと推察し奉り候、但し玉泉忠（長尾景信）功を思《おぼ》し食《め》され候はゞ、一往の事は御堪忍ありて、公私の人事をなされ候はゞ、当家御繁昌の基たるべし、追てかの間和宥の事は、涯分に取合《とりあい》を致すべく候、（古《こ》簡雑纂《かんざつさん》巻六）

ここでは顕定の短慮を諌め、景春との「取合」（仲介）を申し出ているが、聞く耳を持たれなかった。「かの被官人など覚悟無き故、いよいよ景春御意に違はるべき」というのは、景春個人の遺恨もさることながら、長尾氏に従う国人が納得せず、景春を突き動かしたことを示している。

同じ文明五年十一月二十四日、足利成氏が五十子陣を急襲し、扇谷政真が戦死した。実子がいなかったので、道真・道灌は、持朝の三男定正《さだまさ》を嗣立した。なお、道灌の正確な出家年時は不明とされてきたが、文明三年七月二十日と考えられる長尾景信書状写では「太田左衛門大夫」として見え（古簡雑纂巻六）、文明六年六月十七日の武州江戸歌合では道灌として出詠しているので、この間に出家したことになる。四十歳から四十三歳という壮齢であり、主君政真の陣没に殉じての出家であろう。

文明八年、道灌は駿河守護今川氏の内訌を鎮めるため、出陣を命じられた。その留守を狙って、六月、景春が蹶起《けっき》した。相模・武蔵・上野・下総・甲斐にまたがる広範な地域の国人が景春に与し、応じなかったのは道灌の江戸城・河越城のみと言われた。翌九年正月十八日、景春は五十子陣を攻め落とし、山内顕定・扇谷定正の両上杉氏を上野に追った。これを長尾景春の乱と呼ぶ。

道灌、関東平野を疾駆す

太田道灌状と呼ばれる史料がある。道灌が乱の平定にいたるまでの戦功を書き連ね、文明十二年十一月、山内顕定の家臣高瀬某に提出したものである。前闕ながら現存二十九箇条にわたっており、景春の乱の経過、また東国諸勢力の帰趨《きすう》を細かく知ることができる。十五世紀の東国動乱に関する基本史料であるが、書状というには余りに長大であり、自己の功績を誇示する不遜《ふそん》な口吻や、主家に対する憤りからは、道灌の運命を知る者の加筆が疑われる。

ただ、残闕ではあるが室町後期古写本も存在しており、事実からさほど隔たったものとも思えない。従って「書状形式をとった記録」という見方が穏当であろう。こうしたものが早い段階で成立していたことは興味深い。

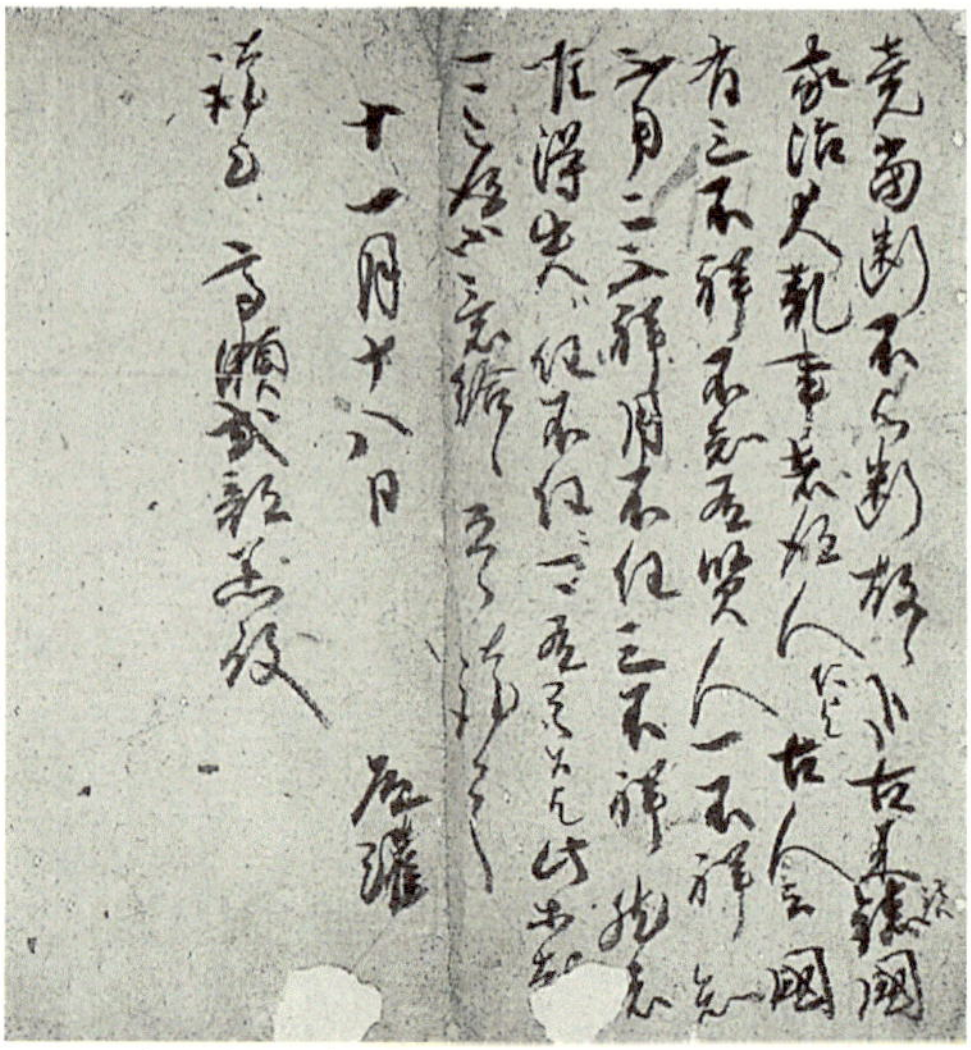

3-7　太田道灌状（國學院大學図書館蔵）。「高瀬式部丞殿」は山内顕定の家臣で、長尾景春の乱における自身の功績を述べ立てたもの。この本は道灌死後の世情を歎く小田原城主大森明昇（氏頼）の書状を合写している。

文明九年から十二年にかけての、道灌の活躍は神変ともいうべきものであった。三月十八日、相模の溝呂木《みぞろぎ》城（神奈川県厚木市）・小磯城（同中郡大磯町）を攻め落としてより、つぎつぎ景春の与党を叩き、四月十三日には豊島氏の拠る江古田・石神井両城（東京都練馬区）を攻略した。河越との連絡を確保すると、五月十三日に顕定・定正を迎え取り、武蔵用土《ようど》原（埼玉県大里郡寄居町）で景春と合戦した。敗れた景春は鉢形城に奔《はし》り、古河公方と手を結ぶ。十月、成氏は上野滝（群馬県高崎市附近か）に出馬してきたが、道灌も荒巻原（群馬県前橋市）に出陣してこれと対峙し、いくほどなく退却せしめた。

翌十年正月二十五日には再び豊島氏の残党を平塚城（東京都北区）に攻め、小机城（横浜市港北区）に追った。三月から六月は西武蔵から甲斐・相模を攻略し、二宮城（東京都あきる野市）の大石駿河守（憲仲《のりなか》か）を降し、この地域の景春方勢力を一掃した。こうして七月十七日

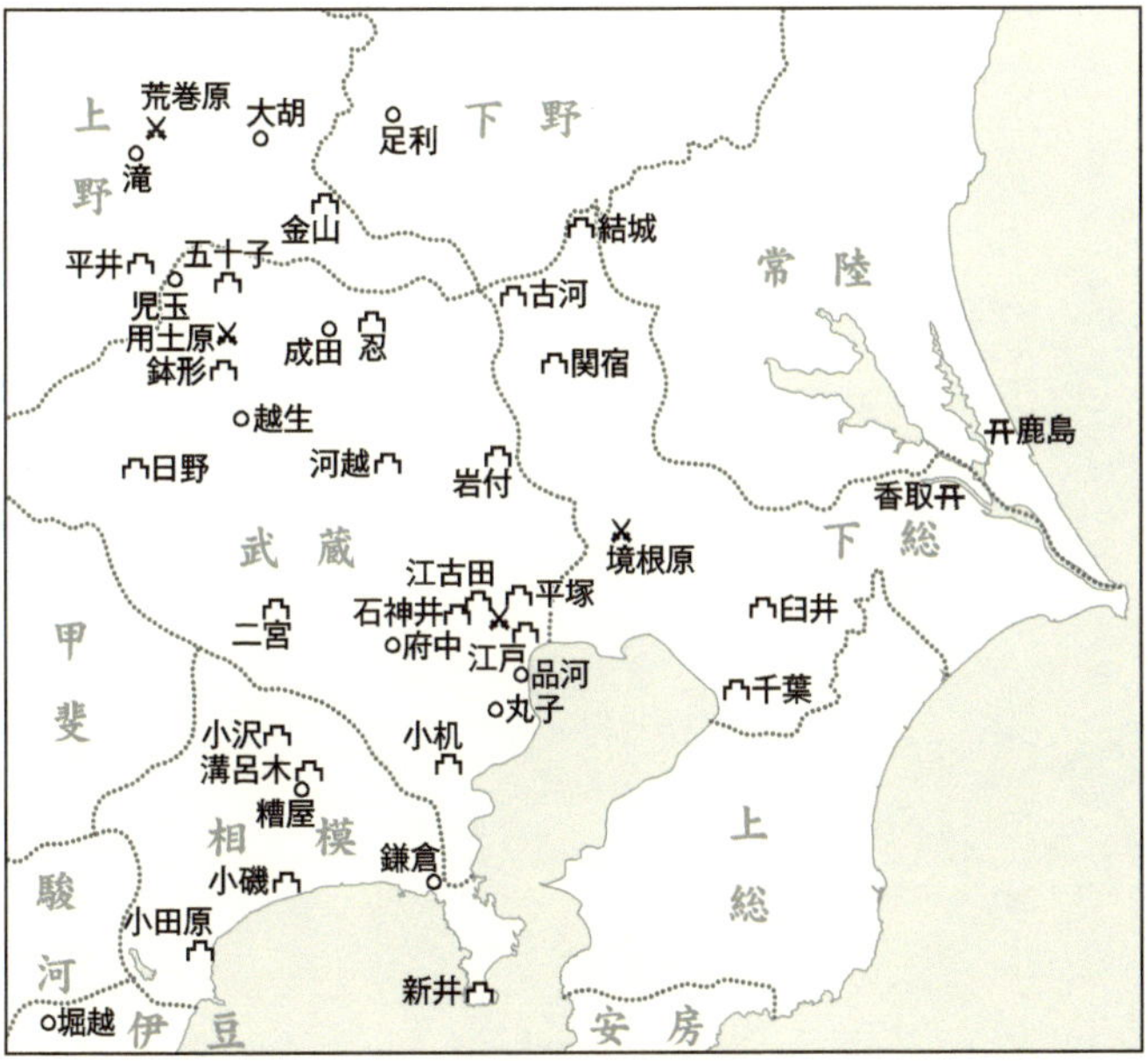

3-8　長尾景春の乱関係図

に景春を鉢形城から追い出し、顕定の居城とした。この間には上野の岩松氏を訪れ、被官の横瀬国繁《くにしげ》父子と交歓し、その協力を取り付けていることが松陰私語《しょういんしご》によって知られる。ついで下総に出撃し、十二月十日には有力な成氏党の千葉孝胤を境根原（千葉県松戸市）に破った。文明十一年中には下総一帯が鎮圧され、追い詰められた景春は秩父に立て籠《こも》った。

　文明十二年正月六日、道灌は児玉（埼玉県本庄市）に張陣し、景春を包囲した。景春も道灌に劣らぬ神出鬼没ぶりでよく抵抗したが、それもここまでであった。景春は鉢形に近い越生《おごせ》に隠居していた七十翁の道真を襲ったりしたが、か

3-9　鉢形城址から秩父を望む。荒川の急流に臨む要害は、反乱を起こした長尾景春の拠点となった。中世の城郭の遺構をよくとどめる。

えって撃退される始末で、最後の拠点日野城（埼玉県秩父市）も六月二十四日に落城し、これをもって前後五年に及んだ戦乱は終結したのである。

友軍がいたとはいえ、道灌自身が動かせることができたのは最大二、三千騎といわれる（梅花無尽蔵）。それが三十数度の合戦で圧倒的な強さを誇ったのは、歩兵を中心とした戦術を採用したためらしい。道灌が兵法家とされ、足軽戦法の創始者にも仮託されるのはここに発する。

「三十年戦争」の終結

これより先、形勢不利と見た古河公方足利成氏は和睦《わぼく》の道を模索し、京都の東幕府（義政・義尚《よしひさ》）に調停を求めている。ちょうど応仁の乱が終熄を迎え、成氏と結んでいた西幕府（義視《よしみ》）も解散したため、これが容《い》れられた。

しかし、山内・扇谷両家は、謀叛人である景春に対して曖昧《あいまい》な形で矛を収めた訳で、汗馬の労を厭《いと》うことなく東国一円を奔走した道灌にとっては不本意な結果であった。そこで、みずからの戦績を書き立てた太田道灌状を顕定に奉ることになった。道灌の不満をよそに、越後守護上杉房定《ふささだ》（山内顕定の実父）から幕閣への働きかけがあり、文明十四年十一月には、堀越公方の伊豆一国支配を条件に、古河公方への追討命令が撤回される。この和睦は「都鄙《とひ》合体」と呼ばれ、享徳の大乱は三十年にしてようやく終熄する。

享徳の大乱は公方と管領との抗争に始まったが、その対立軸は次第に意味を失っていき、領主たちは戦況に応じて集合離散を繰り返し、なかなか統一の機運は熟さなかった。この様相は、十七世紀ドイツの三十年戦争を想起させる。三十年戦争も、もとはハンガリー王位をめぐる抗争に、新教・旧教の宗教対立が絡んだことが原因であるが、神聖ローマ帝国は虚名であり皇帝に統治能力なく、諸侯が跳梁跋扈《ちょうりょうばっこ》するドイツ国内の事情が、戦争をいたずらに長期化させた。

しかもこの二つの三十年戦争、その中盤で一部将が戦局をリードし、終熄の期待を抱かせたことも同じである。太田道灌の役回りに当たるのが、皇帝軍の傭兵隊長アルブレヒト・フォン・ヴァレンシュタイン（メクレンブルク公、一五八三～一六三四）で、シラーの同名の戯曲でも有名である。さきに道灌を「傭兵隊長」とした見方に触れたが、この二人、他にもさまざまな共通点がある。他国出身者であったこと、新戦術を採用して連戦連勝を重ね、敵を顔色なからしめたこと、戦争遂行のため商業を盛んにしたこと、あまりにめざましい活躍が主君の猜疑《さいぎ》心を招いたこと、そして最後は謀叛の汚名を着せられ暗殺されてしまうこと、等。

もっとも、ヴァレンシュタインが詩歌に秀でたという話は聞かないが、道灌の場合、歌人であることが七難を隠す効果を生んだように思える。戦場での没義道ぶりは五十歩百歩であろうが、戦争ビジネスで悪名高きヴァレンシュタインに対し、わが道灌は時に聖人扱いされるほどで、その差異だけは対照的である。

それにしても、太田道灌状は山内顕定に対して「この大乱急度《きっと》御静謐《せいひつ》に属し難く候間、向後のため御報謝、懈《おこた》りあるべからず候か」と言い切る。この自恃《じじ》の強さと、主家への憤りは、これも皇帝や諸侯にも少しも憚《はばか》らずに自己の戦績を主張し、あまつさえ選帝侯位を要求したヴァレンシュタインの姿といやでも二重写しになる。

江戸歌壇の最盛期

とはいえ、長尾景春の乱の後、道灌の声望はいやおうなく高まり、南関東は事実上その指揮下に入った。七分八裂の東国に覇を唱えた道灌が、国人領主たちを束ねるため、文学の力、とりわけ和歌をうまく利用したことは確かなようである。

これまで何度か引用した雲玉和歌抄は、永正十一年（一五一四）四月、衲叟馴窓《のうそうじゅんそう》なる東国の隠遁歌人の編にかかり、他書に見えぬ関東歌壇の動向を伝えている。馴窓は武家の出らしく当時は下総千葉孝胤に仕えていたが、若い頃は木戸孝範に師事し、江戸城の歌会にも参加している。

道灌と孝胤は文明十年から十一年にかけて激しく交戦している。しかも道灌は武蔵千葉氏の当主、自胤およびその重臣園〔円〕城寺道頓《どうとん》を庇護し、江戸城の外城たる石浜城に住まわせた。道灌が江ノ島に参詣して歌会を開いた時、道頓・馴窓も随行し、道灌は両者の詠を褒美したことが見える（雲玉抄・秋・二五〇～二五一）。仇敵《きゅうてき》同士が、和やかに歌会で同座するのは、いかにも室町時代的であるが、それは主催者によほどの力がなくては実現すまい。

また歌会次第書の和歌会席作法は、天文十三年（一五四四）、木戸孝範の孫、範実《のりざね》（正吉《しょうきつ》）の説をまとめたものであるが、孝範の時代のエピソードが多く引かれている。たとえば、

一、江戸城にて会の時、河はた殿と申す公家御下りあり。又関東主君の御弟、熊野堂殿懐紙も出づるに、上・下さだめかねたる時、祖父三河守、熊野堂殿御歌をたまはり、女房の懐紙にしたて出だすなり。女の懐紙はたれなりとも上たるべし。（引用は安井重雄「木戸正吉『和歌会席作法』翻刻と校異」による）

とある。長尾景春の乱も終局に近づいた文明十一年頃、足利成氏の末弟で、熊野堂（鎌倉雪下にあった門跡寺院）別当であった守実《しゅじつ》が、江戸城を訪問したことは太田道灌状にも見えている。こちらが望んでもいないのに、成氏との和睦の証人に立つといって乗り込んできた、と道灌は迷惑がっているのだが、余り疎略にも扱えない。そこで江戸にいた「河はた殿」（河鰭公益《かわばたきんます》であろう）という公家を交え歌会となった時、懐紙を重ねる順序が問題となった。通常下位の者か

3-10　歌会の図（慕帰絵詞巻五）。奥には柿本人麻呂の影がかかり、文台には懐紙が丸めて置かれている。披講が済み、当座の会に移り、和歌を案じているところ。隣室では宴会の準備に余念がない。本願寺の覚如（1270〜1351）の催した会を描いたものだが、公・武・僧の混じる中世の歌会の雰囲気をよく伝えている。

ら文台に置き、読師《とくじ》が順序を整えて披講となるのだが、「公家の会は、中々官と位次あれば、それにしたがひて重ね様もやすし。公家武家会合の時の重ねやうがむつかしきなり」（正徹物語《しょうてつものがたり》・下）とある通りで、一同懐紙の重ね方にはたと困惑した。不手際があれば政治的な問題に発展しかねない。

ここで孝範がすぐに守実の和歌を女房の懐紙に仕立てて出したというのがこの話のポイントである。孝範は当日読師を務めたのであり、女房懐紙は無署名で、ほぼ無条件で一番上となるのが当時の故実であったからである。木戸氏にとって、守実は主家筋の人に当たるから、角を立てずにうまくとりはからったというわけである。これもまた、道灌の統治において、歌会が重要な機能を果たしていたことを物語る逸話であろう。

間に合わなかった道興

道灌の庇護を頼って京都から訪ねてくる人物もいた。さきの河鰭公益もその一人であろう。この点でも興味深い記事がやはり和歌会席作法に見えている。

一、とぶらひの時、法華経の上につゝみてその紙に書くなり。それには短冊には書かず。

うはつゝみにかきやう、

頓写

奉春園灌公蓮座下和哥　　　桑門道興

ふたつともみつともとかぬ
法の道まよひ行くべき
かたはあらじな

述懐

荻の上の露ときえにし
かなしさをなく〳〵雁も
空に聞くらん

これは葬礼の時に哀傷歌を供養経の包紙に記すこと、その書式を示したものであるが、春園とは道灌の法名である。つまり引かれているのは道灌の死を悼んだ、聖護院道興《どうこう》の和歌である。

この廻国雑記《かいこくざつき》の作者が、東国・陸奥への大旅行に出立したのは、道灌の横死する一ヶ月ほど前、文明十八年六月のことであった。北陸経由で関東に入った道興は、道灌の死が東国一帯を揺るがしているのを目の当りにした筈《はず》であるが、なぜか廻国雑記には道灌のことは一切出て来ない。しかるに、ここに追悼和歌を詠んでいることが明らかになった。道興は九月末に武蔵浅草に着き滞在しているので、その折のものと見て間違いあるまい。なお、この年五月、道灌の室が上洛して熊野詣《もうで》を果たしている（蔗軒日録《しやけんにちろく》）。当時の熊野参詣には聖護院派の山伏が先達を務めることが多かったが、とりわけ東国における活動が盛んであった。品河の鈴木氏も熊野の出身であり、熊野・伊勢との通路を確保していた。水陸にまたがって拡大する聖護院門跡の教線を、道灌も利用していたふしがある。道興の旅程には江戸における道灌との会見が設定されていたに違いない。

政治的対立の次元を超えて「江戸を中心として河越・品川・佐倉・古河・鎌倉などの都市的な場を中心に文藝（歌会サロン）を媒介にしたネットワークが形成されていた」（佐藤博信『中世東国政治史論』）という認識は共有されるに至っているが、ひとたび優雅な歌会が行われている江戸城を出れば、関東の野には戦雲が立ちこめていた——道灌の歌壇は強い求心力をもって人びとを引き寄せたのである。

道灌の最期

長尾景春の乱を通じて、古河公方も両上杉氏も無力をさらけ出してしまった。定正は道灌の勢威に内心穏やかではなかったし、顕定は分家扇谷家の家宰に過ぎない道灌になじられ、軽んじられた。その憤りはいつしか道灌を排除することに向かっていった。

文明十八年（一四八六）七月二十六日、相模糟屋の定正の館に召された道灌は、定正家臣曾《そ》我兵庫助《がひょうごのすけ》の手にかかって殺される。予想だにしない最期であった。「切り到《〔倒〕》られながら、当方滅亡と、最期の一言、その時代には都鄙もって隠れ無き由、親度々物語仕り候」（太田資武状《おおたすけたけじょう》）。この様子は人口に膾炙《かいしゃ》しているが、道灌の末裔《まつえい》太田資武が戦国武将として知られた父三楽斎資《すけ》正《まさ》より聞いたと証言しているので、それなりの信憑《しんぴょう》性がある。

臨終の一言は、自身亡き後に「扇谷御家も時刻無く相果て、河越も北条の手に属す」事態を鑑みたと資武は釈する。実際に扇谷家が滅亡するのは半世紀以上後の天文十五年（一五四六）四月、世に言う河越夜《かわごえや》戦《せん》の時であるが、道灌死後すぐに扇谷定正は山内顕定と袂《たもと》を分かち、抗争すること二十年に及んだ（長享の乱）。その間に、伊豆に拠った伊勢宗瑞《そうずい》が着々と実力を蓄え、遂にその子孫、後北条氏が両上杉氏を追い、東国の覇者となるのは周知のことであろう。

定正は道灌を殺した理由を、「既に一二代当方の興隆を成す太田父子をも山内へ逆心を挿み候間誅戮を加へ候」（上杉定正消息《うえすぎさだまさしょうそく》）と述べ、具体的には道灌が山内家に対して異図を抱き、戒めたが聞き入れず、あまつさえ江戸城の防備を固めたゆえとしている。一方、野史の類では、道灌が第二の長尾景春となる以前に始末せよ、そう定正に囁《ささや》いたのは山内顕定であったとする。さらに定正家臣団の内訌を背景に見る説もある（黒田基樹『扇谷上杉氏と太田道灌』）。

政治家としての道灌の評価は、卓抜な軍事の才を持ちながら、あくまで公方——管領体制の護持に努め、遂に戦国大名への脱皮を果たせなかった、というところに落ち着いているようである。もっとも、道灌が本当に廉義の士であったかどうかは分らない。定正が先手を打たなければ、当時全国どの大名でも見られた下剋上《げこくじょう》が起きた可能性も棄てきれない。外部の状況をどれほど明らかにしても、当事者の心中は見えて来ない——まさにヴァレンシュタインの暗殺と同じなのである。それを分析する仕事は、それこそ文学者の領域かも知れない。その心情を垣《かい》間《ま》見られるかは分らないが、最後にかれの和歌事蹟を整理し、作品を取り上げてみようと思う。

第四節　道灌の和歌事蹟を求めて

詠草資料の再検討

いまのところ、道灌のまとまった詠草としては以下の四種が知られている。

①慕景集《ぼけいしゅう》
②異本慕景集
③花月《かげつ》百首
④京進《きょうしん》六十三首

この他、軍書や武辺噺《ぶへんばなし》に書き留められた教訓歌・伝承歌も含めれば、著者が拾遺した限りでも三〇〇首を超える。近世文藝に与えた影響も大きいから、いずれ全歌集成の要があろう。別に散逸した家集として碎玉類題《さいぎょくるいだい》が知られるが、これについては後述する。

問題はこれらのうち、確実な道灌の和歌はどれくらいあるか、ということである。周知の如く道灌の著作には江戸期に入っての捏造《ねつぞう》とみなすべきものが極めて多い。私家集大成を除いて公刊されたテキストがほとんどない現状もあって、道灌に限らず、室町・戦国期の武将の和歌には出所不明の作が目立つ。これらについて、古く川田順編『戦国時代和歌集』があり、近年も似たようなアンソロジーがいくつか刊行されているが、遺憾ながら作歌事情に考察が及ばず、史料を無批判に引用して評釈するものがあり、世に誤解を与えかねない。物語の一コマ、合戦時の名将の和歌という立場で鑑賞すれば真作性など二の次でよいのかも知れないが、せっかく良質の史料があるのに、いまだに野史や伝承の類ばかりで代表させているのは問題であろう。

さて道灌の場合、研究の現状としては、①は偽作、②は真偽不明、③は真作、といったところであろう。しかし、②と③も結論からいえば後世の偽作であり、真作が含まれている可能性もないようである。一方、④は早く井上宗雄氏によって紹介されたものの、翻刻されず、その後余り言及されていない。そこで④の史料批判を改めて行い、その信憑性を吟味したい。

京進和歌――唯一の信頼すべき詠草

京進六十三首については、とくに名称は与えられておらず、ここでは上のように仮称する。彰考館文庫蔵花月百首に附載された一本が知られている。その内題は「太田道灌自詠京進之歌」、全六十三首、稀《まれ》に題と詞書を持ち、ゆるやかに四季恋雑に排列されるものの、部類された家集の体裁はとっていない。和歌は慕景集・異本慕景集とは重ならず、花月百首とも共通歌はない。

一方、東京大学総合図書館南葵《なんき》文庫蔵本は、「太田道灌詠草」と題する江戸末期写本で、やはり異本慕景集・花月百首その他と合綴されている。この本では彰考館文庫本に存しない「行きつれてわれはならびの国人《くにびと》といふさへ旅は情なりけり」の一首があり、総計六十四首である。本文もこちらの方が優れている。さらに末に「右是者以道灌自筆之本写置者也　松井幸隆」と本奥書があり、親本が松井幸隆《ゆきたか》の書写にかかることが分る。京都の町奉行組与力であった幸隆は江戸前期の著名な歌人で、中院通茂《みちもち》に和歌を学んだ後、晩年太田資直《すけなお》の招きに応じ、江戸に下向して没したという。資直は遠江掛川藩主、道灌の末裔であるので、幸隆がこの書を入手した事情も推察されよう。別に全文を翻刻したので参照されたい。番号もこれによる（小川「太田道灌の伝記と和歌」）。

この京進和歌が道灌の詠草であることは、「海原や水まく龍の雲の浪はやくもかへす夕立の雨」（一七）が、武州江戸歌合二番右の自詠であることから傍証される。さらに「門田よりかりほすまゝに日にそへて稲葉の風や遠ざかるらん」（二七）と「なみだをは人にすゝめて夕暮のいづくへとてか今かへるらん」（四八）の二首が雲玉和歌抄に道灌の作として掲載されている。他の家集・百首とは異なり、真作を少なくとも三首持つ京進和歌の信憑性はかなり高いと言ってよい。

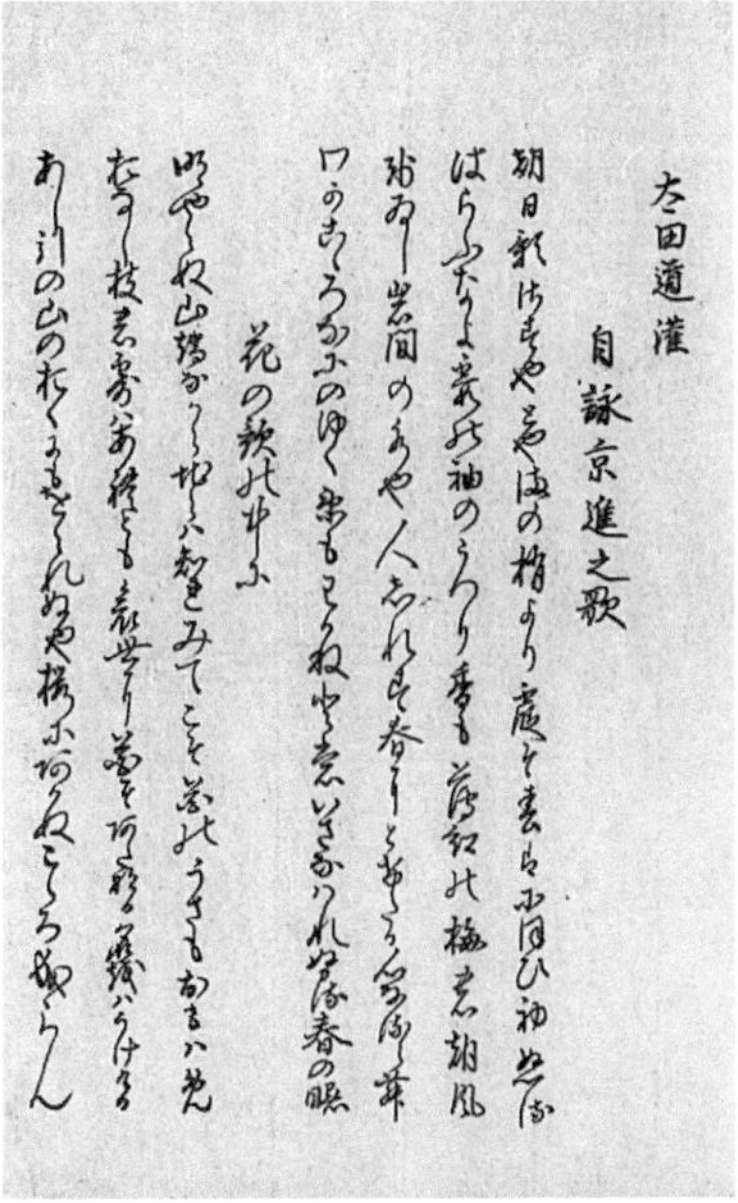

3-11　東京大学総合図書館蔵『太田道灌詠草』のうち「京進和歌」。道灌の和歌には後世の偽作が多いが、これは信憑性が高い。

道灌の歌風

「京進和歌」の歌風について

観察してみたい。室町期和歌としての時代的な不審はとりあえず存しないばかりか、むしろ佳《か》什《じゅう》とすべきものがある。漠然と真作とされてきたものの、とりたての個性に乏しかった異本慕景集・花月百首とは明らかに異なっており、とりわけ叙景歌は新鮮な印象を与える。

風ならで先見えそむる遠方の松よりはる、秋の川霧（二一）

夕暮のやどり木となる色ながら軒端をさらぬ松風の声（四九）

しげき野の末もひとつの緑より空をわけたる不二の白雪（六三）

雲玉和歌抄では道灌の和歌を評して「一ふしにきこゆるにや」としていたが、たしかに趣向の利いた、ある種の才気を感じさせるものがあることは確かである。

さらに貴重なのは、道灌その人の境涯が感じ取れる詠があることで、

なべて世の憂につけても垂乳男《たらちお》のいのりは老のさはりあらせじ（六一）

は、ややこなれない表現であるが、和歌で「某のいのり」と言えば「某の（延命の）いのり」ということなので、「世間のつらさを聞くにつけても、父の命が長くもがなと祈り老後の支障がないようにしたい」の意であり、父道真を案じて詠んだものである。太田道灌状その他からも父子の仲らいは終生濃《こま》やかであったことが知られる。

鎌倉やいなの瀬川をゆく水のむかしの浪にかへる世もがな（五一）

下句は言わば狂瀾《きょうらん》を既倒《きとう》に廻《めぐ》らさんとする願望、上句は序詞であるが、「鎌倉や見越が嶽に雪きえてみなの瀬川に水まさるなり」（堀河百首・一三八二・川・顕仲《あきなか》）を本歌とする。「みなの瀬川」は万葉集にも詠まれた鎌倉の古い歌枕である。なお道灌歌では「いなの瀬川」とするの

は、おそらく誤解・誤写ではなく、当時本歌がその形で享受されていたからである。微細ではあるが、道灌歌の古さを証する。そして、上句を鎌倉の古い名所に寄せたのは、下句に対しても相応の働きかけを有する。この詠を鎌倉を中心とした伝統的な体制の護持に尽くし、秩序の恢復を願った生涯に重ね合わせて鑑賞することも可能であろう。

室町殿打聞と関東歌壇

それでは、この京進和歌はいつ、どのようにしてまとめられたのであろうか。文明六年六月十七日の武州江戸歌合の詠が入っているから、それより後のこととなる。

内題の「京進」の語が手掛かりとなる。これは中世の熟語であり、租貢を在京の本所領家に納進することである（またはその分を指す）。これを転用したのであろう。ところで、木戸孝範の家集にも「京進」という注記を持った詠がある。孝範集は全一二九首、内題に「日記歌」とあり、前半四十四首のうちに「京」「京進」「京進之内」などと肩注した詠がある。そのあとに「京進不入歌」として八十五首ある。つまり孝範にもやはり「京進和歌」と題する詠草があって、孝範集は後年にこれを規準として編纂されたことが分る。

道灌と孝範の「京進和歌」が、同時期のものであることはいくつか傍証がある。とすれば、この詠草は、文明十五年（一四八三）二月に発起した、将軍足利義尚の室町殿打聞《うちぎき》（仮名撰藻《せんそう》鈔《しょう》）に関係するのではないか。和歌を好んだ義尚はみずから一大撰集を編纂することを企て、公武、都鄙、あるいは現存・故人を問わず、広く資料を求めたことは、手伝衆の一人となった三条西実隆の日記に詳しく、翌年九月十一日には常顕《つねあき》（常縁曾祖父）・益之《ますゆき》（同父）・元胤《もとたね》（同甥《おい》）ら東氏歴代の詠草から撰歌したことも見えている。既に古河公方との和睦がなり、東国の情勢も一応、安穏であったとすれば、道灌や孝範が詠草を京都に進上したのはこの機会をおいて他に求めがたい。

道灌の「京進和歌」の「さだかなるかぜのたよりも白浪に浮きてたゆたふ和哥の浦舟」（六二）には、京都歌壇から離れたところにあって自詠を送る者の期待と不安を読み取ることができよう。

道灌の歌道師範

それでは、道灌の和歌師範は誰であろう。従来、連歌師心敬がその任に当ったと考えられていた。応仁の乱を避けて東下した心敬はそのまま品河に居を定め、武州江戸歌合の判者にも迎えられている。心敬は歌人としては正徹《しょうてつ》の薫陶を受け、新古今集を尊重し、時代とは遊離した清新繊細な歌風を特徴とした。ただし、東常縁や木戸孝範ら関東の歌人は、心敬に対し必ずしも全面的に心服していたわけではなかったらしい。老来多病であった心敬は、武州江戸歌合の翌年、文明七年四月十六日に隠棲《いんせい》先の相模大山で没した。

一方、道灌は京都歌壇の領袖権大納言飛鳥井雅親《まさちか》（栄雅《えいが》）を師範としたとも伝えられている。そのことを示す同時代史料には松陰私語《しょういんしご》なる戦記がある。著者松陰は禅僧で、上野国の国人岩松氏の被官ながら主人を凌《しの》ぐ実力者であった横瀬国繁の一族である。巻三に道灌のことが見

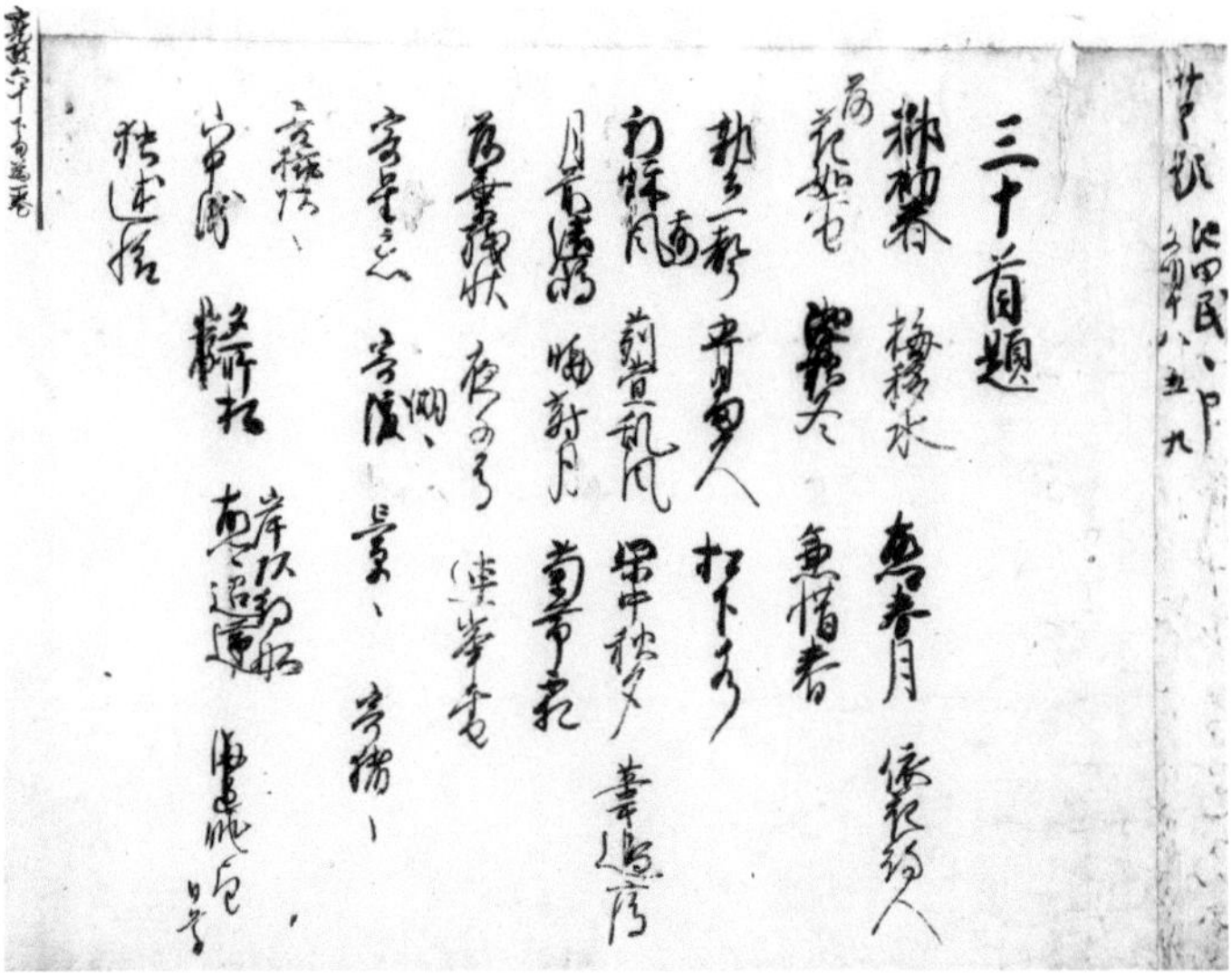

3-12　雅親が門弟に与えた歌題。右端（もと端裏書か）に「卅首題《池田民、〔部〕申、文明十八五九》」と注記がある。池田民部丞（綱正《つなまさ》）は摂津国の国人領主。道灌に与えたのもこのようなものであろう。東京大学教養学部蔵『飛鳥井家和歌関係資料』三。

えている。残念ながらこの巻の本文は散逸し現在目録をとどめるのみであるが、それによれば文明十年七月、国繁は道灌の来訪を居城金山城《かなやまじょう》（群馬県太田市）に受けた。その一条に「道灌金山ニ滝留両三日、飛鳥井手跡誂之題之外、兵議之雑談一度モ無之事」とある。

後に新撰菟玖波集に入集する国繁の好文の性を知ってであろう、長尾景春の乱の最中にもかかわらず、道灌は滞在の間いくさのことを話題としなかったというのである。談話の具体的内容を推定するのは難しいが、この「飛鳥井」とは雅親を指すとみてよく、その筆になる歌題を示したという。

これはどういうことかというと、

歌道門弟に対し、師範が歌題を書き与えて詠歌させる習練法のことで（詳しくは二五一頁参照）、現に雅親も入門してきた地方武家にこれを行っている。心敬が没し、この頃道灌は飛鳥井門に入ったと見ることができる。しかし雅親が関東に下向することはなかったから、歌会の催し一つとっても、故実に通じて相談相手となる人が必要であった。それが木戸孝範であり、東常縁であった。（ちなみに雅親の評語が付された道灌の花月百首は、江戸前期頃の偽作の疑いが濃い。小川「太田道灌の伝記と和歌」参照）

砕玉類題の問題

詩僧万里集九が文明十七年に道灌の求めに応じて執筆した「静勝軒銘詩」序は、江戸城の繁栄や道灌の人となりをよく窺えるばかりか、和歌事蹟においても貴重な証言となっている。その一節を引用する。

公は平日、志を翰墨に繋《か》け、法を軍旅に取る。和気藹《あい》然たり、胸に識鑑あり。神農氏の薬方、軒轅氏の兵書、史伝小説、桑域の二十有一代集、数千余函を貯へて渉猟す。また家集十一、その類を分かちて聚め、砕玉類題と号す。賦する所の詠は人口に膾炙す。

蔵書の充実を挙げて、漢籍・兵書・医書のほか、勅撰二十一代集を揃えていたことが特筆されている。そして「家集十一、その類を分かちて聚め、砕玉類題と号す」とある箇所から、古来、道灌には十一巻からなる散逸家集、碎玉類題があった、と解されてきた。

　しかし、果たして道灌にかような大部の家集があったのであろうか。碎玉類題は書名によって類題形式であったことが分る。しかし、たとえば著名な歌僧正徹の家集（草根集《そうこんしゅう》）には編年詠草と類題形式の二系があるものの、自撰にかかるのは編年詠草で、類題形式は没後にはるかに降ってから成立したとされている。当時の家集は部立を持つものさえ少なく、自撰ならばほぼ日次《ひなみ》ないし編年の詠草のスタイルが普通である。まして、道灌のように専門歌人でもない人物の家集を、生前から類題することは考えにくいことである。

　この「家集十一」とは、道灌の集ではなく、一般的な用法なのではないか。すなわち、十一種の家集を所持していた道灌が、これを集成して題別に分類し、「碎玉類題」と命名したのである。したがって碎玉類題とは私撰集である。こう考えるならば「碎玉」の名称も自然である。

　このことは、類題集の歴史に照らしても、蓋然《がいぜん》性を持ち得る。室町期の類題集は、ほとんど編者も成立事情も分らないのであるが、武家の好士が撰んだものが多く含まれているらしい。

　武家歌人と類題集との結びつきは鎌倉歌壇の東撰和歌六帖に遡《さかのぼ》るが（四十五頁参照）、たとえば続五明題和歌集《ぞくごめいだいわかしゅう》は、永正十二年（一五一五）八月、駿河の守護今川氏親《うじちか》の撰にかかり、東素《とうそじ》純《ゆん》が助力、冷泉為広《れいぜいためひろ》が序を寄せている。また大永元年（一五二一）頃に成立した摘題和歌集《てきだいわかしゅう》も、幕府管領細川高国《たかくに》の撰であるという（三村晃功『中世類題集の研究』）。これらの類題集は、勅撰集や私撰集に収められた古歌を抄出し、自ら立てた題によって分類するもので、作歌に役立てるため、多くの武家歌人が自分なりの類題集を編んだ（編ませた）と思われる。

十一種の家集の具体的構成は、現存者のものか古人の（六家集《ろっかしゅう》の如き）ものかさえ判断する材料がなく（恐らく後者であろうとは思う）、肝腎《かんじん》の砕玉類題の正体が不明なので、これ以上の憶測は慎まなければならないが、道灌の和歌好尚の一端が、こうした和歌史上の現象と一致する、あるいは先駆ける可能性があることは大いに注目されよう。

歌書の蒐集

「静勝軒銘詩」序から道灌が多数の歌書を蒐集《しゅうしゅう》していたことが分るが、他にも代表的な王朝歌人の家集を集成した、三十六人集との係わりが知られる。三条西実隆の日次詠草である、再昌《さいしょう》の永正十三年四月条に次のように見える。

金沢の文庫の文書どもこゝかしことりちらして、卅六人の家の集、今川修理大夫氏親感得《かんとく》せるよし、宗長物語し侍りし。この内躬恒が集、先年上乗院宮前御室道永法親王の給はせし、金沢文庫と印あり。これをかたり出でたりしかば、「それは先年宗祇法師太田道観(ママ)に借り受けて京へ召し上せたりしを、常徳院殿(足利義尚)きこしめして借り召されたりし時、殿中にて一二冊うせたりしうちなるべし」と申し侍りしかば、さらに一具にと□□氏親もとへつかはすとて、つゝみがみに書き付け侍りし。

ちりこしをひろひをきけることの葉のこれこそかたみつねにわするな

（三一一六）

人間関係を整理して説明すると、実隆は、連歌師宗長《そうちょう》から駿河の今川氏親が金沢文庫本の三十六人集を不慮入手したことを聞いた。それはもと道灌のもとにあったのを、宗祇が京都へ運び、足利義尚に進上したものであった。将軍御所でそのうち一、二冊を紛失したが、実隆所持の躬恒《みつね》集がまさにそれに当たるので、三十六人集の現所蔵者の氏親に遣わす、というのである。称名寺が太田氏の庇護を受けていたことは先に述べたが、称名寺と一体であった金沢文庫の蔵書も、道灌の管理下に在ったことが分る。義尚が三十六人集を必要としたのは、文明十五年に始まる室町殿打聞の時に違いない。ここにも、道灌と京都歌壇との交渉が知られる。

ところで、院政期の歌人藤原顕季《あきすえ》の家集、六条修理大夫集《ろくじょうしゅりだいぶしゅう》のほとんどの伝本には、治承四年・建長五年に書写された旨の本奥書《もとおくがき》に続けて、以下のような本奥書がある。

　文明二年五月於秩父塁土陣下書写之畢、仍校合了、
入乍撰集不見家集哥、追私書之、（七首略）
此本自或方尋出令書写、雖然、事外荒本也、以他本遂校合者也、中大夫平朝臣

某が本集を文明二年に書写校合し、ついで勅撰集に採られて本集に見えない歌を拾遺して書き加え、さらに「中大夫平朝臣《ちゅうだゆう》」が書写したという経過となる。「中大夫平朝臣」とは四位の平姓の人物の意で、相模新井城主三浦義同（導寸）であろうとの指摘がある（川上新一郎『六条藤家歌学の研究』）。義同は扇谷持朝の孫に当たり、長尾景春の乱では実父高救《たかひら》とともに終始道

灌の側に立ち、太田道灌状でもその功労を「相州には三浦介《（高救・義同）》方数ヶ度合戦、当方骨肉に候の間、勿論に候か」と記している。後に伊勢宗瑞と死闘を演じて遂に滅ぼされた悲劇の武将で、やはり和歌を好んだ。なお道灌の嫡子資康《すけやす》は義同の女婿となった。

それでは文明二年に秩父で本書を書写したのは誰であろうか。「塁土陣下」とあるが、これは戦陣に設けられた城砦を意味するに違いない。しかしこの年に秩父で戦乱があったことは知られていない。前後でその可能性があるのは、ただ一つ、文明十二年の長尾景春の乱しかない。既に記したように、道灌は正月から秩父日野城に立て籠る景春を包囲し、六月二十四日にこれを抜いたのであった。「文明二年五月」が「文明十二年五月」の誤写であるとすれば、六条修理大夫集の奥書を記したのは、道灌に随って秩父の陣中に在った人物となる。続いてこの本を入手し書写した義同との関係を重視すれば、それは道灌その人であった可能性が十分にあろう。兵馬《へいば》倥偬《こうそう》のうちに歌書を書写するとはいかにも似つかわしくないが、これまでに見て来た通り、道灌自身が敢《あ》えて陣中でそのような態度を取っていた。道灌没後、資康の陣中を慰問した万里集九は、資康が戦闘を前に詩歌を披《ひ》講《こう》したのに感じて「敵塁と相対して風雅（詩歌）を講ずる、吁《ああ》、西俗にこの様無し（西国にこのような風は無い）」（梅花無尽蔵巻二・社頭月）と歎賞しているが、ここに似たような佳話を一つ加えることになるかも知れない。

ところで道灌の横死後、その蔵書がいかなる運命を辿《たど》ったかは全く不明であるものの、これを相続すべき遺孤資康にとって、岳父三浦義同は最も信頼できる人物であった。また義同は他にも数点の歌書を書写しているが、いずれも「中大夫平朝臣」と署名しており、それは比較的晩年に近い頃と推定される。一時道灌の蔵書を預かったのかも知れない。

山は富士山、人は道灌

道灌はさまざまな伝説の主人公となっている。超人的な活動、また悲劇的な最期は畏敬同情の念を抱かせるのに十分であった。最後にそのことについて少し触れておきたい。

文明十七年十月、道灌に招かれて江戸に下った万里集九が道灌と過ごした期間は一年にも満たなかったが、その詩文集梅花無尽蔵は、江戸城下の日々を道灌への哀惜とともに賦詩しており、道灌の人となりを偲《しの》ぶ最良の史料となっている。江戸に骨を埋《うず》めるつもりであった万里は、道灌横死後、定正の慰留を振り切って美濃に帰った。帰国後も東国滞在を回想し、「山は士峯を仰ぎ、人は道灌、歐公《（歐陽脩）》に効ひて高きを賦せんとするのみ」（巻三上・話富士）とまで謳っている。没してまもなく、その神格化が進んでいたのである。

十六世紀半ばとなると、東国全域に戦国大名後北条氏の支配が及んでいた。道灌の子孫もその傘下に入ったが必ずしも厚遇されず、江戸城は既にその手から離れて久しかった。にもかかわらず、道灌その人への尊敬は変わることがなかった。

その頃には両上杉氏は滅亡し、古河公方もすっかり零落して後北条氏の監視下に余命を保つのみであったが、最後の公方足利義氏《よしうじ》に仕えた奉公衆に一色直朝《なおとも》という武将がいる。三条西実枝に師事した歌人で、桂林集《けいりんしゅう》という家集を遺すほか、画技にも秀でた文化人であるが、その直朝が書き溜めた雑書、月庵酔醒記《げつあんすいせいき》には、道灌のエピソードも見えている。

太田道灌総州に乱入しける、浦かけたる尼寺のありけるが、この歌を書きて門前にたてをきける、

さりとてはたのむぞ和歌の浦の浪よせてをあまの栖あらすな

道灌《上杉定正家人也》短冊とり出で、、

海山もかく乱れたる世の中にいかゞかこはんあまのあしがき

手もおかしうかき給いたりけるが、そこのあたりをばたすけ置けたり。たけきもの、ふの道もなぐさめけるが、ためしあはれしたるにこそ侍れ。

軍勢を率いて敵地を進む道灌がある尼寺の門前にさしかかった時、張り出された和歌に感じて、乱暴を禁じたという。説話らしい脚色があるが、道灌は長尾景春の乱に際しては、千葉氏を討つべく度々下総国に侵入しているので、全くのでたらめではないのであろう。実像と虚像とのいわば中間にある。これが江戸期に入ると、「山吹の里」伝説に代表されるような、「歌道に秀でた文武兼備の名将」というイメージが確乎《かっこ》たるものとなるのである。

道灌は他国者であり、十五世紀の東国動乱にあって、向背定まらぬ国人領主を心服させその盟主となるには、単に武力ばかりではなく、文化の力が必要であった。江戸歌壇の活動は、現在僅《わず》かな記録をとどめるばかりであるが、それにもかかわらず道灌その人への求心力を思い起こさせるようすがとなっている。

第四章　流浪の歌道師範

——冷泉為和の見た戦国大名

少し古くなったが、花田清輝の『鳥獣戯話』（講談社、昭和三十七年刊。初出は『群像』昭和三十五年六月号）は、甲斐の戦国大名武田信虎《のぶとら》を主人公とした歴史小説である。花田は、目的のためならば手段を選ばず、「梟雄」と言われた信虎に一種の動物的才能を認め、いつまでも因習や道徳に拘泥する周囲との乖離《かいり》をシニカルな筆致で描いている。

その第一章「群猿図」には、歌人冷泉為和が敵役として登場する。その紹介のされ方も辛辣《しんらつ》である。

冷泉為和というのは、その時代のもっとも有名な——そして、さらにまた、右の一首の歌（注・二三八頁の和歌を指す）によってでも容易に想像できるように、もっとも凡庸な歌人であって、そのころ、かれは、戦争のため、都の生活が苦しくなったので、地方の大名たちから招かれるのを幸いに、和歌師範家の権威をひけらかしながら、諸国をあるきまわっていた。

信虎には和歌なぞは毒にも薬にもならないが、嫡子晴信《はるのぶ》（信玄）以下家中の者は、為和の感化によって三十一字を捻《ひね》り出すのに精を出し、信虎を苛立たせる。そして、まさに猿のような田舎大名相手の渡世に感傷的になっていた為和は、信虎生来のサディズムを存分に刺激し、信虎のペットの巨猿をけしかけられて半殺しの目に遭ってしまう。

為和が信虎・晴信の時代、甲府に滞在し、和歌の指導に当ったのは著名な史実で、小説の中にも冷泉為和卿集が使われている。花田は小説の粉本として武田信廉《のぶかど》（信虎三男で画家としても有名。二三九頁の信虎の肖像を描いた）の逍遥軒記なる回想録を捏造《ねつぞう》して読者を惑わせたが、冷泉為和卿集の方は本物である。ただ、花田が見たのは抄出の群書類従本らしく、わずか一〇〇首ほどを収めるに過ぎない。その完本は二一〇〇首を超える、戦国時代においてもかなり規模の大きな詠草であって、為和生涯の軌跡をそのまま浮かび上がらせる。

これに就いて見れば、為和が足跡を印した国々は駿河・甲斐・相模・武蔵・上総・近江・越前・加賀・能登とほぼ東日本全域にわたり、相手にしたのは信虎・晴信父子のほか、今川氏《うじ》輝《てる》・義元《よしもと》兄弟、北条氏綱《うじつな》・氏康《うじやす》父子、畠山義総《よしふさ》・義続《よしつぐ》父子と戦国の雄というべき大名たちである。その行動力にはやはり驚きを禁じ得ない。しかもこの間、各地に勃興《ぼっこう》した歌壇の指導者となり、多くの門弟を育成し、また古典籍を書写して授けた功績は特筆される。おそらく、戦国時代の文化の特質を考える上で、為和ほど好適な人物はいないと思われる。

こうした境涯を「権威をひけらかしながら、諸国をあるきまわっていた」と否定的にとらえるのは、小説の上のことながら、今も大方の抱く戦国公家のイメージのようである。迎え入れた戦国大名の側の事情を十分に踏まえて、かれらの働きを積極的に評価してもよいと思う。そもそも為和も単に「都の生活が苦しくなったので」流浪の日々を送ったわけではない。どうしてそのようなことになったのか、まずは前半生を追いかけることから始めてみようと思う。

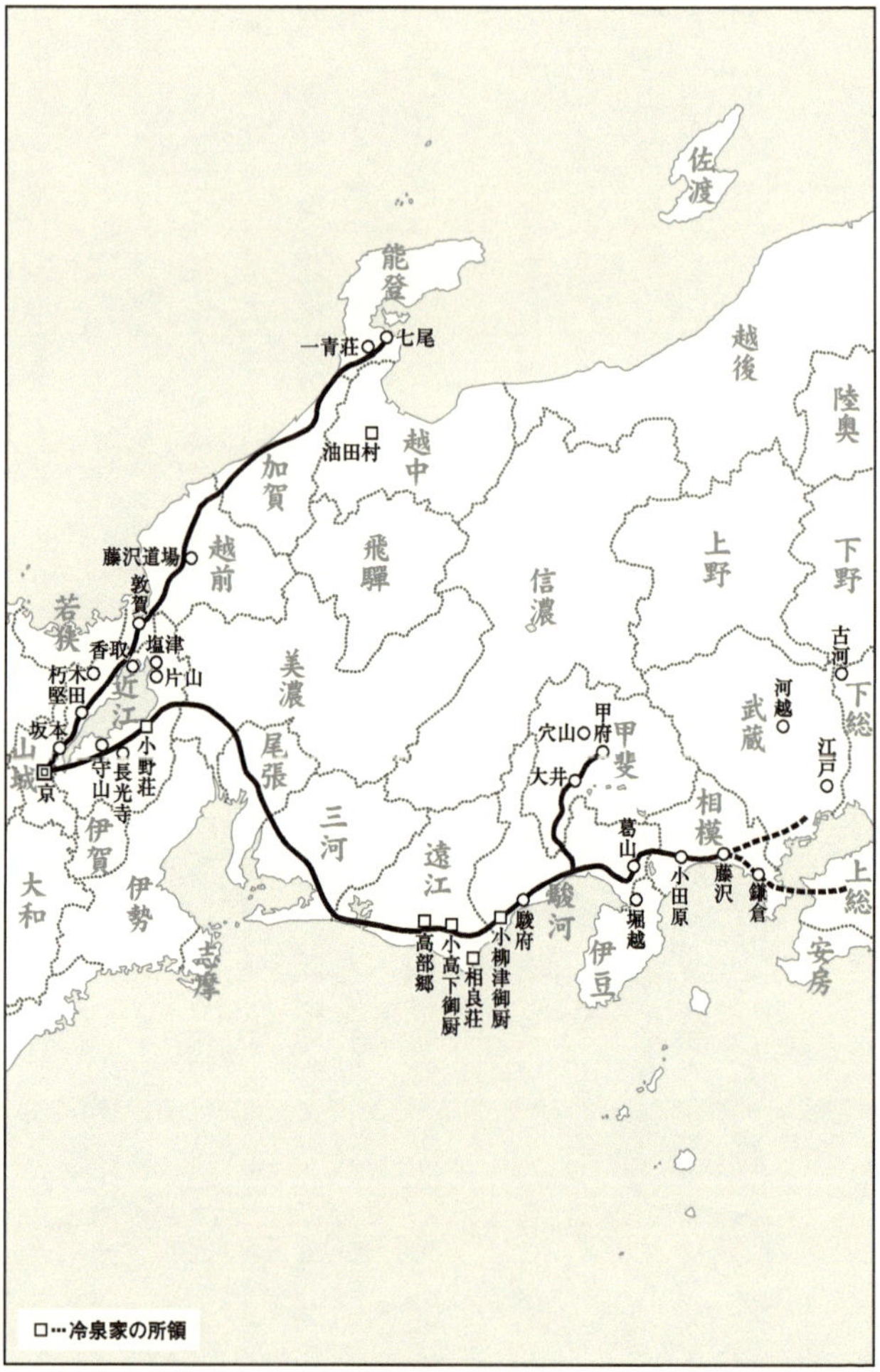
佐渡
能登
七尾
一青荘
油田村
越中
加賀
越後
陸奥
藤沢道場
越前
飛驒
信濃
上野
下野
教賀
若狭
香取
塩津
片山
朽木
堅田
近江
坂本
美濃
古河
河越
武蔵
下総
甲府
穴山
甲斐
江戸
山城
京
守山
長光寺
小野荘
尾張
大井
伊賀
三河
相模
葛山
遠江
藤沢
小田原
駿河
鎌倉
上総
大和
伊勢
高部郷
小高下御厨
相良荘
小柳津御厨
駿府
堀越
伊豆
安房
志摩
□…冷泉家の所領

4-1　為和の足跡

第一節　室町後期の冷泉家

「戦国」のはじまり――明応の政変

為和は冷泉為広《ためひろ》の嫡男として、文明十八年（一四八六）に京都に誕生した。山城では国一揆が結成され、関東では太田道灌が横死している。

和歌耽溺《たんでき》で知られた将軍足利義尚は、傾いた幕府を立て直すべく、長享元年（一四八七）九月、守護六角高頼《たかより》討伐のため、みずから軍勢を率いて近江に出馬した。在陣三年に及んだが、はかばかしい戦果を挙げないまま、延徳元年（一四八九）三月に夭折《ようせつ》した。

義尚の跡には従弟に当たる義稙《よしたね》が立てられたが、明応二年（一四九三）四月、管領細川政元《まさもと》は、義稙が義尚に倣って河内国に出馬していた留守を狙い、クーデターを実行に移した。新将軍に堀越公方足利政知の子義澄《よしずみ》を立て、幕府の実権を握ると、閏四月には義稙を捕らえて幽閉した。この「明応の政変」をもって戦国時代の開始とする見解が近年では支配的である。

冷泉家系図

為相―為秀―（四代略）―為広―為和―┬為益―為満
　　　　　　　　　　　　　　　　　└明融

政元に主導された政治体制は「京兆《けいちょう》専制」（細川家の嫡流は、

代々右京大夫に任ぜられたため、京兆家と呼ばれた）（京兆は右京大夫の唐名）とも称されるが、幕府の機構に拠《よ》ったものではない。将軍は権威こそあれ、義尚や義稙の遠征に従った奉公衆が解体したことで、権力の基盤は失われた。政元は、管領職とは無関係に、父祖以来一門が守護を占めていた摂津・丹波・讃岐・阿波などの領国化を進め、国人衆を被官として組織する一方、幕府行政を担当する奉行人をも掌握することで、従来の幕府―守護体制を脱した畿内政権を打ち立てた。それは戦国大名への途を踏み出すものであった。こうした中央政情の変化に連動して、地方政治も前代とは大いに違った展開を見せる。

為広、歌壇の頂点に立つ

冷泉家については何度も触れてきた。定家の血統を稟《う》ける唯一の歌道家であったが、遂に勅撰集の撰者《せんじゃ》を出さなかった一事に明らかなように、室町期は飛鳥井家の下風に立たされていた。将軍や天皇の歌道師範も飛鳥井家の当主が務めてきたのである。

ところが、為広は後述するように細川政元と親しかった。政元は飯綱《いづな》の法と呼ばれる修験道の秘法に凝って女性を近づけず、あるいは修行と称して度々長途の旅行に出るなど、さまざまな奇行が知られているが、為広との交際は生涯に亘《わた》り続いている。為広は政元より十六歳も年長であるが、美男であったと言われ、両者に男色関係を想定してよいであろう。

月庵酔醒記に載る冷泉明融《みょうゆう》（為和の子）の談によると、為広はある年の冬、定家筆古今集を見せるのを渋って将軍義澄の不興を蒙ったが、翌春「いや高き道の光をあふぐ身の心の霞いつかはれなん」という歎きの和歌を政元に送り、そのとりなしで許されたという。史実では文亀二年（一五〇二）十月から翌年二月まで為広が義澄から勘気を蒙っているので、この話に合致する。

政元からの支援をバックに、為広は正親町三条実望《おおぎまちさんじょうさねもち》・日野内光《ひのうちみつ》とともに将軍に近侍した（山田康弘『戦国期室町幕府と将軍』）。正親町三条家・日野家と言えば将軍近習の公家として知られ、室町時代を通じて権勢を誇ったが、為広もそれに伍《ご》したわけである。永正三年（一五〇六）九月には権大納言に昇進、続いて民部卿を兼ねた。この恩恵は歌壇活動にも及んだ。文亀二年八月には、為広は後柏原《ごかしわばら》天皇の歌道師範・和歌所宗匠となった（『冷泉家古文書』二七六号・足利義澄御内書）。文亀三年六月には、義澄も参加した内裏三十六番歌合の判者を務め、飛鳥井家を抑えて歌壇の頂点に立ったのである。

将軍と大名を仲介する為広

これより先、延徳三年（一四九一）三月、為広は政元に同行し、越後国に下向した。その一行は「伴衆十二人、皆山伏に成りて後に従ふべしと云々」（蔭凉軒日録《いんりょうけんにちろく》）という、異様な出で立ちであったが、公家の随員は為広ただ一人であった。その目的は越後守護上杉房定と会見し、クーデター計画を固めるものであったといわれる。なお、簡略ながら為広の道中の記録も残る（冷泉家時雨亭叢書『為広下向記』所収「為広越後下向日記」）。

為広は他にも駿河守護の今川氏、播磨守護の赤松氏と交際し、しばしばその領国に下向して

室町将軍・公方系図　※数字は将軍継承順

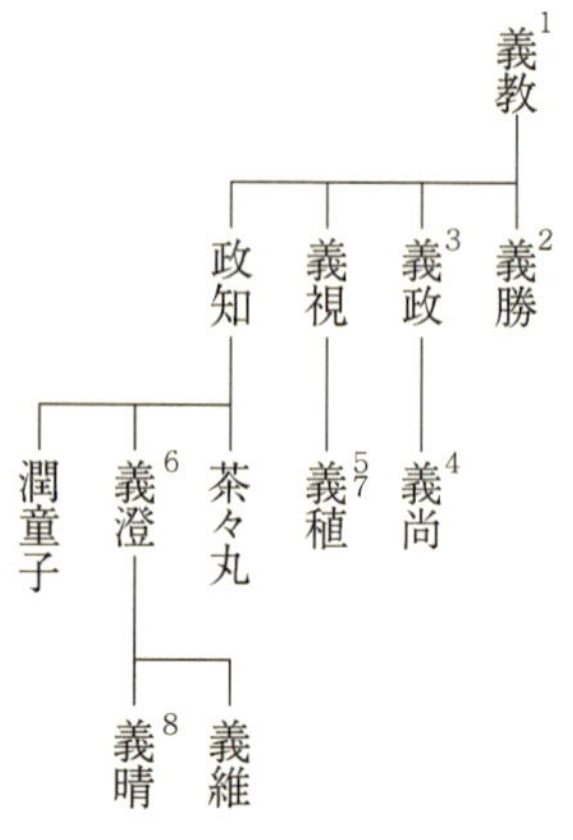

いる。在地の武士に押領された所領を恢復《かいふく》し、あるいは直務《じきむ》支配をすることが目的であったと言われているが、しかし今川・赤松両氏は、明応の政変に際して政元の有力な与党となり、義澄とも深く結びついていたことに注意すべきである。

さて、両上杉氏の抗争が続いていた東国で、新たな紛争の火種となったのが堀越公方家の内訌《ないこう》であった。政知が実子義澄の将軍擁立を見ることなく延徳三年四月に亡くなると、まもなく庶子茶々丸《ちゃちゃまる》が家督を奪い、継母（義澄の母）と異母弟潤童子《じゅんどうし》を殺害したのである。

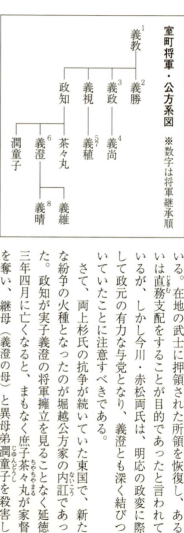

東国に基盤を持たない堀越公方を支えていたのは今川氏親であり、政知の遺児も氏親に養育されていた。このため義澄が将軍となると、氏親は茶々丸を討つべく伊豆に派兵したが、その軍を率いたのが客将伊勢盛時《もりとき》であった。盛時は幕府政所執事を務めた伊勢氏の一族で、備後出身の奉公衆であるが、氏親の叔父に当たり、その後見人として駿河へ遣わされていた。茶々丸を追った盛時はそのまま伊豆国を支配するが、この人物が戦国大名後北条氏の祖、早雲庵宗瑞《そううんあんそうずい》（いわゆる北条早雲）であることが確実視されている（家永遵嗣『室町幕府将軍権力の研究』）。

東国の戦国大名、とくに後北条氏は、中央の政局と無関係に独自の領国支配を行ったとされ、独立国家の如きイメージを持たれることが少なくなかった。しかし近年の研究では、その動きは流動化した幕府の政治情勢と不可分であり、隣国との抗争もこれに大義名分を得たケースが多いとされる。こうした時、将軍および細川氏と昵懇の公家・僧侶が非公式な窓口として重宝された。

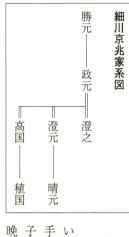

永正五年（一五〇八）春、義澄は為広に書状を下し、万一の時、必ず助力するよう今川氏親に伝達せよ、と命じた（岩崎一馬氏所蔵文書（伊与古文書三十九）・某書状写）。前将軍義稙が勢力を恢復しつつあったのに危機感を募らせたためである。実は氏親は既に義稙と通じていたのだが、義澄は「新九郎入道（盛時）は追て礼を申すべき由を申す、五郎（氏親）は返答に能はず候」と、盛時からは返事が来たのに、氏親からは何も音信がない、近年まで挨拶を欠かさなかったのだが、と苛《いらだ》立っている。為広が東国の大名との間の連絡役を果たしていたことが窺《うかが》われる。

細川京兆家系図

勝元――政元＝澄之
　　　　　　＝澄元――晴元
　　　　　　＝高国――稙国

政元暗殺、義澄廃位

細川政元は前年の永正四年六月、不慮の死を遂げていた。湯殿で飯綱の法を修していた最中、養子澄之《すみゆき》の手にかかったという。まもなく澄之も、もう一人の養子澄元《すみもと》に殺され、さらに澄元は高国に追われる。政元晩年には京兆家の内衆《うちしゅ》（有力被官）の間で新たな当主を擁立せんとする動きが絶えなかったが、最大の対立軸となったのは、澄元を支持する四国の国人衆と、澄之ついで高国のもとに結集した畿内の国人衆との抗争であった。京兆家を中心に鉄の結束を誇った細川一門もここに分裂することになる。

それでも、政元の百箇日に当たる十月四日、相国寺万松軒主の宗山等貴《しゅうざんとうき》の発企、為広の出題で細川一門が追善和歌を詠んでいる（冷泉家時雨亭叢書『為広・為和歌合集』所収、「故細川政元百箇日追悼三十一首和歌」）。澄元・高国を中心に政賢《まさかた》・尚春《ひさはる》・元常《もとつね》らの一門が列び、さらに義澄・実望・伊勢貞陸《さだみち》ら公武要人が詠を寄せている。題は釈教・懐旧、文字通り政元政権への挽歌である。「懐旧」題で三首掲げる。

見し人の面影むかふ灯の光かげつく夢のうきはし　澄元
しらま弓引きもかへさぬ昔とは恨もはてじ有明の空　高国
むつましくしたふや和哥の浦千鳥よりこし波の行衛いかにと有注　為広

為広歌は亡き政元の恩に謝し、歌壇でよるべを失ったみずからを千鳥に寓するもの（「有注」注記については五十九頁参照）。

翌五年四月、二十年にわたり復権を虎視《こし》眈々《たんたん》と狙っていた前将軍義稙は、周防守護の大内義《よし》興《おき》に推戴《すいたい》されて東上した。高国は義稙に款を通じて澄元と四国衆を京都から追ったため、義澄も近江へ出奔した。ここで哀れをとどめたのは為広で、即日出家を遂げている。法名を宗清という。「日来室町殿御目を懸けらる、臨時の御恩今に於いては憑む方所無し、愁傷の至りと云々、その謂れあり」（元長卿記）とある。為広は山城・近江に多くの所領を与えられていたが、一朝にしてこれを失うことになり、失意の底に沈んだ。

十日後、挨拶に訪れた為広を見て、三条西実隆は「民部卿入道来たる、美僧なり、尤も興あり、法躰殊勝の由を談ず」（実隆公記永正五年四月二十六日条）と記している。僧となった姿もなかなかすばらしいではないか、と言ったのである。一体、実隆公記は、記主の敵を作らない性格そのままに、あまり他人の批判を書かない日記であるが、これは微量の厭味《いやみ》を含んでいる。

為和、駿河に在国する

為和の歌壇デビューは永正二年（一五〇五）二月二十二日の内裏水無瀬《みなせ》神宮法楽続百首で、実隆公記に「初参」とある。時に二十歳、この頃から歌道師範家の当主として、また羽林家《うりんけ》の廷臣としての経歴を開始する。冷泉家は順境にあり、恵まれたスタートであった。

ところが永正四年三月三日内裏闘鶏に参仕したのを最後に、しばらく為和の名は記録に見えなくなる。そして三年後の永正七年十月、三条西実隆・近衛尚通《ひさみち》は、為和が駿河国から上洛《じょうらく》し、久しぶりに訪ねて来たことを日記に記している。この間、為和は、政元の横死・義澄の失脚によって、今川氏親のもとに身を寄せたとみなされる。事実、正親町三条実望も永正五年二月、氏親のもとに下り、そのまま駿河に定住した。為広も永正十年三月に駿府へ下向している。

廷臣が地方の所領に滞在することを「在国《ざいこく》」と称する。当時、多数の公家衆が在国したことは先学の指摘がある。しかし、在国は廷臣としてのつとめを放棄したとみなされ、当然官位の昇進も滞るから、たとえ当主が在国するにしても、子息は京都にとどめておくことが一般的であった。

冷泉家の場合、為広は出家しているから、為和が在国するのは異様というべきで、義澄からなんらかの指示を受けていたことも推測される。とかく「在国」というと、生活できなくなった公家の都落ちととらえられがちであるが、政治的理由からみずから在国を選択する者もあるので、積極的な意義も認めてよさそうである。

為和詠草から見た活動

当時の朝廷は式微甚だしく儀式もほとんど行われなかったが、歌会・歌合はひっきりなしに行われていた。駿河から上洛後の為和は、父の後見のもと歌壇で活躍し、順調な日々を送っていたことが、為和詠草によって知られる。

為和詠草は、永正十四年（一五一七）正月から天文十七年（一五四八）四月まで、三十二年間にわたる詠歌二一三〇首（発句を含む）を収める三冊の日次詠草である。いま見るような形になったのは最晩年のことと考えられる。転写本である今川為和集が用いられてきたが、近年その祖本に当たる自筆本が影印刊行された。詠歌とは直接関係ない、当時の政治・社会的事件、あるいは家族や所領についての記事もあり、私日記の如き性格も持っている。

本書によって、為和の交友関係を探ってみると、公家衆では、家礼を取っていた一条殿の他、正親町三条公兄《きんえ》（実望男）と滋野井《しげのい》季国《すえくに》の会が頻出するが、ともに義澄の近臣であった縁である。季国は実望の実弟で、為和の妹を室としている。さらに南昌院での月次会《つきなみ》に参じているが、これは妙心寺長老を務めた禅僧鄧林宗棟《とうりんそうとう》（高国の伯父）の会と思われる。

武家では何といっても細川高国との関係が深い。「細河右京大夫高国、備中国一宮法楽とて勧め侍る」（永正十四年四月二十八日）以下、京兆家およびその被官による催しが数多く見えている。

永正十七年には、阿波に逃れていた細川澄元が三好之長《ゆきなが》をかたらって再起をはかり、五月には洛中で合戦に及んだが、ほどなく高国は両者を敗走させた。為和詠草には「三日ニ高国出張、十一日ニ三好腹切」など、およそ歌集らしからぬ記事が見えるが、高国の行動こそ最も重大な関心事であったからである。大永元年（一五二一）、今度は将軍義稙が高国と対立し、阿波に出奔した時も「同《（三月）》八日早朝ニ室町殿阿波へ御座をうつされ侍る也、京都雑説也」とある。

為和の交遊圏は高国を中心とする文化圏と重なっており、父とともに指導者的役割を果たしていた。高国は養父政元と同様に和歌好みの政治家で、為和にとって過ごしやすい時代であった。

為和、室町殿昵懇衆となる

義稙の出奔後、高国が義澄の遺児義晴《よしはる》を将軍に迎えると、為和はその近臣に取り立てられた。義稙には奉公しなかっただけに批判もあったらしいが、この時から冷泉家は、日野・正親町三条・烏丸・飛鳥井・高倉・広橋の六家とならび、室町殿昵懇の公家衆に数えられるようになる。

大永五年（一五二五）三月二十四日、内裏で和歌御会始が行われた。この会は後柏原天皇が在位二十六年目にしてようやく開催することのできたもので、懐紙の書式も常の会とは異なっていたが、「為和勘之、皆々書之」とあるように指導者ぶりを発揮し、また「御製講師、惣の発声等、為和依仰勤之」と御製講師を命ぜられ、大いに面目を施した。

翌六年二月十九日、為和は春日祭上卿を勤仕している。この役を務めるのは公卿にとって非常な名誉であるが、一方で舞人や神人など多くの随行者を伴うことになるから、大きな経済的負担を伴った。これより百年ほど前のことであるが、ある中納言が貧窮のため上卿を勤仕し得ず、自殺したという悲劇が伝えられている（看聞《かんもん》日記応永二十五年三月八日条）。

為和詠草は随行の人数、幣料などの諸経費を細かく記している。ところで実隆公記には「駿河前内府助成」、つまり在国中の正親町三条実望の援助があったとする。実際には今川氏親の助成であり、実望は仲介をしたものであろう。もっとも、氏親は数年前から中風のため病臥《びょうが》しており、妻の寿桂尼《じゅけいに》が代わって政務を執っていたから（女戦国大名などといわれる）、その差配かも知れない。寿桂尼は権大納言中御門宣胤《のぶたね》の女であるから、公家衆への理解は深かったであろう。

為和にとってこの役を無事務めたことは記念すべき出来事であった。しかし、まもなく生涯の大きな転機が訪れる。

高国政権の崩壊

高国の政権はこの頃としては比較的安定していたものの、大永六年七月、波多野稙通《たねみち》・柳本賢治《かたはる》といった被官の畿内国人衆が反旗を翻し、大きく動揺する。その混乱に乗じたのが、高国の宿敵で、阿波国に逃れていた細川晴元《はるもと》（澄元の子）と家宰三好元長《もとなが》（之長の孫）である。

大永七年（一五二七）二月、高国は三好一族と山城桂川で戦い大敗、義晴とともに近江に逃れた。三月二十二日、元長に奉じられた足利義維《よしつな》（義晴の兄というが、義稙の猶子になっていた）が和泉堺に進出し、京都を窺った。朝廷では義維に官位を与え将軍の後継者として扱ったが、為和は「今京都に公方と申すは誰人の息とも諸人不知之」と、義維を貶《おとし》め義晴に忠誠を尽くす決意を記している。

そして為和は七月二十七日、都を出て義晴の陣に参った。為和詠草に「同廿五日に将軍家江州長光寺に御牢人《ろうにん》にて御座間、為和忩参、長々牢人にて奉公申す也」としている。義晴は一旦京都に戻ったものの、和議はならず、翌享禄元年五月二十八日、高国は三好元長に決定的な敗北を喫した。そのため義晴は近江に落ち、琵琶湖西岸の朽木谷に御所を構えて逼塞《ひっそく》する。

五年間の近江流浪

将軍を「牢人」（浪人と同義で、封禄を失った武士のこと）とする表現は目を惹《ひ》くが、為和も権中納言の官を辞して出奔し（これで為和も名実ともに「牢人」となった）、弟が入室していた東坂本の理乗坊《りじょうぼう》に身を寄せつつ、義晴の朽木御所に祗候する日々を送った。その間の経緯を為和は詳しく記している。公家では為和の他、高倉永家《ながいえ》・阿野季時《すえとき》・烏丸光康《みつやす》が義晴の供をしたとあるが、同じ室町殿昵懇衆である飛鳥井雅綱《まさつな》は京都に留《とど》まった。「今度坂下へも御供申さず候、言語道断々々々」と非難している。

義晴には申次・御共衆・奉公衆・奉行人らも随従していた。かれらは近江守護六角氏のもとに寄寓《きぐう》しつつ、頻《しき》りに歌会を催しては無聊《ぶりょう》を慰めた。為和詠草には、歌会の場として敦賀・片山・香取・塩津などの地名が見えており、琵琶湖北岸・西岸に勢力を張る商人に頼ることもあった。そのような一人である「宗弘《むねひろ》」という者の会で詠まれた一首。

紅葉、当座に同主勧め侍る、かの主酒屋也、しかるに庭に葡萄あり、

木々も秋の色に酔へるや味酒《うまさけ》のつきぬ葡萄の千しほ百しほ

（為和詠草・中・享禄三年五月二十七日）

「しほ」は、布を染料に浸す、その度数のことであるが、同時に原料をかんで酒を醸造する回数を言う。口語訳してはせっかくの香気も失せるが、「木々も酒に酔ったのか紅葉している、汲めども尽きぬその酒は、葡萄を何度も濾《こ》して造るのか」というのであろう。葡萄を詠んだ和歌の初見かも知れない。既に葡萄酒が醸造されていたことを示し、農業史の上でも貴重な史料となろう。

この時代、二条派・飛鳥井家・冷泉家の間に、もはや歌風の差は感じられないが、それでも冷泉家は「優なるも、たけあるも、なにともつかうまつり候ける」（為益卿文《ためますきょうふみ》）というように、やや自由度が高いとされた。洛中ではない気安さもあろうが、珍しい素材を見出し、奇矯《ききょう》さを感じさせず詠むあたりは、さすがにプロというべきであろう。

為和の和歌は決して退屈凡庸ではない。室町期の歌人としては、むしろ相当に清新な印象を

受ける。正徹の影響を受けたとの指摘もあり（稲田利徳「「為和集」の歌風について」）、その歌風の考察は今後とも必要であろう。

ふたたび駿河へ下向

この間、細川高国は伊勢の北畠氏・越前の朝倉氏・出雲の尼子氏など各地の大名のもとに赴き、上洛して義晴のもとに参ずるよう説得を試みた。領国支配に腐心する大名たちは容易に動こうとはしなかったが、備前の浦上村宗《むらむね》の援軍を得て、享禄四年（一五三一）三月、高国はようやく京都を恢復した。義晴も近江堅田に動座したことで、為和は四年ぶりに都の土を踏んだのである。

ところが、内裏歌壇に為和の席はなかった。四月二十一日の内侍所法楽千首にも召されなかった。「上冷泉近日上洛す、然りと雖も上意に違ふ、よって斟酌せしめをはんぬ」（二水記《にすいき》）という。事態はいまだ流動的であり、為和があまりに義晴に忠実であったことが忌避されたのであろう。果たして六月四日、細川高国は尼崎で三好元長に敗れて自刃（大物崩れの戦い）、義晴は再び朽木へ退いた。

高国の死が為和に与えた衝撃は想像に難くない。ただ、二十余年前に駿河に下向したのも直接には政元の死が原因であったから、高国がいなくなった後にとるべき道は、為和のためには熟路であったことになる。為和詠草には、この年の歌会の記録はほとんどないが、九月十三日東坂本で詠歌し、十月十九日には駿河の正親町三条家の会に出ているので、この間に東下したことが分る。以後、為和は駿府に居を定め、没するまで「在国」の身となったのである。時に四十六歳であった。十六歳の嫡男為益《ためます》が留守を預かった。

今川氏輝、門弟となる

今川氏の当主は氏輝である。この時十九歳、母寿桂尼の後見を受けつつ政務を執っていた。為和は早速氏輝に謁見し、師範となることを望んだが、なかなか叶《かな》えられなかった。理由は明らかではないが、氏輝は若くして三条西実隆や連歌師宗長にも教えを受けており、かつこの享禄四年には、為和にとって目の上の瘤《こぶ》とも言うべき飛鳥井雅綱が駿府に下向しており、後述するように氏輝を門弟としていた。これに遠慮したのか、はじめ為和は氏輝に会っても貰えなかったが、雅綱が帰京したこと、今川氏の先祖が多く冷泉門であったこと、また家臣にも関口氏縁《うじより》・惣印軒安星《あんせい》といった門弟がいたことなどが幸いし、ようやく十二月に為和は師範に迎えられた。

ところで、和歌の指導といえば、詠作の添削・歌論の指導、会席作法の教授、また古今集をはじめとする歌書の相伝、といったことが思い浮かぶであろう。ただし、その具体的な内容は、現代人の考えるところとは相当に異なっている。門弟になるにはどのような手続きを践み、入門後はいかなる指導を受けるのかを知るのにも、為和は豊富な史料を遺《のこ》している。具体的な作歌指導については第四節に触れるので、ここではそれ以外について、節を改めて説いてみようと思う。

第二節　歌道門弟の育成

冷泉家古文書の入門誓紙

どのような藝事であれ、その道の権威から親しく教えを受けることを望まない者はいないであろう。地方在住の武家にとって、都に住む歌道師範の在国は、千載一遇のチャンスであったに違いない。この時代の文化の運び手として連歌師が話題にのぼることが多いが、しかし歌道師範の権威とは比較にならない。

『冷泉家古文書』には、中世の歌道入門誓紙がまとまって三十通ほど掲載されている。その年記は大永・享禄・天文のものが最も多く、かつ差出人は近江・駿河・甲斐・能登の武家や僧侶《そうりょ》であって、為和に対して提出されたと考えられる。

いまだ点と点の結びつきに過ぎないながら、地方にも冷泉家の門弟集団が形成されていたことが注目される。江戸期の冷泉家は全国に拡がる門弟組織を持ち、為村《ためむら》の代に三〇〇〇人ともいわれる数を誇ったが、その源流は為広・為和父子に求められる（赤瀬信吾「為広と門弟組織」）。

ところで、誓紙の文言は既に定型化しており、入門希望者は、冷泉家の家司や雑掌に宛てて「今日より歌道御門弟となりました（上は他門には決して参りません）住吉・玉津嶋両神（および八幡・春日などの神々）も御照覧なのでゆめ疎略を存じません（もし破ったら罰を受けます）」と

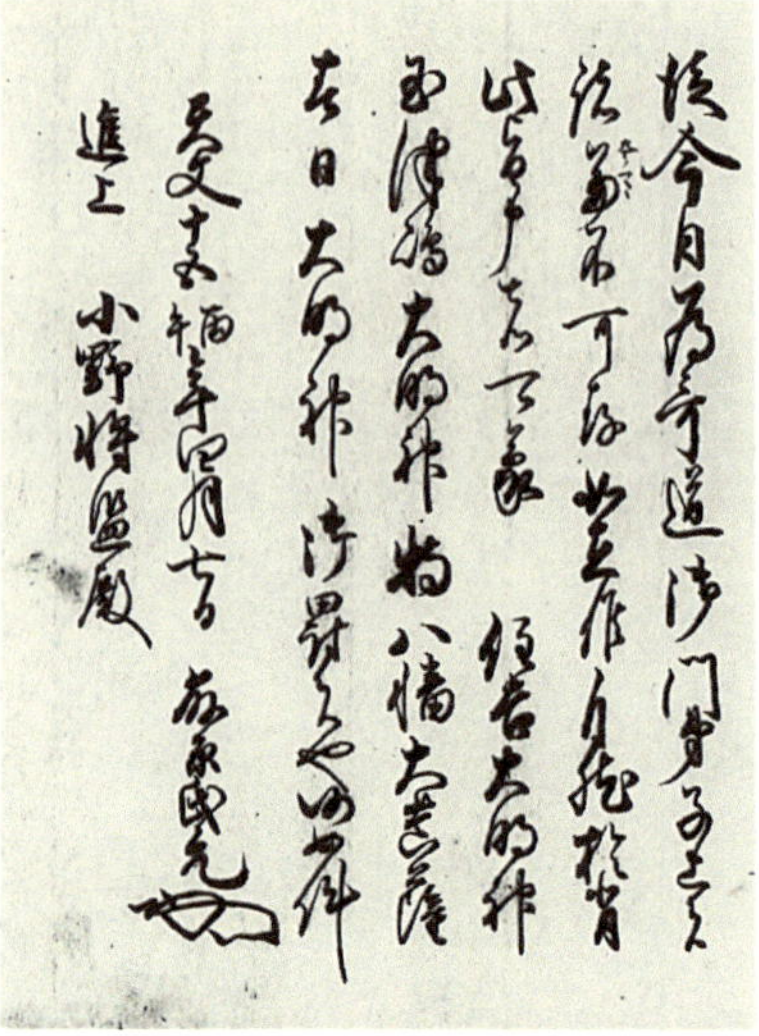

4-2　葛山氏元歌道誓状写（内閣文庫蔵古今消息集巻六）。氏元（1520〜1573）は駿河の国人領主。為和への誓紙だが、書札礼としてその家司小野将監に宛てたもの。240頁も参照。

いう誓紙を提出する（鄭重《ていちょう》なものは（　）内がある）。これに対し師範は「その方がよく努めれば、両神もみそなわす通り疎略にはしない」という答状を出し、そのやりとりで契約が完結することになる。

　さて、すべて藝事には束修の礼（入門料）がつきものである。誓紙に必ず繰り返される「疎略を存ずべからず」という文言、具体的には毎年の謝礼を怠らないことであろう。「門弟誓状の類は、たんなる和歌関係の文書ではなく、冷泉家にとっては一定の収入を保障する、家産経済にかかわる文書であった」（『冷泉家古文書』解題）と推定されている。古今伝授などの特別な指導に及べば、謝礼はさらに巨額になったであろう。

莫大な謝礼を生む地方巡業

これより少し前、為広は永正十四年（一五一七）八月から翌年五月にかけ能登に下向した。その間の旅日記の草稿、為広能州下向日記は、いかに中央の文化人への憧憬《しょうけい》が強かったかを物語る好史料である（小葉田淳「冷泉為広卿の能登・越後下向」）。為広を迎えた守護畠山義総の居館ではすぐさま歌会が催され、義総の被官、在地の僧侶・神官がつぎつぎに入門してくるさまが記されている。九月十日に気多《けた》社司桜井出雲守（基記《もとのり》）、十三日宗安《そうあん》、十四日飯川《いがわ》新七郎（光範《みつのり》）、同じ頃飯川半隠軒（宗春《そうしゅん》）、二十七日に後藤兵部丞（総員《ふさかず》）・温井《ぬくい》藤五郎（孝宗《たかむね》）、十月一日常心院・後藤忠兵衛、同三日に遊佐《ゆさ》孫六・平新左衛門《へいしんざえもん》（総知《ふさとも》）・隠岐藤四郎・斎藤兵庫・伊丹彦四郎、十六日に成身院宗歓《じょうしんいんそうかん》といった具合で、また入門時には百疋と太刀を納めるのが通例であった。なお師範家の代替わりがあれば改めて入門するらしく、後年為和が下向した時にも誓紙を出した者がいる。

ところで、閏十月二十日、義総から「京ノ留守へ堪忍ニ上ラル、代」として三十九貫文を贈られ、下向の旅費と、以前京都で借金した後藤忠兵衛への返済に各九貫を充て、残りは京都へ送る絹・綿・端縫《はしぬい》・布などを購入しているが、いよいよ帰京の時には「能州礼銭事」として、「御やかた」義総以下、餞別《せんべつ》を贈った面々とその額が数度にわたり書き上げられている。銭だけで総計一五九貫文になった（一貫はだいたい現在の十万円相当と考えてよい）。さながらスターの地方巡業である。

歌人としての名声では為広と同等、あるいは上回っていた三条西実隆は、さすがに大臣だけあってこういう巡業には出かけなかったが、大永四年（一五二四）四月高野山に詣《もう》でた時には、宿ごとに在地の者が押しかけ、山のようなプレゼントを置いていった。道中を案内したのは堺の商人宗珀《そうはく》で、かれは宿泊の手配もしたらしいが、実隆が謝金を遣わしたところ、「その儀に及ぶべからず、今度悉皆煩ひ沙汰無きの由」を答えて受け取らなかった（高野詣真名記）。実隆は心意気に感心しているが、文化人の地方巡業はビジネスとして十分に成り立つであろうから、宗珀は喜んで請け負ったのではないかと想像したくなる。

出題のコツは教えられない

古典和歌では題詠ということがいかに重要であるかは既に説いてきたが、題詠への関心は、当時の歌会の催行方法とも深く関わっている。

すなわち、前もって題が示される「兼日」にしろ、その場で詠みこなす「当座」にしろ、あるいは定数歌であれ歌合であれ、歌題の本意をよく知り構成することが前提となる。フォーマルな会では「寄松祝」の如き祝言の題を入れておくのが常識であるし、当座の会でも初心者が多ければ文字数の少ない単純な題を、達者に対しては複雑な結題を混ぜるような配慮が必要である。

為和に「題会之庭訓《だいかいのていきん》幷《ならびに》和歌《わか》会次《かいし》第《だい》」という作法書がある。最初に「題の書様《かきよう》の事」が解説されている。ついで「題いだし様之事」としてこのようにある。

これはさだまらざる事にて候。四季・恋・雑とも又当季・恋・雑とも又当季ばかりも、又は四季・恋とも四季・雑とも又当季・恋とも、又は当季・雑とも又四季ばかりも又は恋ばかりも、又雑ばかりも、又は天象・地儀・居所・植物・動物・雑物どもいだし候、（中略）又題の数の事、春秋は多く書き候、夏冬は春秋の半分あまり、又は半分ほども、又は半分よりすくなくもいだし候、又恋雑をば春秋ほども書き候、又は夏冬ほども書き候、又恋を春秋ほども書き候て雑を夏冬ほども書き候、又恋を夏冬ほど書き、雑を春秋ほども書き、又それより多くも書き候。

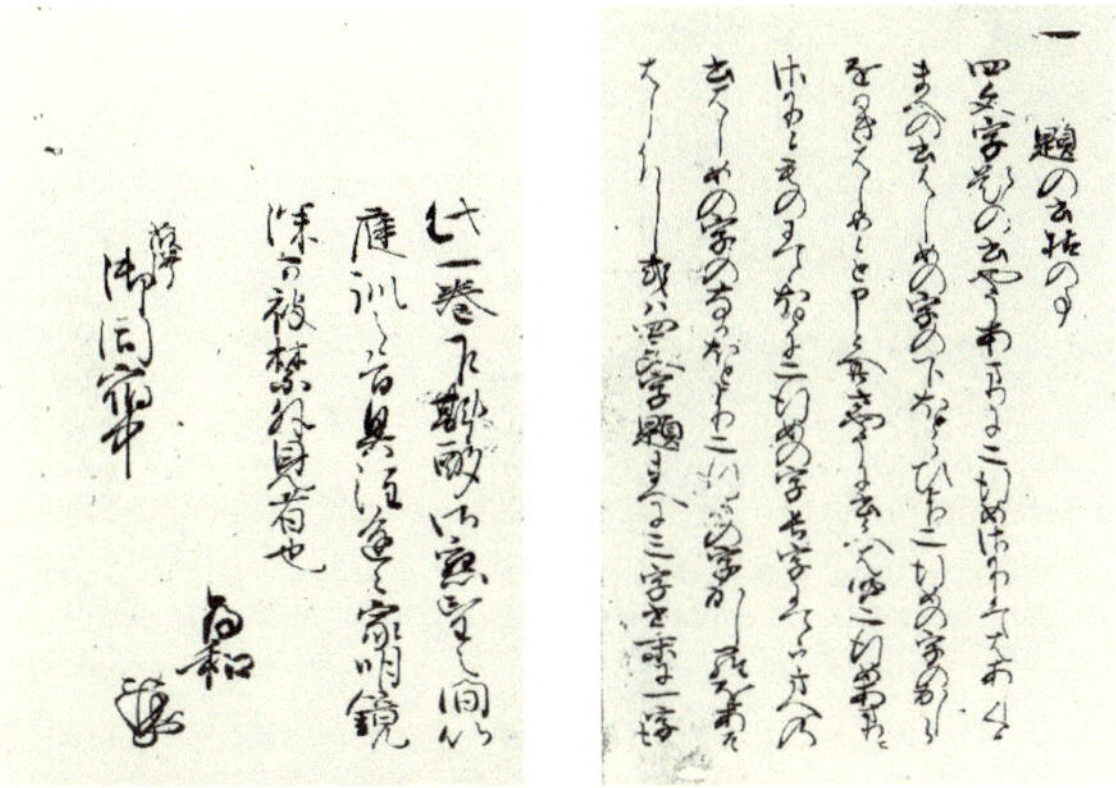

4-3　題会之庭訓幷和歌会次第（清浄光寺蔵）。為和が自筆で藤沢の遊行上人に与えたもの。旅の多かった為和は時宗僧との関係も深かった。

こんな調子で続くので、ではどうすればよいのかと聞きたくなるが、「この外、題の出だし様かぎりもなき事候、さやうの儀は愚身などの事にて候」と言っており、参加者の顔ぶれや会のシチュエーションを考慮して題の構成を決めることは、乃公《だいこう》しかできぬのだぞ、ということなのであろう。

逆に歌会の題を出せるようになれば一人前であ

り、別に免許も与えていたらしい。為和は今川氏の歌会では「島」という題はタブーであり、とくに「新島」は絶対に出してはならない、などとも言っている。今川家であるから、「川」の流れをさえぎる「島」がいけないのも何となく理解できるが、戦国大名の意外な迷信深さを物語るとともに、このような配慮を廻《めぐ》らして説明することこそ、「家の人」の役目であり、その知識が価値あるものとして珍重されたのである。

歌会マニュアルの伝授

「題会之庭訓并和歌会次第」には、出題に続いて、懐紙の書式、会の進行、読師《とくじ》・講師《こうじ》の役割、懐紙の重ね方、披講の作法が説かれている。実は戦国期こそ、このような会席作法がもっとも熱心に学ばれた時代である。しきたり通りに歌会を催すことこそ、歌人たる者の最低限の資格であり、人びとは争ってその正統的な作法を身につけようとした。

歌道師範家だけがその知識を維持し、人に教えられるという枠組みは少しも揺るがず、既に勅撰集の伝統は絶えて久しい乱世にも、歌道師範家はなおその求心力を失わなかった。いくつかの歌道家はそれぞれの家説作法を書物にまとめて体系化し、拠りどころとした。「作法史」の考察は和歌史において不可欠であるにもかかわらず、多くの伝書が正しい位置付けを与えられず埋もれたままになっており、研究の遅れは著しい。

たとえば、飛鳥井雅綱歌道伝授書（国文学研究資料館蔵）という零細な歌学書がある。これは大永五年（一五二五）、雅綱が元服前の今川氏輝に授けたものと考えられる。冒頭は、

一、懐紙ノ閉《（綴）》様ノ事、ヒキアワセ《（引合）》ヲ一寸三分バカリニキリ、三ニタ、ムベシ、タ、ミ様ハマヅ両方ノハシヲヲリ、サテマン中ヲヲルベシ。懐紙ノ数ヲ、キ時ハ、紙ノ中ニテタ、ミアワセ、タ、ミメヲ一ツムスムベシ。

と、すこぶる初歩的な教えであり、被伝授者の年齢に見合っていよう。これによっても氏輝が既に飛鳥井門であったことが確認できるが、以下一つ書きで懐紙と短冊の書法や綴じ方を、わりあい淡々と解説している。

一方、為和は同じような内容でも、事ある毎に定家のやり方を保っていると主張した。それは自家の相対的な優位を導くためでもあった。「為和の「庭訓」は、定家の説に連なろうとする意志、定家説を〈家〉の訓説として位置づけようとする意図に支えられて用いられている」（川平ひとし「冷泉為和改編本『和歌会次第』について」）という通りであろう。なお、為和が冷泉家で初めて明確な定家様《ていかよう》を用いた人であることもこのことと関係づけられよう。

それにしても、定家の著作は廷臣として活動していた場、すなわち仙洞・内裏・摂関家における進退を記したものなので、それから数百年後の地方の武家の会で不適合を起こさなかったものか、不思議になる。

実際、他家からすれば、冷泉家の会席作法は奇異に映ったのである。そういう作法をとることこそ門弟のしるしとなった。永禄十年（一五六七）五月、駿河を訪れた連歌師里村紹巴《じょうは》は、六月十八日に御屋形（氏真《うじざね》）の連歌会に招かれた。その時の当座の歌会の様子を「御満座以後、二十首御当座あり、御席の作法、冷泉院殿于時中納言為益卿、御伝授とて都にては見慣れぬ事どもなり」と記している（紹巴富士見《ふじみ》道記《みちのき》）。今川氏が最後まで冷泉家の教えを守ったことが察せられるのである。

戦国大名と古今伝授

門弟指導の最終段階として古今伝授がある。古今伝授については厖大《ぼうだい》な研究の蓄積があるので、ここでは深く立ち入らないが、その目的はあくまで歌学教育にある。後世の御所伝授では遠大なプログラムが組まれていて、だいたい六歳頃に古今集の文字読みをはじめ、同時に和歌を作る手ほどきをし、十代で歌会にも出させる。歌人として評価が定まった後、いよいよ古今伝授に進むわけである。これほど整備されていなくとも、中世でも事情は同じであった。

大永六年（一五二六）五月、為広はふたたび七十七歳の老軀《ろうく》を能登国へと運んだ。畠山義総に古今伝授を行うためであった。『冷泉家古文書』に「右衛門督殿」、つまり為和に宛てた大永六年六月二十三日の某誓状が収められる（一七五号）。花押の形状から義総の自筆誓状と認められる。為広は能登到着後に発病し、七月二十三日客死しているので、為和が伝授を代行したのである。

そこに「五ヶ切紙《きりがみ》幷三ヶ極秘、唯受一人相承、実以和国大事、不可如之」とあるが、幸い為和が駿河・甲斐で時宗僧に授けた切紙の写しが伝わっており、およその内容を推定することが

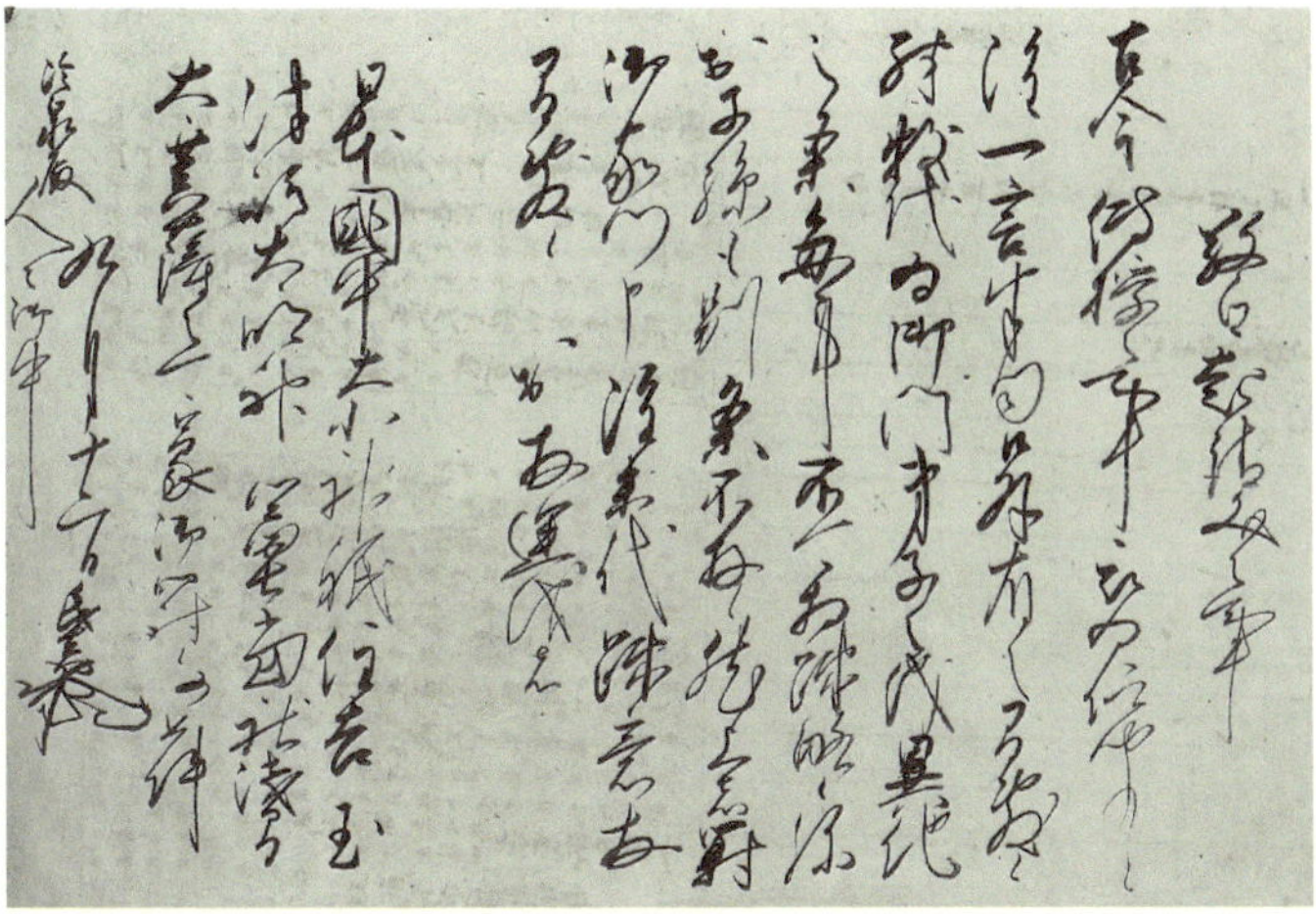

4-4　**今川氏真誓状（冷泉家時雨亭文庫蔵）**。永禄9年（1566）、駿河に下向した冷泉為益から古今伝授を受けた時のもの。

できる（川平ひとし「冷泉為和相伝の切紙ならびに古今和歌集藤沢相伝について」）。これは遊行二十五世の仏天《ぶつてん》、甲府一蓮寺の師阿《しあ》に授けた切紙が、後に藤沢遊行寺に集積され、藤沢相伝として血脈を保ったものである。

仏天に対する伝授は、切紙十八枚からなっている。古今集仮名序の難解な語句を秘事として断片的に解き教えるもので、宗祇流と比較しても雑然としている。和歌の起源とされる伊奘冉尊《いざなみのみこと》の詠「あなうれしにへやうましをとこにあひぬ」に関する秘伝五通（八雲神詠伝と題される）に続き、「君も人も身をあはせたり」という本文を「君トハ聖武天皇、人ト云ハ人丸也」と釈して実はともに住吉明神の化身であるとする合身口伝、柿本人丸は実は四人いたとする四名口伝などが続く。千般経口伝は枕詞の「ちはやふる」を「チト云ハアマタノ義也、ハト云ハ般ノ字也、此字ヲハワタルトヨメリ、フルトハ経也」と釈し、これでは落語である。

学問的には無価値とされても仕方ないが、既に室町後期となれば、一条兼良に代表されるように、公家の間でも秘事を否定する合理的な古典学が盛んとなり、冷泉家もその動きに触れている。したがって、ここで敢えて秘伝を紡ぎ出したのはむしろ受者の側の要望に添うもので、師弟の契約を結ぶ儀礼としてふさわしい内容であったからである。また師阿に対しては、天文十六年四月の入門誓紙が附属しており、この時に宗祇流でもおなじみの三木・三鳥の説が授けられている。

畠山義総へは「五ヶ切紙并三ヶ極秘」を授けたというが、この時はピンチ・ヒッターでもあり、最奥秘事たる八雲神詠伝と三木・三鳥の説にとどまったのではないか。義総がのちに実隆からも伝授されているのは、これに満足できなかったためであろう。

さらに、『冷泉家古文書』には「敬白起請文之事」と題する年未詳九月十二日の今川氏真誓状が収められている（一九五号）。その内容は「古今伝授之事、被為仰聞事候、雖一言半句口外有之間敷候、殊数代為御門弟子之儀、異他之条、毎事不可為疎略候」とあるように、古今伝授の完了を受けて師範に提出されたものである。花押の形状から、この誓状は永禄九年（一五六六）九月のもので、二十九歳の氏真が為和の子為益から古今伝授を受けたと分る。伝授の年齢としてはやや早いから、氏真の強い希望により実現したものであろう。

桶狭間《おけはざま》の敗戦から七年、今川氏の衰頽《すいたい》には歯止めがかからなかった。しかるに氏真は父の弔合戦もせず、歌道にうつつをぬかして国の崩壊を早めた、との悪名をとってしまうわけであるが、それは結果論に過ぎない。関ヶ原の合戦の時、古今伝授の口伝が断絶することを惜しんで、勅使をもって細川幽斎の籠《こ》もる丹後田辺城の囲みを解いた逸話は余りにも名高いが、攻略側にも幽斎の歌道の門弟が多数いて、甚だ士気あがらぬ戦いであったらしい。果たして戦国大名にとっての古今伝授が厳しい現実から逃避するものであったのか、改めて考えてみる必要があろう。

第三節　「田舎わたらい」の日々

駿・甲・相を股にかけて

為和は無事に今川氏の歌道師範に納まった。それから没するまでの二十年近くを駿府に定住し、現地の今川氏歌壇の振興に貢献する――しかし為和の活動は駿河一国にとどまらず、周辺の相模・甲斐・武蔵・上総にも及び、戦国大名の間を奔走した。そこでは為和の専門歌人としての才能が遺憾なく発揮されているのである。ここでその活動を改めて考察するべきであろう。

なお、為和は今川氏との関わりが非常に深かったために「今川為和」と呼ばれた、とする説がある。これは為和詠草の転写本である宮内庁書陵部蔵本の内題が「今川為和集」となっていることに発している。管見の限りでは他に為和に今川を冠した史料はなく、かつ書陵部本自体も江戸中期以降の書写であるから、古い時代の説とは思えず、このことに重きを置くことはできない。ただし、為和の行動を観察していると、今川の苗字もなるほどと思われる節があるのはたしかである。

北条氏綱のもとで

これより先、伊勢宗瑞は今川氏親の協力を得て、扇谷・山内両上杉氏の勢力を追い、伊豆・

相模を分国とし、武蔵・上野を覗《うかが》った。嫡子氏綱が大永三年（一五二三）に北条に改姓したのは、鎌倉幕府執権北条氏の末裔を名乗ることで、関東支配の正統性を得るためであった。また今川氏親女は氏綱男氏康に嫁いでおり、両家の結びつきは依然深かった。

為和は三度小田原に下向している。最初は天文二年（一五三三）三月のことで、さっそく氏綱のもとで当座歌会が行われた。為和は「朝花」と「寄国祝」の題を詠んでいる。後者は、

この国を四方《よも》にやひかん桑の弓蓬のやすき世のためしには

という（私家集大成では駿河の三条家の会での作となっているが、写本の誤りで、為和詠草によって正せる）。この歌は礼記の「桑弧《そうこ》蓬矢《ほうし》」を典拠とし、君主に男子が生まれると、桑の弓で蓬《よもぎ》の矢を天地四方に射た慣習に取材する。関東に雄飛せんとする新興の後北条氏の会にふさわしい。氏綱は必ずや莞爾《かんじ》としたであろう。

続いて、氏綱室のもとで藤見のついでに当座の会があった。

同晦日に藤見之当座

いへばえにみなれぬ花の朝こちになび
くもしるき北の藤なみ 有注

右有注とかき侍るは、氏綱女中は近衛殿関白殿御姉にてましま

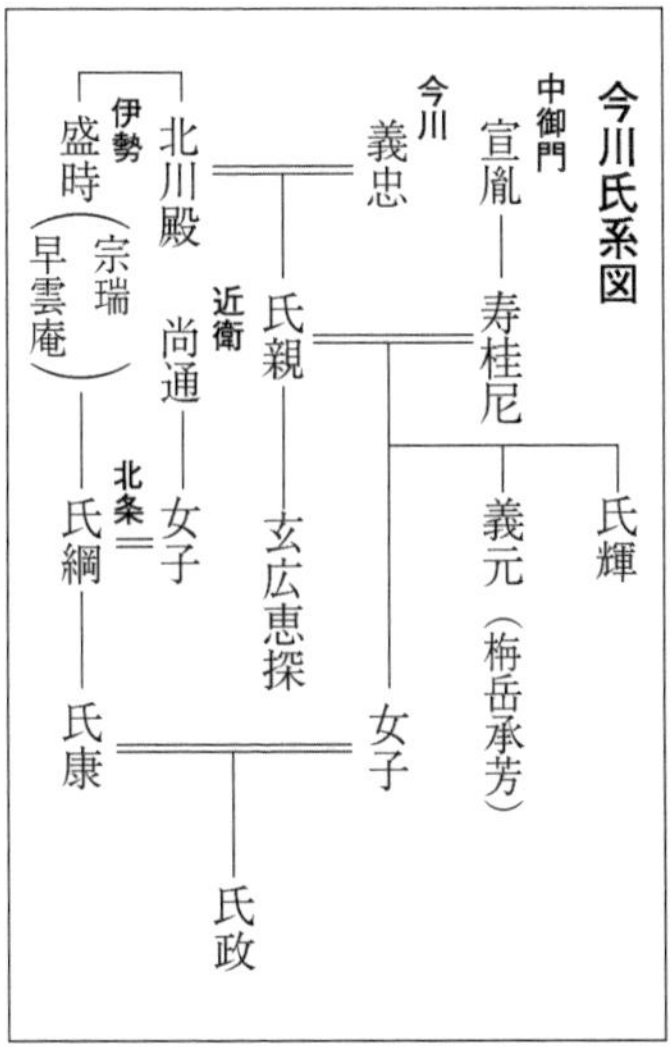

4-5　北条氏綱像（早雲寺蔵）。氏綱（1487〜1541）は伊勢宗瑞（早雲）の子。扇谷上杉氏と争い相模・武蔵に版図を広げ、鎌倉幕府執権に倣って北条を号した。

すが、御内縁になられける間、かくよみ侍り。ことにかの女中にての会也。

氏綱室は前関白近衛尚通《ひさみち》の女、関白稙家《たねいえ》の姉であった。「いへばえに」は伊勢物語にも用例がある通り、言おうとしてもよう言えず、の意、一方「朝こち」とは万葉語であり、「春日野の萩しちりなば朝東《あさこち》の風に副《たぐ》ひてここに散り来ね」（巻十・二一二五　作者未詳歌）というように、朝、東から吹く風のこと。その意は「言えばさらなりだが、当地には珍しい花が朝の東風になびいて藤波があると知られる」となるが、「北の藤なみ」とは眼前の光景であるとともに、藤原北家嫡流である近衛家出身の氏綱室とその繁栄を寓する。それが「朝こち」に「なびく」とは、関東の北条氏に嫁いだことを指している。こちらも由緒ある古語を用いて、優美な祝言に仕立てている。

為昌は猶子か

相模玉縄城主の北条彦九郎為昌《ためまさ》は氏綱の三男で、若年ながら相模川と多摩川との間の広大な地域を領し、後に河越城主も兼ね、一門中で極めて枢要な地位にいた人物である。為昌も和歌好みで、天文五年二月為和が三度目に小田原を訪ねた時は、兄氏康より先に為和を招いて歌会を行っている。

ところで、北条氏の男子はすべて「氏」ないし「綱」を通字とし、「為」字を持つのはかれ一人である（「昌」は傅役の重臣大道寺盛昌《もりまさ》に由来する）。これを為和の偏諱《へんき》と見て、為和の猶子となっていたのかも知れないとする説がある（下山治久『北条早雲と家臣団』）。

ここで注意されるのは、さきに挙げた「この国を四方にやひかん」の一首である。祝言と解釈すれば十分であるが、実際に男子の誕生を契機としたともとれる。時期的に該当する人物は見当らないが、為昌の確実な史料上の初見は同年閏五月で（時に十四歳）、これを遡《さかのぼ》ること遠くない頃に元服したと考えられている。とすれば、この和歌は為昌の命名に際して詠まれ、その活躍を予祝した可能性もある。

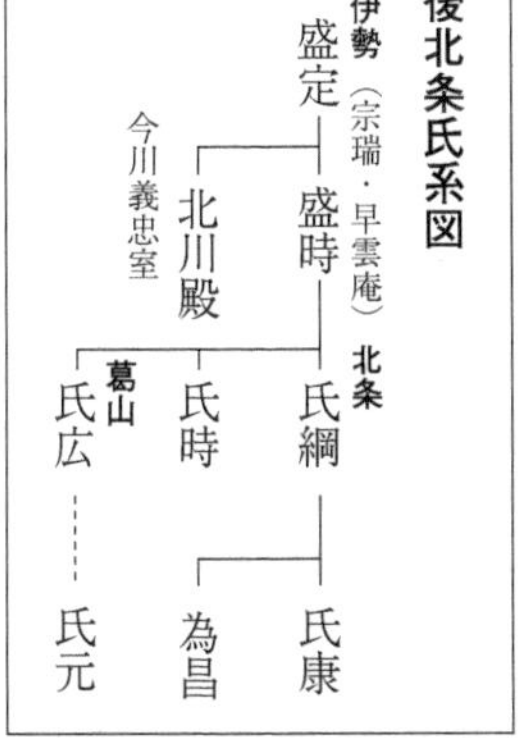

後北条氏系図

不幸にも為昌は天文十一年五月に夭折するが、もし、この為昌との関係が認められるとすれば、為和の扱いは、到底、京下りの一介の歌人のそれではない。後北条氏にとり今川氏はなお主家であり、為和もその一門に准じられる、客将的な存在ということができるかも知れない。

この頃の戦国大名の家臣には「京都奉公衆」というべき人びとがいる。室町幕府の奉公衆が多く足利氏にゆかりの深い東海地方を本貫とする関係で、将軍権力の衰頽に伴って東国大名に寄寓し、家臣となった者である。高国政権崩壊後には一層そのことが進んだらしい。もちろん単なる居候的存在もいたであろうが、京都の礼儀を家中に指導したり、他国との交渉に能力を発揮したりと、大名の帷幄《いあく》に参じた者も多く、総じて厚遇されているようである（米原正義「室町幕臣の東下り」）。

さて為和詠草には旅先で交際した大名家臣として、小田原の伊勢貞辰《さだとき》・貞就《さだなる》父子や大和晴統《はるむね》、駿府の関口氏縁・進士《しんじ》氏信《うじのぶ》、甲府の武田尚信《ひさのぶ》（道鑑）らの名が見えるが、いずれも幕府奉公衆の前歴を持つ。為和は「都の友だちども」と呼んでいるが（為和詠草・中・天文元年四月十四日）、在京時歌道を通じて交際があり、将軍義晴の近江亡命にも随い苦労を共にしていたからであろう。為和が訪問する国々には、このような「都の友だち」が待っていたのである。

氏輝の頓死

小田原から戻った直後の天文五年三月十七日、今川氏輝が急死した。いまだ二十四歳であった。その死に関する数少ない同時代史料が為和詠草であり、「今月十七日氏輝死去《廿四歳》、同彦五郎同日ニ遠行」とある。同母弟の彦五郎《ひこごろう》も同日に死んだというのである。こうした不審な状況から、氏輝の死の事情についてはさまざまな推測がなされている。

たしかなことは、子息のいない氏輝の跡目をめぐってたちまち家中が分裂したことである。弟の梅岳承芳《せんがくしょうほう》と玄広恵探《げんこうえたん》が対立し、それぞれを支持するグループが抗争を始めた。これを花蔵《はなぐら》の乱と呼ぶ。

花蔵の乱は、北条氏綱の援軍を得た梅岳承芳方の圧勝に終わった。こうして五月、十八歳の梅岳承芳は還俗して五郎義元と名乗り家督を相続したのである。

よく知られるように、幼くして出家した義元は禅僧太原崇孚《たいげんそうふ》（雪斎《せっさい》）に伴われて上京し、建仁寺・妙心寺で修行を積んだ。この間当代の学僧と交流し、実隆や尚通といった貴紳のもとにも出入りし、知遇を得た。帰国後には駿府の善得院に入ったが、氏輝生前からこの善得院ではしきりに歌会や和漢聯句《れんく》が催され、為和も参加している。

義元はこのように一流の禅僧として高い教養を身につけており、かつ旧知の間柄であるから、為和が改めて歌道師範に迎えられるのに何の障碍《しょうがい》も無かった。早くも八月十五夜に初度の歌会が行われ、為和が雲外月・月前鹿・寄月神祇の三題を出題している。

駿相同盟から駿甲同盟へ

翌天文六年二月十日、義元は甲斐の武田信虎の女を室に迎えた。今川氏・北条氏は長く同盟して共通の敵武田氏に当ってきたことから、裏切られた恰好《かっこう》の北条氏綱は激怒し、軍を西に進め、駿東郡・富士郡を占領した（河東一乱《かとういちらん》）。以後十年にわたり、駿相国境では緊張状態が続く。

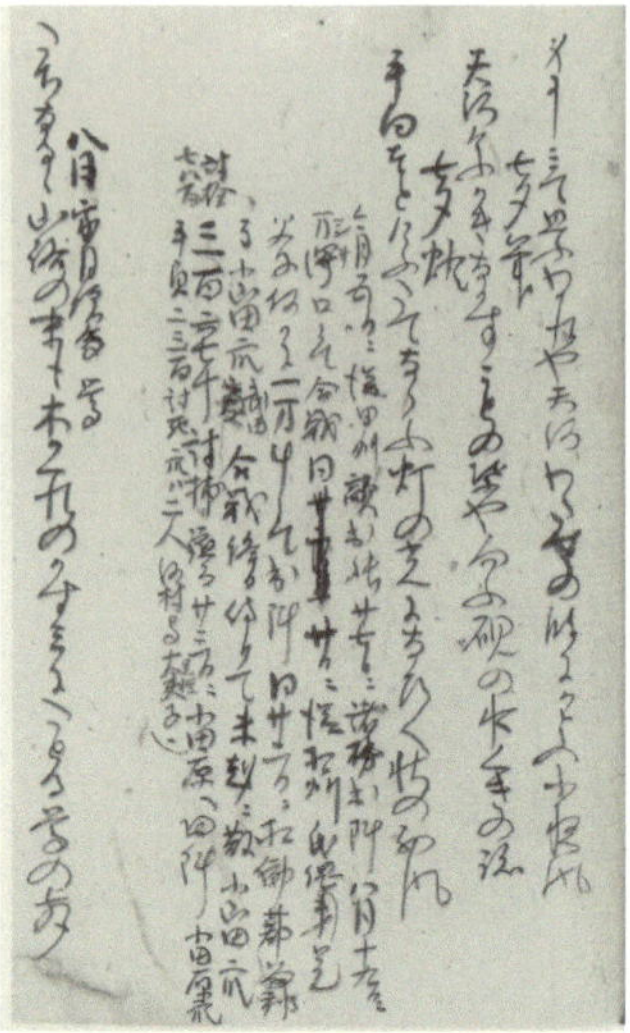

4-6　為和詠草・中巻（冷泉家時雨亭文庫蔵）。天文4年（1535）7月、駿府では頻繁な歌会があったが、国境地帯での今川・武田間の合戦の情報も詳しく記される。

注目すべきは、為和がこの年十月一日に甲府に下向したことである。今川氏の外交政策の転換に伴って、今度は武田氏との交流が生じたのである。

以後、甲斐国での和歌事蹟が見え始め、駿河国から連年のように下向していたとされている。ただ、天文六年から九年にかけての為和詠草を見ると、いささか奇妙なことに気づく。つまり毎年正月十三日の今川義元の歌会始の題と詠は記されているのに、それまで盛んに出席していた、今川氏の重臣、正親町三条家、善得院など駿府での催しが一切見えなくなるのである。

この時期の為和詠草は最晩年になってまとめられたらしいので、資料の欠失ということもありうるが、やはりこの間、為和は本居を甲府に移していたと考えられる。義元の会始は重要な行事なので、題と懐紙のみ送ったのである——歌会に続いて行われる「当座」の詠が見えないことが証《あかし》となろう。また義元・氏真の近臣であった一宮出羽守元成《もとしげ》も当時甲府に邸《やしき》を構えており、その会には出ている（為和詠草・中・天文九年八月三日）。

これまでも推測されているように、為和が両国間の連絡役を担っていたのは確かであろうが、表向きは信虎から和歌指導を望まれ、義元の許しを得て甲府に出向したものであろう。ある国の家臣が同盟関係にある他国の城主へ出仕することはよく見られる——待遇がよければそのまま転職となることも多い。もっとも両国の関係が悪化すれば真っ先に危険な立場に追い込まれるから、為和も人質のような気分であったかも知れない。

今川氏における為和の立場を説明する、具体的史料があるわけではないが、単なる下向公家に果たしてこんな重責を負わせるであろうか。小人数の手勢は引率していたらしいし、やはり一門に准ずる扱いではあったように見える。実際天文二年三月頃、「新田伊与守入道家朝《いえとも》」なる人物から関東流の兵法を伝授されている。戦国大名の人材登庸の具体例としてもこれから検討すべき課題であると思う。

しかし、肝腎《かんじん》の甲府歌壇はいまだ成熟せず、まともな歌人と呼べるのは、信虎の舅《しゅうと》である大井信達《のぶさと》（高雲軒宗藝）と、さきにも出た京都奉公衆の武田尚信（怡雲斎《いうんさい》道鑑）くらいであった。

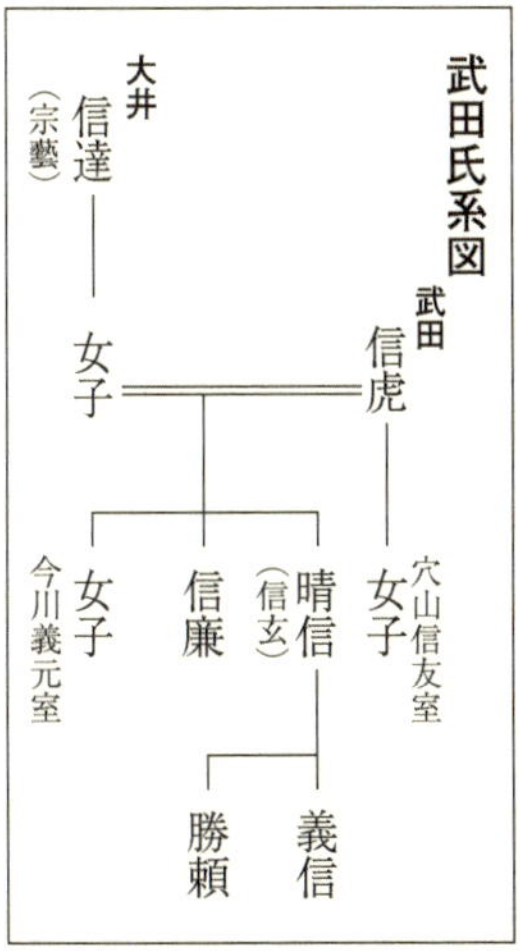

駿府では間断なく記事のあった為和詠草は一転索然としている。天文八年九月にはこんな和歌もある。

うかぶべきしほあひしらで波の底にしづみは
てぬる和歌の浦舟
大井宗藝へかくなん申し遣はし侍りける、
心中誰も推察あるべき者也、

これほどの暗澹《あんたん》たる不遇感をもたらした原因は明らかでないが、やはり信虎とはそりが合わなかったのであろうか。

武田信虎と和歌

はじめにも触れた『鳥獣戯話』はこの時期の甲斐が舞台である。信虎が家中の者からも嫌われていたのは事実らしいが、ただし、甲斐国のように大小無数の国人衆が割拠し、独立志向の強い地域では、信虎が国内統一のために少々強引な手段を取ったのもやむを得ないことであった。

天文七年八月、信虎のための代作歌にこのような詠がある。

八月武田信虎亭にて同名大井宗藝初めて参会の時、信虎歌よみて宗藝へ遣はすべき由申されける時、当座に、かの宗藝歌道執心の法師にて侍る間、かくなん、

今よりやちぎりをかなんしるや君代々のねざしの和歌のうら松

同名とは一族の意。宗藝こと大井信達は信虎の舅で晴信の外祖父であるが、実は信虎の甲斐統一に最も頑強に抵抗した人物であった。甲斐国西郡に勢力を張っていた信達は、永正十六年(一五一九)、信虎が躑躅が崎に館を造営し、国人衆を甲府へ強制的に移住させた時も、拒絶して合戦に及んだ。その後ようやく服従するのだが、この誇り高い老人には信虎も手を焼いた。

それであるから、信達が信虎のもとに「初めて」参じたとする意味は十二分に伝わるであろう。一首の意は「あなたは御存じでしょうか、わが家にも代々和歌の伝統がありますので、こ

れからはこちらにも光臨下さるようお約束したいものです」といったところで、表面は宗藝の参加を喜んだ挨拶であるが、宗家に永く臣従することへの期待も込められている。

ことは信虎と信達に限らない。守護大名が戦国大名へと発展するには、国人衆の独立性を奪い家臣団として組織することが必要であった。しかし国内を統一するには守護に備わる公権だけでは不十分であった。幾多の闘争が起きたが、このように和歌を介してまずは交渉、さらに懐柔せんとした事例がいくつも見られる。

4-7　武田信虎像（大泉寺蔵）。信虎（1494〜1574）は甲斐の守護、国内統一を成し遂げたが、のちに晴信に追われる。三男信廉の描いた姿、老人ながらまなざしはなお妖気を宿す。

葛山氏元と定家筆伊勢物語

ついでにもう一つ戦国大名と文藝にまつわる話題を紹介してみたい。

駿河国駿東郡の国人領主葛山《かずらやま》氏は、鎌倉幕府御家人に淵源《えんげん》を持つ名門である。戦国期にも所領宛行の文書を多数発給しており、独立を保っていたが、その支配域は今川・武田・北条が領土の境を接する要衝に当り、自然三強から絶えず干渉を受け、帰趨《きすう》定まり無いその動向は東国戦国史の一つの軸と称しても過言ではない。為和詠草には天文元年から四年にかけて葛山中務少輔氏広・同八郎氏元のもとでの会が多く見えており、当時は今川氏輝に仕えていたことが分る。ともにかなりの好士であったが、天文六年に河東一乱が起こると、氏広は北条氏に属した。

葛山氏と為和の交流が復活したのは天文十五年（一五四六）のことであった。その前年、義元はふたたび氏康と合戦し、駿東郡を奪還する。晴信が仲介して和睦《わぼく》を結び、これが有名な駿・

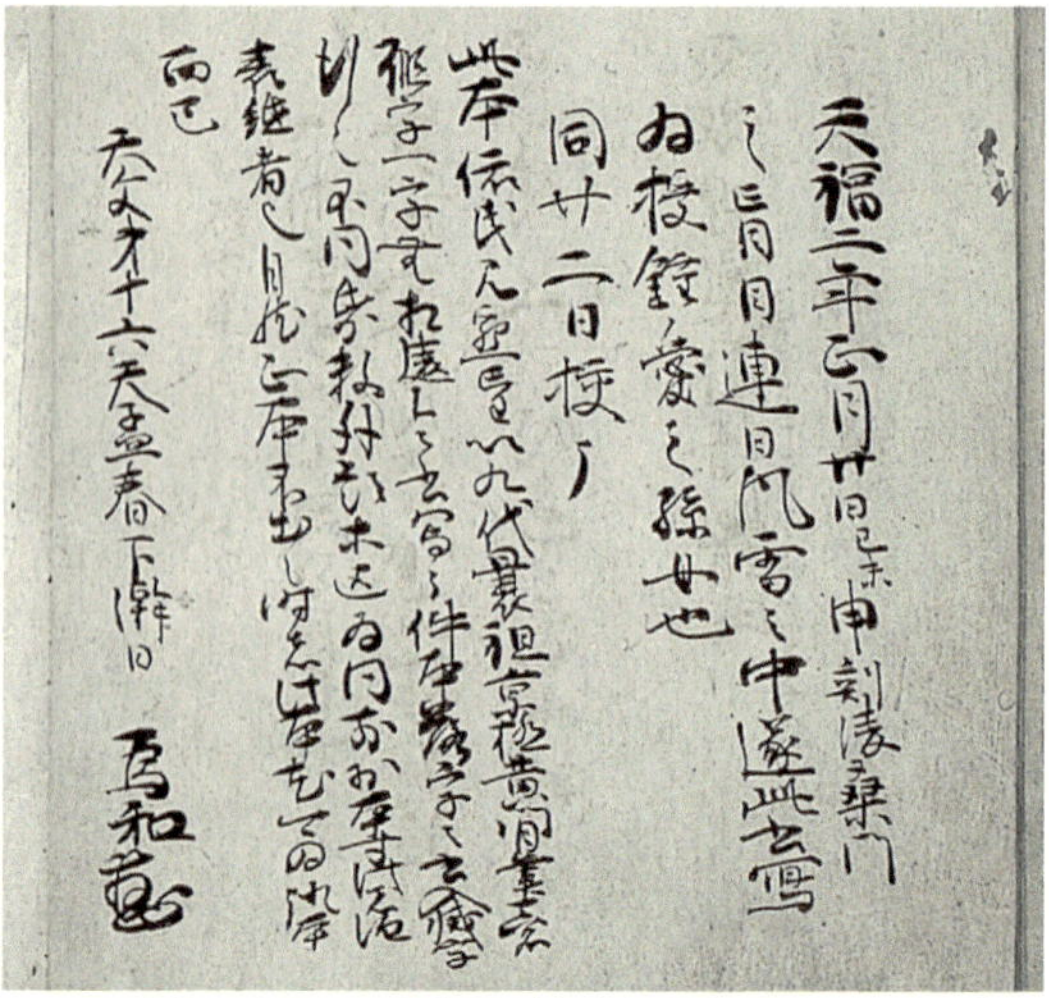
天福二年正月廿日己未申刻凌桑門之盲目連日風雪之中遂此書写
為授鍾愛之孫女也
同廿二日校了

為和

4-8　冷泉為和筆　伊勢物語（宮内庁書陵部蔵）。定家自筆本（天福本）を書写し、奥書には葛山氏元に与える旨が記される。筆蹟は典型的な定家様である。

甲・相の三国同盟へと発展するのだが、これを受けて、天文十五年四月七日、葛山氏元《うじもと》は、為和に改めて入門誓紙を差し出している（二二〇頁図版参照）。

伊勢物語冷泉為和筆本（宮内庁書陵部蔵）は、天文十六年正月下旬、氏元の懇望により、「京極黄門《（藤原定家）》自筆」の本を「真名仮字一字も相違無く」書写して贈ったと奥書にある。その親本は、永正四年に三条西実隆が今川氏親に贈った、いわゆる「天福本伊勢物語」そのものと考えられている。

そのような天下の秘籍を筆蹟も定家さながらに書写して与えることは、もちろん義元の同意の上であって、氏元の熱心さに感ずる以上の、政治的な意味があったと見てよいのである。大名間では書物や古筆が盛んにやりとりされていたが、とりわけ歌書や物語写本が目立つ。文化的な背景を踏まえて、そのことの外交政策上の意味はもっと顧みられてよいであろう。

ちなみに「天福本」の原本は、今川氏真の滅亡に際して、武田晴信が奪い取った。そこから北条氏政《うじまさ》に贈られ、その後は加賀藩主前田綱紀《つなのり》から将軍徳川家綱《いえつな》に献上され、そして元禄十五年（一七〇二）に至り、大老柳沢吉保《よしやす》邸で焼けてしまったという（池田亀鑑『伊勢物語に就きての研究2　研究篇』）。戦国の世の転変そのままに権力者のもとを廻ったその運命はまことに奇とするほかない。

十年ぶりの上洛

天文九年（一五四〇）九月十三日申刻、為和は甲府を発《た》ち上洛の途についた。駿府を経由して十月十七日入京、ほぼ十年ぶりに都の土を踏んだのである。

それより在京一年余に亘ったが、上洛の目的は判然としない。出奔に近い形で官を辞したから、家門存続のため名誉恢復を願ったことは容易に想像できるが、それには朝廷や幕府に対して、何らかの「土産」が必要であろう。当時の朝廷は、禁裏修理の名目で諸国の大名に頻りに献金を求めていたので、これに応じた武田氏の使者を務めたと見るのが最も蓋然性《がいぜんせい》が高いが、よく分からない。

十二月二十五日、禁裏月次歌会に出詠してより、公私の歌会に参り、久しぶりに多忙得意な毎日を送ったことが窺える。翌十年三月一日には民部卿を兼ねた。

七月には出京して能登に向かった。畠山義総とも旧交を温めて十月中に帰京したが、禁裏料所一青荘《ひとと う》（石川県鹿島郡中能登町）の年貢進上を交渉する公用をも帯びていたといわれる。果たしてお湯殿の上の日記十月二十一日条に「のとの御れう所万疋まいりて御しはいあり。めでたし」とあり、その功を賞されたか、同二十六日権大納言に昇進した。しかし、公卿補任《くぎようぶにん》の異本（三条西本）に「数年在国、適上洛昇進、則辞退下国、未曾有事也」と注記があるように、父祖代々の極官に達すれば長居は無用とばかり、十一月二十五日禁裏月次会に出詠した後、まもなく京都を離れている。やはりまずは甲府に向かったようで、為和詠草に次に記録される歌会は、翌天文十一年正月七日、晴信邸の歌会始である。当座和歌一首も記録されているので、滞在が確かめられる。駿府には題を送ったのみであった。

信虎追放事件

為和の不在中、甲斐国では一大変事が起きていた。天文十年六月、信虎が僅《わず》かな供を連れて駿河へ出奔し、義元のもとに迎えられ、そのまま留め置かれたのである。その真相は謎に包まれているが、信虎の暴政に堪えかねた甲斐国人衆の合意のもと、晴信が父を追放したクーデターと解されている。義元との間に黙契があったかどうかについても議論百出であるが、義元は信虎を迎え取ると、ただちに太原崇孚と岡部久綱《ひきつな》を甲府に遣わして信虎の隠居料を送らせることを取り決めており、九月にも惣印軒安星を使者として重ねて要求している（堀江文書・今川義元書状）。安星は今川氏の家臣由比氏の一族である。為和の門弟であることは先に触れた。

この事件について「其策源は却て今川家に在り」と断じた廣瀬廣一『武田信玄伝』では、為和の動きを子細に追って、義元の密命により信虎の隠退を画策したと結論、天文九年冬に上洛したのも甲斐の内情を幕府に陳言しその内命を奉じたものと推測している。在京中の為和が幕府関係者に接触した形跡はなく、かりに義元と密約があったとしても、クーデターの動機は主に甲斐国内の事情に求められるので、為和が陰謀に参与したとするのは贔屓《ひいき》の引き倒しの感があるが、晴信の命を受けて行動していたことは考えられなくもない。晴信の代には、甲斐における待遇が、明らかに信虎の代とは異なってくるからである。

義元・晴信との関係

信虎追放への関与は別にしても、これ以降為和の活躍の場は俄然《がぜん》増えている。天文十一年から駿河・甲斐を忙しく往復する生活を始める。たとえば十二年は、正月〜三月甲斐、四月〜六月駿河、七月以後は甲斐にいた。そのまま年を越して十三年二月十二日に駿河に帰っている。翌日は義元邸の月次歌会であったが、既に六十歳に近い老体をいたわる義元の配慮によって、十五日に延期されている。この時に「余寒」題で、

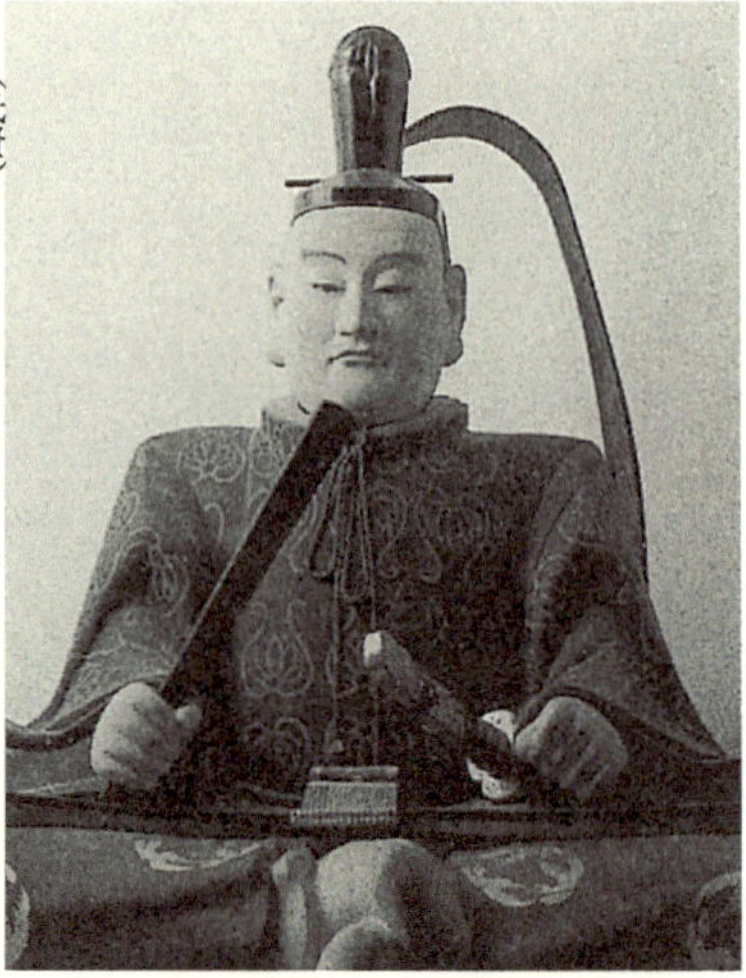

4-9　今川義元木像（臨済寺蔵）。義元（1519〜1560）は駿河の守護、内政を充実させ、領国を拡大した。為和を師として頻りに和歌会を催した。

　　こえあへず衣の波もさえかへる去《こ》
　　年《ぞ》の嵐の末の松山

と詠んだのは、「君をおきてあだし心をわが持たば末の松山波も越えなむ」（古今集・東歌・一〇九三）の本歌取りであるが、寒さや悪天候のために国境を越えられず越年してしまった弁解をも響かせている。実際義元は為和に対してすこぶる鄭重であった。天文十八年のものと見られる書状でも、宛所が「富樫（氏賢）民部少輔殿」と近侍の人に宛てた形式になっているのは、当時の書札礼に従ったとはいえ、一段の敬意を示すものである（『冷泉家古文書』一九六号）。

一方、後述する『為広・為和歌合集』所収「天文年間今川家中歌合」の紙背には、天文十六年と推定される為和宛の晴信書状があるので、原文のまま示す。この書状が為和への直状であるのは、晴信が左京大夫の官途を称したことによるのであろうが、少々尊大な印象も与える。

　　猶々早々光儀可有之候、定而従伊豆守（穴山信友）方以使者可申届候、
一両日者不能面談、朝暮御床敷存候許候、仍今日同名伊豆守所江罷越候、□□同道

申候へ之段頻而申候、殊堅可為禁酒之旨□御座候、以之御心易入御所願云々、委曲期面談候、恐々謹言、

卯月四日　　　晴信（花押）

謹上　冷泉殿人々御中

この年為和は三月二十三日甲府着、二十五日早速晴信の会に出ている。大意は「一両日お会いできず、朝晩慕わしく存じます、本日、一門の穴山伊豆守（信友《のぶとも》）のもとに出向きます。（あなた様も）同道されるようにと伊豆守が頻りに申しております。酒を断っておりますので、御安心の上いらして欲しいとのことです、詳しいことはお会いした時に」といったところであろう。

現在「禁酒」しているので安心してお越しくださいというのは、それより前、酒席での不始末が為和を辟易《へきえき》させるといった事態が起こったのかも知れない。連日の歌会・連歌会で為和と会していたわけで、家中の者に対するような気安さを感じさせる。

同じ天文十六年七月、自邸の月次会での「遠」題に次の一首がある。

かくて世やすみよき田舎わたらひに都の手ぶり忘るばかりぞ

「田舎わたらひ」の身への自嘲《じちょう》は含まれていようが、晩年の厚遇は遂にこれを肯定的にとらえる心の余裕を生んだのであろう。まもなく翌年四月に出家（法名静清）、そして天文十八年七月十日為和は生涯を終えた。六十四歳であった。

駿甲歌壇の盛り上がり

為和が駿甲間を忙しく往返したのは、義元・晴信ともに和歌を好み、両者開催日を決めて月次歌会を行っていることにもよる。

駿府では「今河義元会始」(天文十一年正月十三日)以後、毎月十三日を式日とした「義元月次会」が連続する。天文十三年十月まで確認できる。その後は毎月十一日を式日とする為和の「家月次会」に移行したと思われる。

甲府では「武田左京大夫晴信亭会始」(天文十一年正月七日)の後、やはり十三日に「晴信月次会」を開催しており、これも十三年九月まで確認される。

月次会はともに四字の結題二首からなっており(甲府の方がやや題が平易であるように感ずる)、当日は当座会も行われた。持ち回りで一門・重臣を頭人(世話人)とし、会場を頭人のもとに移すことも度々であった。頭人の名は為和詠草に注されており、これによって両歌壇のおよその構成を知ることもできる。

両府の月次会は、為和の帰国後、その指導下新たに始められた和歌行事と断じてよい。もちろん七夕・十五夜・十三夜などの詠歌、あるいは来客時などに際しての当座会は、どの大名でも見られた。しかし、正月に年始の会、それ以外は月次会を定期的に行ったことは全国的にも珍しいので、内裏における歌会始と月次会に学んだと思われる。実は内裏でも年始会や月次会が宮廷行事として定着したのはこの時期である。そして、天文十四年(一五四五)の義元の会始の様子を、滞在中の連歌師宗牧《そうぼく》は「十三日は太守（義元）和歌の会始、年々歳々断絶なき恒例、珍重の事なり。出題冷泉（為和）大納言殿」（東国紀行）と称賛している。歌会の安定した開催は、両者の内政が充実していたことと表裏の関係にあり、かついち早く都の流儀を取り入れたことも注目される。

多くの作品が生み出されたであろう。残念ながら為和以外の詠については知るすべがなかった。ところが、為和がこの時期に執筆した歌合判詞草稿が最近冷泉家から十二種も発見され、影印本も刊行された（冷泉家時雨亭叢書『為広・為和歌合集』）。当然、駿府での月次会の作品との関係が推測される。戦国大名歌壇における歌会や歌合で本文が現存する例は乏しく、貴重な遺産というべきである。さらに節を改めて、殷賑《いんしん》を極めた駿府歌壇の作品を実際に読んでみようと思う。

第四節　戦国大名の和歌の実力

新発見の今川氏関係歌合

戦国武将には歌会を熱心に催した人が多く、軍記物語・雑史に載る辞世歌や狂歌などを見ると力量も高かったように思えるが、実際にはどうであったのか。義元にしろ晴信にしろ、自筆と称する懐紙や短冊類が散在するのみで、確実な作品は遺っていないのである。義元には三十首歌があるが別人のものらしいし、晴信の百首歌は、自筆本と称する本を転写し、江戸末期に版行した本しかない。真作であるかどうかは保証の限りではない。

その意味で『為広・為和歌合集』に収められた歌合は、かれらのふだんの実作を窺い知れる点でも、貴重な史料である。

為和に関係するものは、Ⅰ天文十二年十月東素経《そけい》自歌合（二種）、Ⅱ為和判歌合（三種）、Ⅲ為和判十五番歌合、Ⅳ天文年間今川家中歌合（六種）の四冊で、計十二種の歌合を収録している。紙背文書の年代から判断するに、天文十二年から十六年の間に開催され、為和が本文を写し、余白に判詞の草稿を書き込んだものである。別に清書した本を主催者に送った後は放置されていたらしいが、江戸前期の冷泉家当主為綱《ためつな》が「駿河に於ける為和卿判の歌合」と認めた上、改装して保存の処置を講じた。しかし家の外には流布せず、これまで存在が知られていなかったものである。

歌合の一覧

それでは十二種の歌合を一覧したい。書名は全て『為広・為和歌合集』の編纂《へんさん》担当者であった著者が仮に付けたものである。

①天文十二年十月三十六番歌合（一）　標題など無し。遠望山花・郭公何方・月羈中友・初雪似雲・依恋祈身・社頭祝言の四季・恋・雑の六題各六番。跋文《ばつぶん》の草案あり。

②天文十二年十月三十六番歌合（二）　首《はじめ》に「天文十二十廿日夜最勝持来三十六番哥合」との注記あり。水無瀬河（春）・美豆御牧（夏）・因幡山（秋）・鳥羽（冬）・富士山（恋）・浜名橋（雑）の名所題六題各六番。跋文の草案あり。

③五番歌合　標題など無し。海辺初雪・閑居早梅・旅宿逢恋・羈中述懐・社頭松風の五題で各一番。

④四十二番歌合　冒頭に「哥合」とある。山花未遍・郭公一声・月羈中友・雪似白雲・依恋祈身・社頭祝言、六題各七番。題は①とほぼ同じ。

⑤六番歌合　標題など無し。題は④と同じ、同時の催しか。

⑥為和判十五番歌合　標題など無し。十題十五番、曙尋山花（一・二番）・林花半落（三・四番）・蛍火乱飛秋已近（五番）・河月似氷（六・七番）・古寺残月（八番）・寒樹交松（九番）・

秘知音恋（十・十一番）・咎言不遇恋（十二・十三番）・旅宿浪声（十四番）・寄神祇祝（十五番）。

⑦東素経自歌合（一）　一番左題の下に「十五番也、最勝院張行、独吟歟」との注記あり。東素経の自歌合と考えられる。七題十五番で、七夕月（一・二番）、七夕山（三・四番）、七夕河（五・六番）、七夕草（七・八番）、七夕鳥（九・十番）、七夕扇（十一・十二番）、七夕祝（十三・十四・十五番）。

⑧今川義元張行歌合　一番左題の下に「太守御張行」とある。鹿交草花・連夜見月・霧中塩竈・寄名所恋・筆写人心の五題各五番。末尾に「抑哥合こしち《(故実)》さま〳〵侍る内、……貴命いなひかたくて」判詞を付けた旨の短い跋文の草案を有する。

⑨今川龍王丸《りゅうおうまる》張行歌合　一番左題の下に「龍王殿御張行」とある。海辺月・野虫・山の三題二十一番。龍王丸は氏真の幼名と考えられる。

⑩天文十六年八月二十六番歌合　標題などはなし。作者付を持つ。月前遠情・林下老翁の二題二十六番。為和・義元以下二十六名が出詠。

⑪十八番歌合　標題などはなし。月前聞雁・寄河恋・旅行の三題各六番。

⑫東素経自歌合（二）　首に「最勝院張行」とある。これも素経の自歌合。十一題十五番、待七夕（一・二番）、七夕雲（三番）、七夕木（四・五番）、七夕河（六・七番）、七夕虫（八・九番）、七夕獣（十番）、寄七夕恋（十一番）、寄七夕雑（十二番）、寄七夕懐旧（十三番）、寄七夕神祇（十四番）、寄七夕神祇（十五番）。⑦と対をなすか。

内部徴証によって、為綱の記す通り全て駿河での会であることは確かめられる（詳しくは『為広・為和歌合集』解題を参照）。なお「最勝院」とは東素経のことで、常縁《つねより》の孫に当たる。実隆からも古今伝授を受けた、駿府有数の歌人であるが、今川氏の対外交渉にも活躍したと見られる。

さて当時の歌合は、探題歌会をそのまま左右に番《つが》えたり、あるいは別々の機会に詠まれた定数歌を集積し、そこから抜粋した作を番える、いわゆる撰歌合《せんかあわせ》であることが多い。①④⑤⑥⑩には比較的珍しい題が含まれるが、いずれも為和詠草に一度は使われた題であり、為和が出題者であった可能性が高い。そうすると義元や為和の月次会での詠を番えた可能性が高いであろう。

また①②、⑦⑫は、明らかに一対の関係をなし、自歌合というべきであろうが、これは西行や定家のそれの如く一生涯の秀歌を選抜したようなものではなく、やはり為和より給題され、一題につき複数詠じたものを番えたのであろう。天文十五年駿河に来訪した相玉長伝《そうぎょくちょうでん》（後北条氏に仕えた医家田村安栖軒と考えられる）の家集心珠詠藻《しんしゅえいそう》にも、為和より「題を給はりて」、春芳野山・春高砂以下の名所二十首題（春・九九〜一〇〇）、同じく七夕・七夕雲・七夕草・七夕木・七夕舟・七夕橋・七夕後朝の七夕七首を詠んだことが見えているが（秋・二二五〜二三二）、この題構成は②⑦⑫とよく似ている。自己のレヴェルに応じた組題を貰って、一題につき二首ないし四首を詠じ、歌合に仕立て判を受ける——形式は歌合であるが実質は作歌指導である。既に歌合では問題とされなかった「歌病《かびょう》」が敢えて執拗《しつよう》に指摘されるのも、こうした理由によるのであろう。平安期の晴儀歌合などとは全く様態が異なる。

それにしても、個々の歌合についての情報は余りに少ない。具体的な注記があるものはよいが、それ以外は和歌と判詞のみで、誰の歌合であるかも分からない。「太守御張行」と注記のある⑧は、義元が近臣と催した歌合と見て「今川義元張行歌合」と命名したが、作者が記されず、和歌が一切他の文献にも見えないことから、どれが義元の詠であるかも特定できない。せっかくの新史料にもかかわらず、十分に活用できない憾《うら》みが遺る。ここに必ずや含まれている筈《はず》の、義元の和歌を知る方法はないのであろうか。

今川義元の和歌

十二種の歌合のうち、各歌の頭に○が墨書されているものがある。すなわち②天文十二年十月三十六番歌合（二）、④四十二番歌合、⑥為和判十五番歌合、⑧今川義元張行歌合、⑨今川龍王丸張行歌合の五種である。

この○印、為和の筆であるが、勝負を示したものではなく、何を意図したかは未詳である。名所題六題の②では一番左・九番左・十四番左・十九番左・二十五番左・三十二番左の六ヶ所にあるが、⑥では十五番全て左右どちらかに付けられるといった具合に、出現に一定の規則性があるわけではない。

しかし、一番左には五種全て○印が付いている。言うまでもなく、歌合の一番左は主催者が詠むものである。ここから推定するに、○印は主催者の作品であることを示しているのではないか。

歌合加判を依頼する際には、判者にまず和歌を番えたテキストを送付するが、作者名は原則としてすべて伏せられていたようである。判者の側も「人を見ず、歌を見た」ことを（自己弁護も込めて）強調することが少なくない。しかし現実には、主催者の詠は、知っておいて具合の悪い情報ではあるまい。

そこで⑧「今川義元張行歌合」で○印の付いた和歌を抜き出すと、それは次の四首である。

妻にこひあはで小鹿の帰るのや小萩はよるの錦ならまし　（鹿交草花・一番左勝）

又あすの光よいかに過ぎてこし跡はこよひの月のかげかは　（連夜見月・七番左勝）

4-10　今川義元張行歌合（冷泉家時雨亭文庫蔵）。為和自筆。判詞執筆のための草稿本。作者は伏されているが、七番左の歌の頭に○印が付されているのに注意。

つれもなき人よ心の下紐の関の戸さゝぬ通路もがな
（寄名所恋・十六番左勝）

まことある人の心やみさをなるいさめの筆の跡の世までに
（筆写人心・二十四番左勝）

この四首とも全て勝となっている。さらに判詞は、他の番に比して明らかに懇切丁寧である。たとえば、七番左の「又あすの……」に対しては、

右、よる〳〵の月に心をつくし侍る姿、さぞとをしはかられ侍るに、左、今夜の月のくまなきに、「過ぎにし方の月迄いづれの夜かかくは明月に侍るか」とながめ侍るにつけて、「又明日の夜は今夜よりはまさりてもや侍らん歟、又いかなるくまも侍らん」と、うたがはしく思ひ入りたる心□□□右は及びがたし。

と述べている。明月に対し連夜心を砕いている趣向を読み取って、左を高く評価した判詞は、作者が込めた意図を忖度《そんたく》し、わかりやすく説明しており、一種教育的な配慮も感じさせる。やはり、義元の真作としてよいであろう。

なお、この和歌、とくに珍しい語を使っているわけではないが、右に番えられた、

雲霧のたゝぬひまさへこの比の月にいくよか心つくしぬ

に比し、あまり解しやすくはない。しかし、「連夜見月」という題は、「連」という文字をどのように表現するかが勘所であり、いささか回りくどいようにも思えるが、為和はこれをよしとしたのである。ともかくも義元が、題に向かいあい、その「本意」を沈思しつつ作歌している

のはたしかであろう。これは室町期和歌の一つの傾向でもある。

ただ、そうすると一首に詰め込んだ思いが複雑に過ぎて言葉足らずとなり、散文的に解説することもまた必要になってくる。これが自作の意図をわかりやすく解説する、自歌自注が室町期の歌人に広く行われる背景となっている。

氏真最初期の和歌――梅檀は双葉より芳し

同様に氏真の主催にかかる⑨「今川龍王丸張行歌合」で、○印のついたものは以下の三首である。

秋の海や磯打つ波をみわたせば月かげくだくをちの浦風（海辺月・一番左勝）
小萩原夕露しげき草村に秋のよすがら虫のねぞする（野虫・九番左持）
うつの山つたの下道ふく風にちる紅葉ゝの露ぞ色づく（山・十五番右持）

この歌合成立の下限は為和没年の天文十八年であるから、同七年に生まれた氏真十二歳以前の和歌になる。いかにも幼いが、題は単純平易であり、初学者にふさわしい。それでも三首とも平明ですっきりした印象を受ける。判詞も「左、月かげくだく遠の浦風、なびやかに侍れば為勝」（一番）などと、好意的な評価である。氏真が幼少の時から水準以上の歌才を持っていたことが確かめられる。武家の習作はなかなか遺らないので、その意味でも貴重であろう。

なお、①②は『為広・為和歌合集』解題では、②の「天文十二十廿日夜最勝持来三十六番哥合」

という注記によって、東素経の和歌を番えた自歌合と考えたが、むしろ義元のものと考えた方がよさそうである。天文十二年十月は為和は甲府におり、義元の命で素経が「持ち来た」ったものと解すのが自然である。

二十六番歌合——駿府歌壇の全容

このように多くは個人の作、ないし近習との内輪の会の作を番えたものと見られる中で、⑩のみ全歌の作者が明示されている。

この歌合は、天文十六年八月二十八日の冷泉家月次会の作品を後日に番えたものである。月前遠情・林下老翁の二題で、先に登場した葛山氏元の邸において張行された。出詠者は全て二十六名、この歌合によって、駿府歌壇の人的構成をよく窺うことができる。

為和（冷泉）・宣綱《のぶつな》（中御門）・長阿《ちようあ》（伝未詳）・＊氏家《うじいえ》（富樫介）・＊氏元（葛山備中守）・澄《ちよう》怡《い》（伝未詳）・＊素経（東常和男、最勝院）・＊元成（一宮出羽守）・＊義元（今川）・氏達《うじさと》（瀬名源五郎か）・＊氏賢《うじかた》（富樫民部少輔）・＊覚存《かくぞん》（高源寺僧）・元茂《もともち》（姓未詳）・＊元清《もときよ》（斎藤佐渡守）・氏純《うじずみ》（関口）・元長《もとなが》（長谷川伊賀守）・元誠《もとのぶ》（牟礼備前守）・＊元時《もととき》（飯尾善右衛門尉）・＊安星（由比光階男、惣印軒）・＊恵澄《えちよう》（高源寺僧）・＊道矣《どうい》（高入道）・光英《みつひで》（由比氏か）・親《ちか》孝《たか》（朝比奈十郎左衛門尉）・＊高友《たかとも》（飯尾隼人頭）・元盛《もともり》（姓未詳）・氏興《うじおき》（小笠原美作守か）

＊を付けているのは為和詠草にも名前が見える者で、門弟であったと考えてよい。このうち富樫氏賢は加賀守護家の傍流出身と推定され、為和と相前後して駿河に下向し、今川氏に召し

抱えられた者のようであるが、依然為和の家司の如き役割を果たしていた。

中御門宣綱は寿桂尼の甥で今川氏と縁の深い公家、覚存・恵澄は、駿府高源寺の禅僧である。伝未詳の澄怡・長阿を除けば、ほぼ今川氏の上層の家臣たちとみなされる。名字に「元」「氏」を持つ者は、ともに主人の偏諱であるから、「氏」を持つ者の方が出仕が早いのであろう。

経歴がはっきりしない者も混じるが、それでも義元・氏真の治世を支えた人物が含まれる。ただし、今川氏譜代の家臣とみなされる人は必ずしも多くない。瀬名氏達・関口氏純は今川一門であるが、遠江に地盤を持ち半ば独立した存在であったし、葛山氏元のような国人領主は義元による領土拡張により服属した者である。さらに高道矣・東素経・富樫氏家など明らかに他国守護家の家臣か京都出身の奉公衆がいる。急激に膨張した今川氏の家臣の掌握のため和歌会が一定の役割を果たしていたと見ることができるかも知れない。

今川家中の和歌のレヴェル

それでは少しこの歌合の詠を検討してみる。遺憾ながら、この歌合は全体として水準が高いとは言い難い。

そもそも題の本意を正しく表現できないものが目立つ。はじめの「月前遠情」題では、

ながらへて昔思へば松嶋やをじまの月ぞ目の前になる　（安星　十番左持）

いにしへの空もかくやと眺めつつ秋のあはれを月にとふらん　（光英　十一番右負）

など、それぞれ「左、注や侍るらん、昔思へばと侍る、心えがたし」「右歌、昔を思ひやりて

詠み侍るばかり、落題とも申すべければ沙汰に及ばず」と、一蹴《いっしゅう》されている。題字の「遠」を詠み据えられず、安易な懐旧に流れてしまった訳である。「目の前になる」の句はいかにも稚拙である。

同工異曲の似たような作が延々と続くのも顕著な特色で、「林下老翁」題では、

幾代さて木の下すみぞ山がつのかしらの霜の翁さびしき　(元成　十九番左持)

齢をば幾年松の木の本に翁さびつつ世をやへぬらん　(澄怡　二十番左負)

翁さび竹の林にすむ人はさながら千代の宿とこそ見れ　(氏純　二十五番左負)

と、「翁さび」あるいは「老いさび」といった語が頻出している。「翁さび人なとがめそ狩衣けふばかりとぞたづもなくなる」(伊勢物語・百十四段)の名歌によるが、あまりに連続したためか、「この翁さびといへる詞、いかやうの心によまれ侍るにや。上閑などにはかはり侍り。翁さびは老いてなを、ざれす〔け〕るよし也」(二十番判詞)と教諭する。ただ為和が「老いて寂しい、ではない、老いても派手な恰好をして、だ」と解するのは行き過ぎで、「翁さび」とは「老人らしく見える」の意であるが、出詠者が安易に由緒ある古語に飛びついたことを咎《とが》めた心情は理解できる。

このような発想の陳腐さや語彙《ごい》の貧困さに対して、為和はまま厳しい叱責《しっせき》の言に及ぶのである。当時の地方歌壇で最も高いレヴェルにあったと思われる今川家中でこのていたらくであるのは、いささか驚かされる。

義元に対してさえ、少しも容赦することはない。二首とも負をつけている。

身をわきて所〳〵の名にしおふ月にあはれと向ふ空哉　（月前遠情　五番左）

には、

左より右はよろしく侍り。めづらしからざる歌のさまながら又かくも也。左「身をわきて」と侍る、いかにとして須磨・明石・更級・小《〔雄〕》嶋、その外の所々へ一夜のうちにとて得べきにや。我が痛く侍る歟。心ならばさも侍るべき。さしつめていへる、不審に侍れば、右勝つべき歟。

と、「身を分ける」のではなかろう、「心をあちこちの月の名所に」ならば分るが、と忖度しつつ、例によって表現を「さしつめ」たために内容に矛盾を来したことを咎めている。

中世の公家が武家の門弟に学藝を教授するとき、総じて実力以上の評価を与えていたと見る向きがある。物心両面にわたる援助を受けていれば点数が甘くなったであろうし、教える側にある種の卑屈さを感じることも少なくない。ただし、それは教えられる側の史料が多く遺るせいではないか（零点の答案は保存しないであろう）。だいたい、褒めているだけで弟子がついてきたであろうか。

為和の厳しい判詞は、当時の歌道師範の権威というものがすこぶる高かったことを改めて認識させる。そこには虚勢があったかも知れないが、戦国武将が、歌道師範の前では拝跪《はいき》叩頭《こうとう》し、謹んでその折檻《せっかん》を受ける、そのような情景をまざまざと伝えている。

中世の終焉と和歌

今川氏は領国支配の仕組みが最も整備されていた戦国大名といわれる。広域検地の実施と貫高制の採用、分国法の制定、金山の開発、流通の整備に商工業の振興と、すぐれた施策をつぎつぎと打ち出しており、他国の追随するところであった。

ところが、その今川氏さえ、国内には葛山氏元のごとき国人領主の存在が容認され、支配の徹底しない領域を残していた。桶狭間の合戦で義元が不慮の死を遂げると、国人はつぎつぎと離叛《りはん》していき、領国は解体へと向かう。永禄十一年（一五六八）十二月の武田晴信の駿府侵攻によって戦国大名今川氏は滅亡するが、その端緒は駿甲の国境地帯を扼《やく》する葛山氏元の内通であった。

中世武家社会は、けっきょく家臣あっての主君であった。将軍—守護—国人—土豪・地侍という支配関係は、どの層でも、下位の者が実権を掌握する下剋上《げこくじょう》が構造的に不可避であったようである。応仁の乱の後、将軍や公方が実力を失ったとき、諸国の統治は、名実ともに、地方の実力者の前に投げ出された。守護が新たな支配者となるはずが、実例は必ずしもそうではない。戦国大名へと脱皮するには、向背定まらぬ国人領主を従属させ、家臣団として編成し、安定した軍事力を引き出さなくてはならず、合戦に強いばかりではなく、内政の充実こそがその条件であった。

この時代、実力が物を言い、既存の権威など顧みられなかったといわれるが、戦国大名が地域国家の実を備えたとき、内部での秩序の形成が急務となる。この時、大名みずからは権威となることはできず、これを外部に求めざるを得ない。そのために朝廷・幕府との関係が依然重視され、実体のない令制上の官位の授与が大いに行われた。和歌をはじめとする文学が寄与したのはまさにその点にあった。

本書で縷々《るる》述べてきたのは、和歌の持つ効能に注目した権力者たちの姿であった。和歌の権威は勅撰和歌集によって担保され、政教という語がある通り、人びとを教化する働きを上から期待された。第一章で述べたように、宗尊親王の悲劇は、そうした観念を肥大させていった結果であった。

しかし和歌は、上から下へと向かうばかりではなく、同列の仲間を「つなぎ」、かつ超越的な何かのもとに「むすびつける」働きがたしかにあった。中世ではむしろこの働きの方が日常的である。第二章で見た通り、法楽和歌は、歌の内容如何《いかん》にかかわらず、神仏に対する祈願を籠め、参加者の統合を保証するものであった。地縁・血縁などで結ばれた領主の連合＝国人一揆は、公方や守護の圧力に対抗するためのものであったが、一揆《いっき》の方が大名を自分たちの保護者として選択し、結集することがあり得たわけで、そのときは大名の主催する歌会がその統合の場となる。今川義元の歌合のメンバーが、一門衆・譜代の重臣のほか、下向した公家や他国衆を多く交えていたことは、そうした事情を物語る。

今川氏真は和歌に耽溺《たんでき》したために国を失った大名といわれる。しかし、東国・西国を問わず、領国支配に心を砕いた大名は、むしろ和歌を大いに利用した。氏真もまた国内の統制に、あるいは他国との交渉に手だてを尽くしたが、効を挙げる前に晴信の侵攻を招いた。全てがじり貧の治世にあって、唯一光を放ったのが歌道であった。それがかえって不運であった。

やがて中央に出現した統一政権は、中世国家の限界をやすやすと越えて、人と土地の一元支配を実現する。「詩を作り、歌を読〔詠〕み候事、停止《ちょうじ》たり」（加藤清正掟書《おきてがき》）など、それまでは決して出てこなかった、明確な否定の言が見られる。文弱を嫌う戦国乱世の殺伐の気風のなせるものであると同時に、武家政権の成立から四百年、つねに権力者とともにあった和歌が、中世の終焉《しゅうえん》とともに一つの役目を終えたことを示している。

終章

慶長十七年（一六一二）四月十四日、天下人となった徳川家康の駿府城を仙巌斎宗誾《そうぎん》と名乗る老人が訪れた。これこそ落魄《らくはく》した今川氏真のなれの果ての姿であった。この時七十五歳、家康より四歳年長であった。

二人の因縁は古くて深かった。五十余年前、氏真は駿河・遠江・三河の三国守護にして駿府城の主、一方、家康は義元に服属させられた三河の国人領主にして今川氏の一客将、ていのいい人質に過ぎなかった。それが主客全く立場を逆転させての対面である。氏真に感慨が無いわけがなかろう。また家康としては、かつての旧主であり、余り疎略にも扱えなかった。

氏真は領国を失った後に上京し、親交のあった冷泉家に出入りし、京都歌壇ではそれなりの名声も得ていた。いつしか話題が歌道に及ぶと、氏真は、

歌道は広大にして常人の至る所に非《あら》ず、一句をつらぬるにも詞を習はずとしては云ひ出だす事ならず、師伝なければ読方を知らず、詞花言葉の為に遍《あまね》く歌書を見ざれば歌らしき歌なく、殊にむつかしき物にて候。

と述べたという。わざともったいぶって表現されているが、「師範に習わなくては和歌は詠めない」という主張は、中世和歌では、しごく真っ当な考え方である。

ところが、家康は、

左右にも候ひなん、さりながらそれは例の歌つゞりの青公家衆の事なるべし。

と冷笑し、自分の存じ寄りでは、心の働きを口に任せて出せばよいのだから、和歌は少しも難しいものではない、表現を飾るのは枝葉である。また平忠度《ただのり》が勅撰集に入れてくれと懇願したことなど、ちっとも美談ではない。もしそれぐらいの執着があるなら、兵法を学ぶべきであったのだ、そうならば平家は東国や北陸であれほどの負け方はすまいぞ、「とかく武士は武士の勤めあり、公家は公家の勤めあり」と言いのけた。氏真は赤面して退出したという（故老諸《ころうしょ》談《だん》・上）。

同じ頃、家康は冷泉為和の孫為満《ためみつ》を召して古今集を講義させ、伝授に及んだ。為満は祖父没後の生まれだが、家康は駿河における為和の権威をもよく知っていたであろう。ところが、松《まっ》永貞徳《ながていとく》の戴恩記《たいおんき》によれば、この場に同席した林羅山《はやしらざん》が次のように語ったという。

先日大御所、冷泉為満朝臣にむかひてのたまはく、「人丸の伝たしかに知らるゝ事にや」と仰せければ、「人丸の御事は、神秘にてくはしくは存ぜざる事」と申されしに、我申さく、「万葉集を見るに、四人の人丸あり。その中に歌の上手は柿本の人丸なり。何の不審あるべし」と申せば、為満朝臣閉口ありき。

人丸の伝記は、為和の切紙にもあったように（二二八頁参照）、古今伝授の核をなす秘事であった。みだりに口にはしないものだ、とした為満を尻目に、羅山は万葉集に現れる四人の人丸の伝記を滔滔《とうとう》と述べ立てた。和・儒・仏に通じて掌を指すが如き博識の羅山と、些事を秘伝として尊重して恥をかく為満とを対照しているように読める。

歌道家の権威はまるつぶれである。これより少し前、羅山が京都市中で論語集注《ろんごしっちゅう》の講義を公開した時、重代の儒者である式部少輔《しきぶのしょう》清原秀賢《きよはらひでかた》が抗議したことがあった。曰《いわ》く、朝廷の許しを得ず勝手に経書を教えるとは何事か、と。ここでも家康は羅山の肩を持つ。「おのおのよろしくその好む所に従ふべし。何すれぞ告訴の浅卑なるや」と（羅山林先生集附録巻第三・行状・慶長八年）。市井の儒者が、固陋《ころう》な朝廷の学者に痛棒を加えた快事とされることが多いが、これはあくまで羅山の側の言い分である。なぜ朝廷の許しが要ったかと言えば、学問の秘事はみだりに教えるべきではないとする考えが前提にあったからで、為満の場合と構図は同じである。家の秘伝が白日のもとに晒《さら》されれば、博士家も歌道家も、堂上の小さな世界に閉じこもる他ない。羅山の一見健康な姿勢は、意外に陰惨なたくらみを秘めていたのかも知れない（秀賢との一件は羅山が家康に仕える以前のことであるが、自分の主張が上意に叶《かな》うことは見通していたように思える）。

たぶんに政治的であるとはいえ、新たな権力者がとった、師伝を否定するような冷淡な態度は、和歌や儒学など伝統的な学問には衝撃であったに違いない。ただし、歌道家の救いは、世間一般の考えが必ずしも師弟関係の否定、あるいは伝授の否定ではなかったことであろう。戴恩記には続きがあり、貞徳は、為満をやり込めて得意そうな羅山に対して、「いやそれはそこの卒爾《そつじ》なり。人丸相伝とて、定家卿よりある事なり。和歌の大儀なり。儒学の格に思ひ給ふべからず」とたしなめたという。貞徳はまた、歌人にとっての「人丸相伝」とは、神官や僧侶《そうりよ》が自らの住する社寺の本地や縁起を知っているのと同じことで、存在や活動の根源である、とも説く。師範から門弟へ、幽暗なまま伝えられる秘事への信仰があってこそ和歌の神が心中に宿り歌人の資格が得られる、としたもので、単に書物の上の知識として人丸の伝記を知っている、ということとは全く違うのだ、という訳である（大谷俊太『和歌史の「近世」』）。

貞徳自身、羅山にそそのかされて、いい気になって町衆に徒然草などを講じたことを、後年いたく恥じいったのであった。さらに戴恩記には次のようにある。

師伝なき人の歌書読むをきけば、清濁をも弁ぜず、句切をも知らず、仮名字をいたはると云ふ事をも嫌はず、つむる所をもつめず、はぬる所をもはねず、口中の大事を知らざれば、開合をも知らず、かたはらいたき事なり。（中略）丸が若き時までは、いかなる初心の輩までも、師説を受けずして、歌書をのぞく事は、はぢおもふ心あり。今のわかき衆は、人に物習ふ事をかへりて恥がはしく思へり。

ひとたび歌よみを志したとすれば、結局のところ、誰かに入門しなくてはならない。和歌は一人で詠めるような底の浅いものではなかった。学問が社会の広い階層へと一気に開放されたのが近世であり、和歌も例外ではないが、そうした動きにあって秘説伝授の価値が再発見された意義もまた大きい。近世は中世以上に、師範と弟子との関係が密になっていき、門人のネットワークは全国に広がり、たとえば古今伝授一つとっても、さまざまな秘伝が編み出され絶えることがなかった。和歌は、権力と距離を置きつつ支点を据え直し、新たな文学史を紡ぎ出していくことになる。

参考文献

各章毎に執筆者名・編者名の五十音順に列べた。第三・四章では最初にテキスト・史料集を掲げた。

序章

井上宗雄『中世歌壇と歌人伝の研究』笠間書院　平成十九年
久保田淳『藤原定家とその時代』岩波書店　平成六年
佐藤進一『日本中世史論集』岩波書店　平成二年
高橋昌明『武士の成立　武士像の創出』東京大学出版会　平成十一年
野口実「戦士社会の儀礼」福田豊彦編『中世を考える　いくさ』所収、吉川弘文館　平成五年
廣木一人・松本麻子・山本啓介編『文芸会席作法書集』風間書房　平成二十年
前田雅之「日本意識の表象――日本・我国の風俗・「公」秩序」渡部泰明ほか編『和歌をひらく第一巻　和歌の力』岩波書店　平成十七年
松野陽一『千載集　勅撰和歌集はどう編まれたか』セミナー原典を読む3　平凡社　平成六年

第一章

赤松俊秀「金地院の惟康親王御願文に就て」『宝雲』第三十冊　昭和十八年四月
阿部隆一「北条実時の修学の精神」『阿部隆一遺稿集　第二巻』所収、汲古書院　昭和六十年
網野善彦『蒙古襲来』上　小学館ライブラリー　小学館　平成四年
池田利夫『日中比較文学の基礎研究　翻訳説話とその典拠　補訂版』笠間書院　昭和六十三年
川添昭二『鎌倉文化』教育社歴史新書　教育社　昭和五十三年
久保木秀夫『散佚歌集切集成　増訂第一版』科学研究費補助金成果報告書　平成二十年三月
久保田淳『中世和歌史の研究』明治書院　平成五年
佐藤恒雄『藤原為家全歌集』風間書房　平成十四年
佐藤恒雄『藤原為家研究』笠間書院　平成二十年
外村展子『鎌倉の歌人』鎌倉叢書5　かまくら春秋

社　昭和六十一年
外村久江『鎌倉文化の研究――早歌創造をめぐって』三弥井書店　平成八年
中川博夫・小川剛生「宗尊親王年譜」『言語文化研究』（徳島大学総合科学部）第一巻　平成六年二月
西畑実「武家歌人の系譜――鎌倉幕府関係者を中心に」『大阪樟蔭女子大学論集』第十号　昭和四十七年十一月
樋口芳麻呂「『中書王御詠』考」山崎敏夫編『中世和歌とその周辺』所収、笠間書院　昭和五十五年
樋口芳麻呂「宗尊親王の和歌――文永三年後半期の和歌を中心に」『文学』三六号六巻　昭和四十三年六月
福田秀一『中世和歌史の研究』角川書店　昭和四十七年
細川重男『鎌倉政権得宗専制論』吉川弘文館　平成十二年
森幸夫『北条重時』人物叢書　吉川弘文館　平成二十一年
山本啓介・石澤一志・佐藤智広編『為家卿集・瓊玉和歌集・伏見院御集』和歌文学大系64　明治書院　平成二十六年
湯浅治久『蒙古合戦と鎌倉幕府の滅亡』動乱の東国史3　吉川弘文館　平成二十四年

第二章

浅田徹『百首歌　祈りと象徴』原典講読セミナー3　臨川書店　平成十一年
稲田利徳『和歌四天王の研究』笠間書院　平成十一年
井上宗雄『中世歌壇史の研究　南北朝期』改訂新版　明治書院　昭和六十二年
井上宗雄「京極派和歌と足利尊氏」『礫』第一三〇号　平成九年八月
岩佐正「足利尊氏の和歌についての研究」『国文学攷』第五八号　昭和四十七年二月
小川剛生『二条良基研究』笠間書院　平成十七年
落合博志「『入木口伝抄』について――国文学資料

としての考察」『法政大学教養部紀要』（人文科学）第七八号　平成三年二月
海津一朗「東国観応擾乱と武蔵守護代薬師寺公義——高師直の武蔵支配と豊島氏」『生活と文化』第三号　昭和六十三年三月
菊地卓「薬師寺公義について」『國學院雑誌』第七十二巻三号　昭和四十六年三月
小林一彦「京極派歌人とはいかなる人々を指すか——大江茂重の異風」『国語と国文学』第八十一巻第五号　平成十六年五月
鹿野しのぶ『冷泉為秀研究』新典社　平成二十六年
清水克行『足利尊氏と関東』人をあるく　吉川弘文館　平成二十五年
高橋恵美子『中世結城氏の家伝と軍記』勉誠出版　平成二十二年
高柳光壽『足利尊氏』春秋社　昭和三十年
東京大学史料編纂所編『室町武家関係文芸集』東京大学史料編纂所影印叢書3　八木書店　平成二十年
西山美香『武家政権と禅宗——夢窓疎石を中心に』笠間書院　平成十六年
新田一郎『太平記の時代』日本の歴史11　講談社　平成十三年
深津睦夫『中世勅撰和歌集史の構想』笠間書院　平成十七年
福田豊彦『室町幕府と国人一揆』吉川弘文館　平成七年

第三章

『神奈川県史』通史編1　原始・古代・中世　神奈川県県民部県史編集室　昭和五十六年
『北区史』資料編　古代中世1、2　北区史編纂調査会　平成六、七年
『埼玉県史』資料編5～8　中世1～4　埼玉県　昭和五十七年～六十一年
『松陰私語』史料纂集古記録編　八木書店　平成二十三年
服部幸造・弓削繁・美濃部重克編『月庵酔醒記』上・中・下　中世の文学　三弥井書店　平成十九年～二十二年

市木武雄『梅花無盡蔵注釋』続群書類従完成会　平成五年～十年
井上宗雄『中世歌壇史の研究　室町前期』風間書房　昭和三十六年〔改訂新版　昭和五十九年〕
井上宗雄「太田道灌等歌合――室町中期の新出歌合零本」『国語国文』第四十七巻第六号　昭和五十三年六月
井上宗雄・島津忠夫編『東常縁』和泉書院　平成六年
植田真平『足利持氏』シリーズ・中世関東武士の研究20　戎光祥出版　平成二十八年
大谷俊太・豊田恵子「校本『三条大納言殿聞書』付、略解題」『叙説』第三一号　平成十五年十二月
小川剛生「太田道灌の伝記と和歌」『文学　隔月刊』第九巻第三号　平成二十年五月
小川剛生「三浦道寸と太田道灌――戦乱の世に生きた武家歌人の実像を探る」『三浦一族研究』第一七号　平成二十五年三月
勝守すみ『太田道灌』日本の武将26　人物往来社　昭和四十一年
勝守すみ編『長尾氏の研究』関東武士研究叢書6　名著出版　昭和五十三年
金子金治郎『連歌師宗祇の実像』角川叢書　角川書店　平成十一年
金子金治郎『連歌師と紀行』桜楓社　平成二年
川上新一郎『六条藤家歌学の研究』汲古書院　平成十一年
川田順『戦国時代和歌集』甲鳥書林　昭和十八年
黒田基樹『扇谷上杉氏と太田道灌』岩田選書　岩田書院　平成十六年
黒田基樹『図説太田道灌――江戸東京を切り開いた悲劇の名将』戎光祥出版　平成二十一年
黒田基樹編『扇谷上杉氏』シリーズ・中世関東武士の研究5　戎光祥出版　平成二十四年
黒田基樹『長尾景仲』中世武士選書26　戎光祥出版　平成二十七年
小島道裕『戦国・織豊期の都市と地域』青史出版　平成十七年
佐藤博信『中世東国政治史論』塙書房　平成十八年
『島津忠夫著作集第四巻　心敬・宗祇』和泉書院

平成十六年
鈴木理生『江戸と江戸城』新人物往来社　昭和五十年
廣木一人『連歌師という旅人――宗祇越後府中への旅』三弥井書店　平成二十四年
廣木一人『室町の権力と連歌師宗祇　出生から種玉庵結庵まで』三弥井書店　平成二十七年
則竹雄一『古河公方と伊勢宗瑞』動乱の東国史6　吉川弘文館　平成二十五年
前島康彦編『太田氏の研究』関東武士研究叢書3　名著出版　昭和五十年
三村晃功『中世類題集の研究』和泉書院　平成六年
森田真一『上杉顕定』中世武士選書24　戎光祥出版　平成二十六年
両角倉一「宗祇の東国下向　その一」『山梨県立女子短大紀要』第一四号　昭和五十六年三月
安井重雄「木戸正吉『和歌会席作法』翻刻と校異」『龍谷大学論集』第四五七号　平成十三年一月
渡辺世祐『関東中心足利時代之研究』雄山閣　大正十五年

第四章・終章

『加能史料』戦国Ⅵ　石川県　平成二十年
『静岡県史』資料編7中世3　静岡県　平成六年
『為和・政為詠草集』冷泉家時雨亭叢書第七十六巻　朝日新聞社　平成十九年
『為広・為和歌合集』冷泉家時雨亭叢書第五十巻　朝日新聞社　平成十八年
『冷泉家古文書』冷泉家時雨亭叢書第五十一巻　朝日新聞社　平成五年
赤瀬信吾「為広と門弟組織」冷泉為人監修『冷泉家歌の家の人々』所収、書肆フローラ　平成十六年
有光友學『戦国大名今川氏と葛山氏』吉川弘文館　平成二十五年
家永遵嗣『室町幕府将軍権力の研究』東京大学日本史学研究叢書1　東京大学日本史学研究室　平成七年
池田亀鑑『伊勢物語に就きての研究2　研究篇』有精堂出版　昭和三十五年

伊藤敬『室町時代和歌史論』新典社　平成十七年
稲田利徳「「為和集」の歌風について」『和歌史研究会会報』第六二・六三・六四号　昭和五十二年五月
井上宗雄『中世歌壇史の研究　室町後期』明治書院　昭和四十七年〔改訂新版　昭和六十二年〕
井上宗雄「今川氏とその学芸」観泉寺史編纂刊行委員会編『今川氏と観泉寺』所収、吉川弘文館　昭和四十九年
大谷俊太『和歌史の「近世」　道理と余情』ぺりかん社　平成十九年
小川剛生「冷泉為和と戦国大名（上）（下）」『しくれてい』第一〇二・一〇三号　平成十九年十月、二十年一月
小川剛生「心珠詠藻の作者――戦国大名と在国公家とのはざまにて」『文学』第十三巻第五号　平成二十四年九月
小和田哲男『今川氏家臣団の研究』小和田哲男著作集第二巻　清文堂出版　平成十三年
小和田哲男『今川義元』ミネルヴァ日本評伝選　ミネルヴァ書房　平成十六年
川平ひとし「冷泉為和改編本『和歌会次第』について――〈家説〉のゆくえ」『中世和歌テキスト論―定家へのまなざし』笠間書院　平成二十年
川平ひとし「清浄光寺蔵冷泉為和著『題会之庭訓并和歌会次第』について」「冷泉為和相伝の切紙ならびに古今和歌集藤沢相伝について」『跡見学園女子大学紀要』第二十三・二十四号　平成二年三月、三年三月
久留島典子『一揆と戦国大名』日本の歴史13　講談社　平成十三年
黒田基樹『戦国大名北条氏の領国支配』戦国史研究叢書1　岩田書院　平成七年
黒田基樹「武田氏と和歌・連歌」『山梨県史』通史編2中世所収、山梨県　平成十九年
小葉田淳「冷泉為広卿の能登・越後下向」『史林談叢』臨川書店　平成五年
下山治久『北条早雲と家臣団』有隣新書　有隣堂　平成十一年

末柄豊「細川氏の同族連合体制の解体と畿内領国化」石井進編『中世の法と政治』所収、吉川弘文館　平成四年
鶴崎裕雄『戦国を往く連歌師宗長』角川叢書　角川書店　平成十二年
林達也・廣木一人・鈴木健一『室町和歌への招待』笠間書院　平成十九年
廣瀬廣一『武田信玄伝』紙硯社　昭和十九年
堀勇雄『林羅山』人物叢書　吉川弘文館　昭和三十九年
前田雅之「書物と権力論序説――「下賜」・「進上／献上」の文化＝政治学」『国文学研究』第一四八集　平成十八年三月
山田康弘『戦国期室町幕府と将軍』吉川弘文館　平成十二年
横井金男『古今伝授の史的研究』臨川書店　昭和五十五年
横井金男・新井栄蔵編『古今集の世界――伝授と享受』世界思想社　昭和六十一年
米原正義『戦国武士と文芸の研究』桜楓社　昭和五十一年
米原正義「室町幕臣の東下り」『戦国・織豊期の政治と文化』所収、続群書類従完成会　平成五年
森正人・鈴木元編『細川幽斎――戦塵の中の学芸』笠間書院　平成二十二年
森暁子「戦国の和歌から近世の軍書へ――北条氏康『詠十五首和歌』の背景と享受をめぐって」『お茶の水女子大学人文科学研究』第一〇号　平成二十六年三月
森幸夫『小田原北条氏権力の諸相――その政治的断面』日本史史料研究会研究選書5　日本史史料研究会企画部　平成二十四年
綿抜豊昭『戦国武将と連歌師』平凡社新書　平凡社　平成二十六年

2(1458)	6足利政知、伊豆堀越に入る(堀越公方)。
文正元(1466)	秋宗祇東国に下向、太田氏・長尾氏を頼る。
文明2(1470)	1道真、河越千句を張行する。この頃木戸孝範、道灌に迎えられ江戸に住す。
3(1471)	1東常縁、宗祇に古今集を講ず。
6(1474)	6道灌、武州江戸歌合を張行する。
8(1476)	6長尾景春、山内顕定に背く(長尾景春の乱)。8道灌、五山僧に江戸城を題として作詩させる。
文明12(1480)	6道灌、景春を秩父に破る。11山内顕定、成氏・景春と和睦し、道灌抗議す。
15(1483)	2足利義尚私撰集を編む。道灌の京進和歌この時か。
17(1485)	9万里集九、道灌の招きに応じ江戸に下向す。
18(1486)	7扇谷定正、道灌を誘殺する(55歳)。
長享元(1487)	11顕定・定正の両上杉氏抗争す(長享の乱)。
明応2(1493)	4細川政元、義澄を将軍に擁立す。8伊勢宗瑞伊豆攻め。堀越公方滅亡。
永正5(1508)	4義澄廃位、義稙復位。冷泉為和駿河に在国。
13(1516)	7宗瑞、三浦義同を滅ぼし、南関東を掌握す。
17(1520)	6武田信虎、大井信達を破る。甲斐一国を統一す。
大永元(1521)	3義稙出奔、細川高国義晴を立てる。
6(1526)	5為和能登に下向、畠山義総に古今伝授を行う。
享禄4(1531)	6細川高国敗死。9為和駿府に下向。12今川氏輝の歌道師範となる。
天文2(1533)	3為和小田原を訪れ、北条氏綱歌会張行。
5(1536)	3氏輝没、花蔵の乱起こる。5義元家督。
6(1537)	2義元、信虎と和睦。北条氏綱、駿河に侵攻(河東一乱)。
10(1541)	6武田晴信、父信虎を追放す。
14(1545)	10今川義元、北条氏康と合戦、葛山氏元義元に属す。
15(1546)	4氏康、扇谷上杉氏を滅ぼす(河越夜戦)。
16(1547)	8為和家月次歌会を歌合に番える(二十六番歌合)。今川・武田家中の歌壇活動盛ん。
18(1549)	7為和没(64歳)。
永禄3(1560)	5桶狭間合戦、今川義元没。
永禄11(1568)	12晴信、駿府を攻め、今川氏滅ぶ。
慶長19(1614)	12今川氏真、寄寓先の品河で没(77歳)。

略年表　＊本書のうち関東に関係する事柄を中心とした

和暦(西暦)	事　項
治承4(1180)	10源頼朝、鎌倉に入る。
文治2(1186)	8頼朝、西行に歌道と弓馬の藝を尋ねる。
元久元(1204)	7源光行、蒙求和歌を編み源実朝に献ず。
承元4(1210)	9実朝、幕府歌会を催す。近習も歌道を学ぶ。
寛元4(1246)	1後嵯峨上皇院政。④北条時頼執権となる。
建長4(1252)	4宗尊親王征夷大将軍となり鎌倉に下る。
正元元(1259)	この年宇都宮歌壇において新和歌集成立。
弘長元(1261)	7宗尊家百五十番歌合。鎌倉歌壇最盛期を迎える。
2(1262)	9宗尊の執奏により続古今集の撰者を追加させる。
3(1263)	11北条時頼没。時宗得宗となる。
文永2(1265)	9宗尊家六帖題歌会。この頃東撰六帖成立か。
3(1266)	7時宗ら宗尊を廃し、帰洛させる。
11(1274)	7宗尊没(33歳)。
建治2(1276)	10金沢実時没、生前別邸に文庫を設く(金沢文庫)。
永仁6(1298)	秋、京極為兼、佐渡配所で鹿百首を詠む。
延慶3(1310)	この年柳風抄、この頃夫木抄成立。冷泉為相ら歌道師範、鎌倉で活動す。
嘉暦元(1326)	6続後拾遺集成立。足利尊氏ら鎌倉歌人多数入集す。
元弘3(1333)	5鎌倉幕府滅亡。建武政権成立。
建武3(1336)	この年尊氏後醍醐を吉野に追い、弟直義執政。
康永3(1344)	10尊氏・直義、夢窓疎石の献策により金剛三昧院短冊和歌を勧進奉納す。
貞和5(1349)	6直義と高師直対立、観応の擾乱始まる。9足利基氏鎌倉に下る(関東公方)。
観応2(1351)	2師直没。11正平一統、尊氏関東に下向す。
3(1352)	2直義没。3薬師寺公義、上杉憲顕を破る。
文和4(1355)	1東国の国人一揆上洛し尊氏の馬廻に侍る。
延文3(1358)	4尊氏没(54歳)。
4(1359)	12新千載集成立。将軍の勅撰集執奏が例となる。
貞治2(1363)	3基氏、上杉憲顕を執事とする(関東管領)。
永和4(1378)	3足利義満、新造の室町第(花の御所)に移る。
康暦元(1379)	3常陸国人基重、河海抄を書写する。
応永23(1416)	8足利持氏、小栗氏ほか国人領主を討つ。
永享11(1439)	2山内憲実・扇谷持朝、持氏を弑す(永享の乱)。
康正元(1455)	6足利成氏、長尾景仲・太田道真と抗争(享徳の乱)、鎌倉を捨て古河に拠る(古河公方)。
長禄元(1457)	4太田道灌、江戸城を築くという。

図版一覧

0-1『日本絵巻物全集第 18 巻』(角川書店)
0-2『冷泉家の至宝展』(冷泉家時雨亭文庫・NHK プロモーション)
1-1『続日本の絵巻第 12 巻』(中央公論社)
1-2『うたのちから——和歌の時代史——』(国立歴史民俗博物館)
1-3『松平文庫影印叢書第 11 巻 私撰集編』(新典社)
1-4『冷泉家の至宝展』(冷泉家時雨亭文庫・NHK プロモーション)
1-5『冷泉家時雨亭叢書第 31 巻　中世私家集　七』(朝日新聞社)
1-6『つちくれ帖』(千草会)
1-7 国立国会図書館蔵
2-1『太平記絵巻の世界』(埼玉県立博物館)
2-2「山口県史だより」23 号
2-3 著者撮影
2-4 長谷川端編『論集太平記の時代』(新典社)
2-5『神仏習合』(奈良国立博物館)
2-6『中世の武家文書』(国立歴史民俗博物館)
3-1 前島康彦編『太田氏の研究』(名著出版)
3-2 井上宗雄・島津忠夫編『東常縁』(和泉書院)
3-3『うたのちから——和歌の時代史——』(国立歴史民俗博物館)
3-4 前島康彦編『太田氏の研究』(名著出版)
3-5 個人蔵
3-6 日本古典文学会編『日本古典文学影印叢刊 16　短冊手鑑』(貴重本刊行会)
3-7『後北条氏と河越城』(川越市立博物館・文化新聞社)
3-8 オゾングラフィックス
3-9 著者撮影
3-10『日本絵巻物全集第 20 巻』(角川書店)
3-11 東京大学総合図書館蔵
3-12 東京大学教養学部蔵
4-1 オゾングラフィックス
4-2 国立公文書館内閣文庫蔵
4-3 清浄光寺蔵
4-4『冷泉家時雨亭叢書第 51 巻　冷泉家古文書』(朝日新聞社)
4-5『後北条氏と河越城』(川越市立博物館・文化新聞社)
4-6『冷泉家時雨亭叢書第 76 巻　為和・政為詠草集』(朝日新聞社)
4-7 有光友學編『日本の時代史 12　戦国の地域国家』(吉川弘文館)
4-8『うたのちから——和歌の時代史——』(国立歴史民俗博物館)
4-9 有光友學編『日本の時代史 12　戦国の地域国家』(吉川弘文館)
4-10『冷泉家時雨亭叢書第 50 巻　為広・為和歌合集』(朝日新聞社)

や行

た行

か行

索引

○人名・書名・作品名・史料名を採録した。必要に応じ重要な文学・史学の用語・概念なども立項した。
○同一頁内に複数出る場合も一度示すにとどめた。
○人名は実名ないし女房名・仮名・通称の通行の読み方により排列し、（　）内に姓ないし家名、および本文中の表記または有名な別称を注した。
○読み不明の者は実名の音読みとした。
○外国人は姓名の順に示した。禅僧も道号と法諱で示した。
○また宗尊親王・足利尊氏・太田道灌・冷泉為和は頻出するので立項しなかった。

あ行

本書は、平成二〇年七月一〇日刊行の角川叢書『武士はなぜ歌を詠むか　鎌倉将軍から戦国大名まで』を改訂し、刊行したものです。

小川剛生（おがわ・たけお）
1971年東京生まれ。慶應義塾大学文学部卒業、同大学院文学研究科博士課程中退。現在は慶應義塾大学文学部教授。博士（文学）。著書に『二条良基研究』（笠間書院、第28回角川源義賞）、『正徹物語　現代語訳付き』『新版　徒然草　現代語訳付き』（訳注 ともに角川ソフィア文庫）、『中世の書物と学問』（山川出版社）、『足利義満　公武に君臨した室町将軍』（中公新書）などがある。

角川選書 572

武士《ぶし》はなぜ歌《うた》を詠《よ》むか　鎌倉将軍《かまくらしようぐん》から戦国大名《せんごくだいみよう》まで

平成28年6月25日　初版発行
令和7年4月5日　3版発行

著　者／小川剛生《おがわたけお》
発行者／山下直久
発　行／株式会社KADOKAWA
〒102-8177　東京都千代田区富士見2-13-3
電話 0570-002-301（ナビダイヤル）
印刷所／株式会社KADOKAWA
製本所／株式会社KADOKAWA
装　丁／片岡忠彦　　帯デザイン／Zapp!

ISBN 978-4-04-703589-8　C0395

角川選書

この書物を愛する人たちに

詩人科学者寺田寅彦は、銀座通りに林立する高層建築をたとえて「銀座アルプス」と呼んだ。
戦後日本の経済力は、どの都市にも「銀座アルプス」を造成した。
アルプスのなかに書店を求めて、立ち寄ると、高山植物が美しく花ひらくように、
書物が飾られている。

印刷技術の発達もあって、書物は美しく化粧され、通りすがりの人々の眼をひきつけている。
しかし、流行を追っての刊行物は、どれも類型的で、個性がない。
歴史という時間の厚みのなかで、流動する時代のすがたや、不易な生命をみつめてきた先輩たちの発言がある。
また静かに明日を語ろうとする現代人の科白がある。これらも、
銀座アルプスのお花畑のなかでは、雑草のようにまぎれ、人知れず開花するしかないのだろうか。
マス・セールの呼び声で、多量に売り出される書物群のなかにあって、
選ばれた時代の英知の書は、ささやかな「座」を占めることは不可能なのだろうか。
マス・セールの時勢に逆行する少数な刊行物であっても、この書物は耳を傾ける人々には、
飽くことなく語りつづけてくれるだろう。私はそういう書物をつぎつぎと発刊したい。
真に書物を愛する読者や、書店の人々の手で、こうした書物はどのように成育し、開花することだろうか。
私のひそかな祈りである。「一粒の麦もし死なずば」という言葉のように、
こうした書物を、銀座アルプスのお花畑のなかで、一雑草であらしめたくない。

角川源義

一九六八年九月一日

シリーズ　地域の古代日本
東アジアと日本
吉村武彦・川尻秋生・松木武彦　編

シリーズの総論として基本テーマを選び、最新研究を収録。現在の文化・宗教事情にも影響する日本史の「青春時代」の足跡である。今日の課題と関わる、災害とジェンダーの2つのテーマを歴史的に解き明かす。

655　272頁

978-4-04-703696-3

シリーズ　地域の古代日本
陸奥と渡島
吉村武彦・川尻秋生・松木武彦　編

国と時には対峙しつつも独自の文化を育んだ地域。そこに暮らした「蝦夷」と呼ばれる人々の世界を解き明かす！　蝦夷の墳墓はどんな形か。古代のアイヌ文化とは？　考古学・古代史学の最新研究を示す決定版！

656　288頁

978-4-04-703694-9

シリーズ　地域の古代日本
東国と信越
吉村武彦・川尻秋生・松木武彦　編

国造とミヤケ、渡来系移住民、古墳と埴輪の特質、国府・郡家などの官衙、村落寺院と地方寺院、ヤマトタケル伝承、「東国」観の変遷――。斬新な切り口で、ヤマト王権の重要地域・古代東国の実像に迫る。

657　320頁

978-4-04-703695-6

シリーズ　地域の古代日本
畿内と近国
吉村武彦・川尻秋生・松木武彦　編

製塩・玉作り・紡織ほか専業的拠点で営まれた手工業生産、律令制国家の情報伝達を担った駅伝制、平城京跡出土木簡が示す文字文化など、畿内の多彩な側面を最新の発掘成果や文献史料を駆使して明らかにする。

658　272頁

978-4-04-703697-0

角川選書

角川選書

和歌文学の基礎知識
谷　知子

ヤマトタケルから良寛まで、よりすぐりの和歌を楽しみながら、歌の発生、修辞技法や歌の社会的役割、工芸の世界をはじめ日本文化全体におよぶ和歌の影響などを解説。和歌がどんどん身近になる！

394　224頁
978-4-04-703394-8

古典のすすめ
谷　知子

神話から江戸の世話物へとつながる恋愛観、挽歌と哀傷歌そして源氏物語に描かれた「死」と「病」など、日本の古典作品に描かれた哲学をやさしく説く。古典に立ち返り、人生を見つめる新たな視点を養う。

594　296頁
978-4-04-703620-8

和歌史
なぜ千年を越えて続いたか
渡部泰明

言葉には、意味を越えて心に届く力がある。人は三十一文字の文化にどう親しみ、何を託してきたのか。なぜ、和歌は千年の時をこえて続いてきたのか？　連綿と続く言葉の網を通史的に解き明かす画期的試み。

641　336頁
978-4-04-703653-6

万葉集の基礎知識
上野　誠・鉄野昌弘・村田右富実　編

『万葉集』を1冊で見渡す！　歌人の事績、歌のかたちや工夫、時代別の読まれ方の変遷など、楽しみながら学べる知識が満載。歌の鑑賞、小事典、関連地図も収録。第一線で活躍する研究者による最高の入門書。

650　456頁
978-4-04-703702-1